●united p.c.

Laura Pichler

Rumänisches Blut

Alle Rechte der Verbreitung, auch durch Film, Funk und Fernsehen, fotomechanische Wiedergabe, Tonträger, elektronische Datenträger und auszugsweisen Nachdruck, sind vorbehalten.

Für den Inhalt und die Korrektur zeichnet der Autor verantwortlich.

© united p. c. Verlag

Gedruckt in der Europäischen Union auf umweltfreundlichem, chlor- und säurefrei gebleichtem Papier.

www.united-pc.eu

Prolog:
Glas splitterte. Jemand schrie. *Er* stieg über die letzten Überreste der zersplitterten Holztür. Wieder ein durchdringender Schrei, sie sollten nun alle eingetroffen sein. Das kalte Licht, das in dem engen Flur brannte, erhellte diesen nur wenig, niemand würde *ihn* sehen. Aus dem Zimmer zu *seiner* Rechten kam ein eisiger Wind, Staub wirbelte auf. Er warf einen kurzen Blick in den Raum. Dort brannte überhaupt kein Licht, das Blut am Boden war dennoch deutlich zu erkennen, ebenso wie der tote Körper eines Menschen, dessen leere Augen leblos nach oben blickten. *Er* lächelte höhnisch und wandte sich ab. Im Haus war es nun vollkommen still, nur ein unregelmäßiges Keuchen unterbrach die Stille. *Er* ging weiter den Flur entlang, bis er eine Biegung machte und plötzlich endete. Nur ein einziger Raum befand sich nun noch neben *ihm*, die Tür war nur angelehnt und da das Fenster in dem dahinterliegenden Raum völlig zerstört worden war, ließ ein kalter Windstoß die Tür immer wieder auf- und zuschlagen. Ein flehendes „Bitte" hallte plötzlich durch den Gang, gefolgt von einem gequälten Schrei. Seelenruhig stieß *er* die Tür auf und betrat den dunklen Raum dahinter. Eine junge Frau kniete auf dem Boden, Blut tropfte aus ihrem Mund und färbte den weißen Vorhang, auf dem sie kniete, rot. Vor ihr stand, über sie gebeugt, ein Mann, der sie sicher um zwei Köpfe überragte und kurz bevor *er* in das Zimmer gekommen war, nach der Frau getreten hatte. Nun sah sie auf und *er* fing ihren angsterfüllten Blick auf. Sofort brach sie den

Blickkontakt zu *ihm* ab. Die Tränen, die ihr über das blutverschmierte Gesicht liefen, sah *er* zwar, doch das ließ *ihn* völlig kalt. Der andere Mann trat einen Schritt zurück und *er* kniete sich vor der jungen Frau nieder. *Er* hob ihr Kinn und zwang sie so, ihn anzusehen. Ein höhnisches Lächeln umspielte *seine* Lippen, als *er* sagte: „Wieso?" Sie schluchzte auf, wand sich, doch *er* ließ sie nicht los, sondern wiederholte nur kalt: „Wieso?" Die Frau schnappte nach Luft und antwortete mit tränenerstickter Stimme: „Bitte, Ihr versteht das nicht... Ihr habt mir schon alles genommen... bitte..." „Das war nicht die Antwort auf meine Frage", unterbrach *er* sie mit gefährlich leiser Stimme. Der Mann, der sich im Hintergrund mit einem Revolver in der Hand aufhielt, gab *ihm* das Gefühl von Sicherheit und Triumpf. Fast hätte *er* Mitleid für diese wehrlose junge Frau empfunden, doch eine Stimme in *ihm* schrie: „Hier geht es um deine Existenz, du darfst kein Risiko mehr eingehen!" Und diese Frau war das größte Risiko, das *ihm* bis jetzt untergekommen war. *Er* bemerkte, wie sie anfing zu zittern, als sie den Mann mit dem Revolver bemerkte. „Nein... bitte... Ihr könnt doch nicht..." Flehend sah sie *ihn* an. Das war das erste Mal, dass sie *ihm* wirklich in die Augen sah. Wieder musste *er* lächeln, es war kein freundliches Lächeln, es wirkte boshaft und kalt. „Wieso denn nicht?", fragte *er* und sie erstarrte. Genugtuung erfüllte *ihn*. Sie konnte nur langsam den Kopf schütteln und als wäre ihr Schicksal nicht ohnehin schon besiegelt sagte *er*: „Du hast die gleiche Augenfarbe wie dein Sohn. Oder du hattest sie zumindest." Sie keuchte auf, wieder rannen ihr Tränen über die Wangen und sie schrie: „Warum? Warum er?" *Er* lachte auf. „Weil er gleich viel wusste wie du. Und es darf keine Zeugen geben", sagte *er* kalt und nickte dem anderen Mann zu. Sie schrie verzweifelt um Hilfe, versuchte vergeblich, sich zu befreien, doch *er* schüttelte nur lachend den Kopf. *Sein* Blick hatte nun etwas Wirres, fast Verrücktes. Langsam näherte sich der Mann mit dem Revolver, mit jedem Schritt, den er nähertrat, sah die junge Frau immer mehr ein, dass es vorbei war. Ihr Leben war vorbei, gleich wie das ihres Sohnes und ihrer ganzen Familie, und dass nur, weil sie *ihn* kannte. Und *ihn* verraten hatte. Sie hörte den Schuss, spürte den höllischen Schmerz an ihrer Schläfe, wollte schreien, doch der Schmerz war zu groß und dann sank sie in ewige Dunkelheit. Das letzte, das sie sah, war das teuflische Lächeln, das *seine* Lippen zierte.

1.Kapitel

Lena sah von ihrem Buch auf. Ein Schlüssel rasselte im Schloss und Sekunden später rief ihre Mutter: „Hallo Lena, ich bin wieder da!" Für Lenas Geschmack war sie ein bisschen zu fröhlich. Seufzend legte sie ihr Buch zu Seite und ging langsam die windschiefe Treppe nach unten. In der Küche stand ihre Mutter, pfiff fröhlich vor sich hin, während sie den Einkauf auf den Tisch stellte. Sie fing Lenas Blick auf und lächelte sie an.

„Schätzchen, räumst du bitte den Einkauf aus?" Ohne auf eine Antwort zu warten, wandte sie sich um und widmete sich der Herdplatte. Lena nickte zaghaft und strich sich die langen roten Haare hinter die Ohren. Während sie den Einkauf wegräumte, redete ihre Mutter von ihrer neuen Arbeit. „Du kannst dir gar nicht vorstellen, wie freundlich die Leute hier sind, Lena! Du musst einmal mit in den Laden und meine Mitarbeiter kennenlernen." Als sie Lenas niedergeschlagene Miene bemerkte, ließ sie von der Herdplatte ab und nahm die Hände ihrer Tochter in ihre. „Schatz, du wirst hier sicher Freunde finden. Auch wenn wir erst vor einer Woche hier eingezogen sind, das wird schon, ja?" Lena sah in die ehrlich besorgten Augen ihrer Mutter und versuchte ein Lächeln, was auch ihrer Mutter ein Lächeln ins Gesicht zauberte. „Versprich mir, dass du versuchst, dich hier wohlzufühlen, ok?", fragte sie und Lena nickte. „Tue ich ja sowieso. Wirklich." Das schien ihrer Mutter zu genügen, denn sie sagte nichts mehr und schenkte ihre Aufmerksamkeit wieder dem noch nicht fertigen Mittagessen. Gequält schloss Lena kurz die Augen, bevor sie sich weiter an den Einkauf machte. Sie hasste es, ihre Mutter belügen zu müssen, auch wenn sie sich sonst nur Sorgen machen würde. Das Gefühl, etwas falsch gemacht zu haben, ließ Lena aber einfach nicht los. Ihre Mutter arbeitete viel, besonders seit dem Tod von Lenas Vater. Nachdem sie ihren Mann verloren hatte, war Lenas Mutter mit ihr dann hierhergezogen, was Lena noch nicht ganz willkommen hieß, was vor allem daran lag, dass sie ihre beste Freundin Franci nun so gut wie gar nicht mehr sah. Und die neue Schule war Lena auch noch völlig fremd. Einzig und allein ihr Freund Lukas war ihr geblieben. In diesem Moment klingelte es. Zuerst glaubte Lena, dass jemand vor der Tür stand, bis ihr Blick auf das altertümliche schwarze Telefon fiel, das neben der Couch auf einem Tisch stand. Ihre Mutter sah skeptisch auf das Gerät, entschloss sich dann aber doch, einfach abzuheben. Lena tat, als würde sie sich vollkommen mit dem Einräumen des Einkaufs beschäftigen, hörte jedoch jedes Wort mit, das ihre Mutter am Telefon wechselte. „Isabella? Ja, hallo… was? Nein… das ist nicht dein Ernst… Ja… ja natürlich… sicher… ja, bis dann…" Verstört legte sie auf und setzte sich auf die Couch, ihr Gesicht war leichenblass. Vorsichtig setzte sich Lena neben sie und berührte sachte ihren Arm. „Mama?", fragte sie zaghaft, und versuchte, ihren Blick aufzufangen, doch ihre Mutter wich ihr aus. Lena wurde zusehens nervöser und sie atmete schneller. Was auch immer die Schwester ihrer Mutter dieser gesagt hatte, es war mit Sicherheit nichts Gutes. Ihre Mutter stand auf und ging langsam in Richtung Küche. Lena beschloss, sie erst einmal nicht darauf anzusprechen und ging wortlos in ihr Zimmer.

Ihr Buch lag, geöffnet und mit dem Cover nach oben, immer noch auf ihrem Bett. Lena ging daran vorbei, nahm es im Vorbeigehen, schloss es und stellte es ins Regal. Dann setzte sie sich an ihren Schreibtisch und startete ihren Computer. Zuerst speicherte sie den Artikel, an dem sie momentan für die Schülerzeitung arbeitete, dann öffnete sie ihre E-Mail. Wenn ihre Mutter ihr nicht sagen wollte, was passiert war, dann würde Lena ihre Tante Isabella selbst fragen. Schließlich hatte Lena wohl das Recht zu erfahren, was ihre Mutter dermaßen erschrocken hatte.

„Liebe Tante Isa, ich hab mitbekommen, dass du heute mit Mama telefoniert hast. Verstanden hab ich nichts, aber dann hat Mama das Telefon traurig zurückgelegt und ist dann ganz blass im Wohnzimmer gesessen. Was ist passiert? Mama wollte mir nichts sagen, bitte antworte wenigstens du mir. In Liebe, Lena."

Kurz zögerte Lena, aber dann schickte sie die Nachricht ab. Irgendwer musste ihr einfach sagen, was los war, die Ungewissheit machte Lena nur noch nervöser. Um sich abzulenken, stand sie auf, klappte den Laptop zu und ging zum Fenster. Es hatte angefangen zu regnen und dicke Tropfen rannen an der Fensterscheibe hinab. Dieser Anblick machte Lena traurig, sie fühlte sich irgendwie hilflos. Da fiel ihr Blick auf das leuchtend gelbe Auto, das gerade vor ihrer Haustür angehalten hatte und so gar nicht in das verregnete Landschaftsbild der kleinen Stadt passen wollte. Warum waren Postautos eigentlich gelb? Lena musste trotz der jetzigen Lage wegen dieser Frage grinsen. Doch sofort dachte sie wieder an Tante Isabella. Hoffentlich schrieb sie bald zurück. Lena machte sich riesige Sorgen. Es klingelte und Lenas Mutter rief: „Lena, bitte hol die

Post rein!" Ihre Stimme klang erschöpft, als hätte sie kurz zuvor geweint. Normalerweise hätte Lena jetzt widersprochen, doch ihre Mutter tat ihr leid. Zuerst verstirbt ihr Mann und jetzt… schnell rannte Lena die Treppe nach unten, an der Küche vorbei bis zur Haustür. Draußen schüttete es mittlerweile regelrecht. Der Postbote war bereits wieder in seinem Auto und startete jenes gerade. Lena bückte sich und hob die Briefe auf, bevor diese völlig nass werden konnten. Da fiel ihr ein kleiner gelber Zettel aus dem Stapel. Er fiel zu Boden und der Wind blies ihn weiter. Lena kniff die Augen zusammen. Ein Telegramm. Sie legte die restlichen Briefe unter die Fußmatte vor der Haustür und sprang die Treppen der Veranda hinunter. Sofort stand sie im strömenden Regen und innerhalb einer Minute waren ihre Haare tropfnass. Wasser rann ihr in die Schuhe und auch ihr T-Shirt war nass. Doch Lena ließ sich nicht beirren und folgte dem leuchtend gelben Punkt, den der Wind in einen Baum geweht hatte. Lena hatte Glück. Der Zettel hatte sich zwischen den Blättern eines tiefhängenden Astes verfangen, sie konnte ihn problemlos greifen. Donner grollte und ein Blitz zuckte über den Himmel. Lena zuckte zusammen und schaute gen Himmel. Die dunklen Wolken hingen sehr tief und wurden nur gelegentlich von dem Licht eines langgezogenen Blitzes erhellt. Das Mädchen wandte sich um und lief zurück zum Haus. Die Haustür war zu Lenas Glück nicht zu gefallen, sondern stand einen Spalt breit offen, und sie schlüpfte hinein. Tropfnass stand sie nun im Vorhaus und starrte auf das Telegramm. Sie wusste, wofür es stehen musste, wollte es aber nicht wahrhaben. Lenas Mutter schaute um die Ecke, sie musste gehört haben, dass die Eingangstür ins Schloss gefallen war. Verdattert sah sie nun auf ihre Tochter, deren Haare trieften, als wäre ihr ein Kübel Wasser über den Kopf geleert worden. „Lena?", fragte sie und lächelte unsicher. Lena hielt ohne ein Wort die Post hoch und ihre Mutter nickte wissend. „Davon geflogen?", erkundigte sie sich und Lena nickte. Langsam, damit ihre Mutter es nicht sah, ließ sie das Telegramm in ihrer Hosentasche verschwinden. Ihre Mutter nahm die Post entgegen und sagte, bevor sie wieder in die Küche verschwand: „Das Essen ist in fünf Minuten fertig, ja?" Wieder nickte Lena, und stürmte dann die Treppe nach oben in ihr Zimmer. Dort hockte sie sich auf den Boden und öffnete das Telegramm. Während sie las, stiegen ihr Tränen in die Augen, sie fielen auf das Papier und vor Lenas Blick verschwamm alles.

2.Kapitel

Das ganze Essen über schwieg Lena. Lustlos stocherte sie in ihrem Essen herum. Warum hatte ihre Mutter es ihr nicht gesagt? War Lena ihr nicht wichtig genug dafür? Sie spürte den forschenden Blick ihrer Mutter auf sich ruhen, sah aber dennoch nicht auf. Schließlich seufzte ihre Mutter und sagte: „Ich muss noch mal in den Laden runter, nur für diesen Nachmittag. Sei so lieb und mach den

Abwasch, ja?" Erst jetzt sah Lena auf. Ihre Mutter musterte sie mitfühlend, und Lena nickte. „Natürlich" war ihre Antwort und ohne, dass sie es wollte, lächelte sie ihre Mutter an, die das Lächeln offensichtlich erleichtert erwiderte. Dann gab sie ihrer Tochter einen Kuss auf die Stirn, griff nach ihrem Schlüssel und verschwand zur Tür hinaus. Lena schaute ihr nicht einmal mehr nach. Insgeheim war sie sehr wütend auf ihre Mutter. Sie stand auf, ließ das Essen stehen und ging langsam die Treppe nach oben. Auf der Hälfte der Treppe kam ihr ihr Bruder entgegen, der sie anrempelte und ihr einen kurzen schadenfrohen Blick schenkte. Doch Lena hatte nicht mehr die Kraft, sich überhaupt irgendwie über Jan aufzuregen, sondern sah ihm nur für einen kleinen Moment tieftraurig an und ging dann weiter. Jan verzog das Gesicht. Er ärgerte seine jüngere Schwester für sein Leben gern, doch wenn sie in einer solchen Stimmung war, tat sie ihm leid. Gerade als Lena ihre Zimmertür schließen wollte, hielt Jan diese fest. „Was los?", fragte er und sah sie an. Lena war den Tränen nahe, doch das wollte sie vor ihrem Bruder nicht zeigen, also drehte sie den Kopf weg. „Lass mich einfach in Ruhe, Jan", war das Einzige, dass sie sagte. Sie versuchte, die Tür zu schließen, doch da war ihr Bruder klar im Vorteil und öffnete die Tür, sodass er ins Zimmer gehen konnte. Lena ließ von derselben ab und legte sich mit dem Gesicht zur Wand ins Bett. Jan musterte den nassen Teppich, auf dem Lena gesessen hatte, als sie das Telegramm gelesen hatte und seufzte. Dann setzte er sich auf die Bettkante und berührte sacht Lenas Schulter.

„Komm schon. Sag mir was los ist", bat er, seine Stimme klang weich und sanft, wie es Lena sonst nicht gewohnt war. Sie drehte sich zu ihm und musste ein paar Mal blinzeln, damit sie wieder klarsehen konnte. Ihr Bruder zog sie zu sich und sie ließ es zu. Sie kuschelte sich an ihn und konnte ihre Tränen jetzt nicht mehr zurückhalten. Hemmungslos schluchzte sie und Jan ließ sie weinen. Sanft strich er ihr die Haare aus dem Gesicht. „Alles gut", flüsterte er, „Es ist alles gut." Lena schüttelte den Kopf. „Nein. Ist es nicht." Sie deutete auf das Telegramm, das auf ihrem Nachttisch lag und Jan griff danach. „Ein Telegramm?", fragte er entsetzt und richtete sich auf. Auch Lena setzte sich gerade hin und sah ihrem Bruder zu, wie er Zeile für Zeile das Telegramm las. Sie sah, wie er die Augen zusammenkniff und etwas an der Art, wie er sie dann ansah, ließ Lena erneut in Tränen ausbrechen. „Sie war deine Taufpatin, nicht wahr?", fragte Jan und nahm seine kleine Schwester wieder in den Arm. Diese nickte und zwang sich ruhig zu atmen. „Mama hat es gewusst. Sie hat mit Tante Isa telefoniert, wollte mir aber nicht sagen, was passiert ist." „Weil sie nicht wollte, dass du so traurig bist. Wie jetzt", erwiderte Jan mitfühlend. Wieder sah er auf den gelben Zettel in seiner Hand. „Weiß man, was passiert ist? Also wie sie gestorben ist?" Lena konnte nur den Kopf schütteln. Da erklang unten das Getöse eines Autos. Ihre Mutter war wieder da. „Mist, der Abwasch!", rief Lena und wollte aufstehen, doch Jan hielt sie zurück. „Lass nur. Ich mach den schon." Dankbar lächelte Lena ihren

Bruder an und er lächelte zurück. „Danke", murmelte sie, dann verschwand Jan aus dem Zimmer.

3.Kapitel

Als Jan wieder ins Zimmer kam, lag Lena immer noch in ihrem Bett und starrte an die Decke. Sie fühlte sich so leer und so, als würde sie in einen Abgrund stürzen, der nie endete. Nie würde sie unten ankommen, nie würde das Gefühl zu fallen ein Ende haben. „Hey", sagte Jan und Lena sah zu ihm hoch. „Weißt du eigentlich, wie spät es ist?" Lena schüttelte den Kopf und Jan sagte mit einem Lächeln in der Stimme: „Halb zehn. 21:30 Uhr." Lenas Augen weiteten sich. Wie lange hatte sie jetzt hier gelegen?! Jan schien ihr Staunen zu bemerken, denn er sagte: „Sei froh, dass morgen Sonntag ist, Schätzchen." So nannte er sie immer, wenn er sie entweder aufheitern oder ärgern wollte. Lena entschied sich hierbei aber klar für das Erste und musste zugeben: Es gelang ihm recht gut; augenblicklich musste sie grinsen. Siegessicher hob Jan die Brauen. „Na bitte, geht doch." Unten klingelte das Telefon. Jan und Lena sahen sich vielsagend an. Lena wollte aufstehen, doch Jan schüttelte den Kopf. Also blieb Lena sitzen und sie beide lauschten angespannt. Im Wohnzimmer ging ihre Mutter auf und ab. „Ja? Äh, ja… ja natürlich… Sicher, kein Problem… Lena und Jan? Die sind wohl alt genug, um auf sich selbst aufzupassen. Ja sicher... ja, ich werde dort sein. Sicher... perfekt, danke. Dann bis morgen." Stille. Lena kniff die Augen zusammen. Worum ging es da? Ein Blick in Jans Augen genügte: Auch er verstand nichts. Schritte wurden laut. Ihre Mutter kam die Treppe herauf. Lena reagierte schnell. Sie angelte sich ihren Roman, warf Jan die nächstbeste Jugendzeitschrift zu und tat dann so, als würde sie lesen. Jan brauchte etwas, bis er verstand, was seine Schwester von ihm wollte, doch auch er schmökerte dann zwischen den Seiten, als ihre Mutter den Kopf ins Zimmer steckte. „Hallo meine Lieben...", sie verstummte und sah ungläubig auf Jan, der in all seinen 19 Jahren bestimmt kein einziges Buch oder ähnliches gelesen hatte. Dieser grinste seine Mutter an. „Du liest?", fragte diese, nachdem sie sich wieder gefangen hatte und Jan nickte scheinheilig. „Ja... ähm, ok... Also Kinder, da ist etwas, dass ich euch sagen sollte..." Lena sah von ihrem Buch auf und wartete gespannt. „Also, gerade hat mein Kollege angerufen, ihr wisst schon, der freundliche Mann aus dem Laden, und hat mir mitgeteilt, dass wir, also er und ich, jetzt längere Zeit unsere Produkte im Ausland verkaufen." Jan bekam den Mund vor Staunen gar nicht mehr zu. Zum einen hatte er etwas völlig anderes erwartet und zum anderen gefiel ihm die Vorstellung, jetzt länger einmal seine Mutter los zu sein. Auch Lena hatte nicht den geringsten Einwand und mit wachsendem Interesse fragte sie: „Wow, großartig. Wo verkauft ihr die Sachen denn?" Ein stolzes Lächeln breitete sich auf dem Gesicht ihrer Mutter aus, als sie sagte: „In Rumänien." Lena wechselte einen Blick mit Jan, der von einem Ohr bis zum anderen strahlte, dann sagte sie: „Meine Glückwünsche. Ich nehme an, ihr fahrt am Montag?" Ihre Mutter verneinte freudestrahlend. „Nein, morgen schon. Ich sollte jetzt vielleicht ein paar Sachen packen. Passt aufeinander auf, ja? Wir werden uns morgen früh vermutlich nicht mehr sehen. Ich liebe euch, alle beide.", sagte sie und nahm ihre Kinder in die Arme. Und Lena fühlte nach langer Zeit endlich wieder das Gefühl von Geborgenheit in sich aufsteigen.

4.Kapitel

Wann sie eingeschlafen war, wusste Lena nicht mehr. Auf jeden Fall lag sie dicht neben Jan, der wohl in ihrem Bett eingeschlafen sein musste. Lena musste grinsen. Jan sah so niedlich aus, wenn er schlief. Das würde sie ihm später sagen. Sie warf einen Blick auf ihren Wecker, dessen Anzeige hell im dunklen Zimmer leuchtete. Kurz nach sieben. Lena beschloss, sich noch mal auf die Seite zu drehen und etwas zu schlafen, schließlich war ja Sonntag, als Jan plötzlich laut anfing zu schnarchen. Lena hielt sich die Hände vor den Mund, doch es war zu spät. Sie lachte laut auf, so laut, dass ihr Bruder es hörte und aufwachte. „Sorry", stieß Lena hervor und grinste breit. Jan seufzte theatralisch und meinte: „So wird man heutzutage also aufgeweckt. Meine Güte, Schätzchen, das war das letzte Mal, dass ich in diesem Zimmer hier geschlafen habe!" Lena boxte ihm in die Seite: „Hör auf, mich

Schätzchen zu nennen, sonst erzähl ich das deiner Freundin!", drohte sie ihm. Jan machte den Mund auf, um etwas zu erwidern, schloss ihn aber gleich wieder. Triumphierend lächelte Lena ihn an und streckte ihm die Zunge heraus. Jan hob die Brauen, dann, ehe Lena sich versah, fing er an, sie zu kitzeln. „Nein!", rief Lena lachend und schlug um sich. „Hör auf!" Lachend ließ Jan sie frei. Keuchend saß Lena nun im Bett. „Mach das nie wieder, Schnucki", warnte sie und ihre Augen blitzten. Jan grinste hämisch. „Darf ich dich daran erinnern, dass du auch bereits vergeben bist, SCHÄTZCHEN?", fragte er und lächelte siegessicher. Lena schnaubte, diese Hin und Her beruhte eindeutig auf Gegenseitigkeit. Jan stand auf. „So, das reicht. Gehen wir frühstücken", kommandierte er und marschierte aus dem Zimmer. Lena musste grinsen. Das war das erste Mal, dass sie von ihrem Bruder aufgefordert wurde, mit ihm zu frühstücken. Sie schwang ihre Beine aus dem Bett und stand auf. Kurz drehte sich alles, aber dann sah sie wieder klar. Ihrem Bruder war das aufgefallen, als er den Kopf zur Tür hereingesteckt hatte, und er fragte besorgt: „Bist du tot?", denn Lena hatte sich zurück aufs Bett sinken lassen. Jetzt musste sie lächeln. „Nein. Das auch wieder nicht." Jan nickte zufrieden, trat zu ihr und zog sie hoch. „Kannst du laufen? Soll ich dich stützen? Oder tragen? Oder dir generell das Frühstück aufs Zimmer bringen?", erkundigte er sich und grinste überheblich, nachdem er festgestellt hatte, dass Lena nichts Ernsthaftes passiert war. Diese schnaubte belustigt. „Übertreib nicht. Mir war nur kurz schwindelig." „Zu schnell aufgestanden?" Lena nickte und machte ein paar vorsichtige Schritte in Richtung Tür. Als Jan sah, dass seine Schwester sehr gut allein laufen konnte, ließ er von ihr ab und ging vor ihr die Treppe nach unten. Langsam folgte Lena, als sie unten ankam, saß Jan schon breit grinsend am Frühstückstisch. Lena traute ihren Augen nicht, der ganze Tisch war fertig gedeckt. „Wie?", brachte sie heraus und ihr Bruder sah sie wohlwissend an. „Das gibt's nicht. Du kannst nicht... wie?", fragte Lena nochmals mit einem ungläubigen Lachen in der Stimme und Jan schüttelte grinsend den Kopf. „Magie!", säuselte er und lachte laut auf. Lena sah ihn skeptisch an und hob eine Braue, um ihm zu signalisieren, dass sie ihm nicht glaubte. Sofort war Jan wieder ernst und sagte: „Nein, nein, Mama hat uns wohl noch Frühstück gemacht, bevor sie gefahren ist." Er wies auf einen kleinen Zettel, der neben dem Brotkorb am Tisch lag und Lena faltete ihn auseinander.

Guten Morgen meine Lieben, ich hoffe, ihr habt gut geschlafen. Lasst euch das Frühstück schmecken, ich hab euch lieb. Passt aufeinander auf. In Liebe, Mama.

Ein Lächeln breitete sich auf Lenas Gesicht aus und sie legte den Zettel zurück auf den Tisch. „Und was machen wir nach dem Frühstück?", fragte sie, während sie Butter auf eine Scheibe Brot strich. Jan zuckte mit den Schultern. „Keine Ahnung, aber es ist Sonntag... vielleicht sollten wir in die Kirche..." „Vergiss es", unterbrach Lena ihren Bruder und schüttelte entsetzt den Kopf. Jan lachte. „War doch nur ein Scherz, lass dich nicht immer von mir ärgern!" Lena kniff die Augen zusammen, doch auch sie konnte nicht anders, als zu lachen. Jan nahm sich zusammen. „Aber jetzt ohne Spaß, was machen wir? Den ganzen Tag zu Hause zu sein und nichts zu tun steht nicht zur Auswahl." Lena nickte. „Da muss ich dir ausnahmsweise sogar recht geben", sagte sie grinsend, legte das nicht fertig gestrichene Brot zurück, nahm ihren Teller und stand auf. Ihr Bruder sah sie an. „Fertig?", erkundigte er sich ungläubig und legte den Kopf schief. Lena nickte. Irgendwie war ihr der Appetit vergangen, ohne dass sie sagen konnte, warum. Jan zuckte nur mit den Schultern und griff erneut in den Brotkorb. Während Lena ihren Teller abspülte, herrschte eine unergründliche Stille, die Lena einen Schauer über den Rücken jagte. Endlich brach Jan das peinliche Schweigen. „Weißt du eigentlich, wann Mama zurückkommt?", fragte er. Lena überlegte. Davon hatte ihre Mutter nie etwas gesagt. Oder etwa doch? Lena konnte sich nicht mehr daran erinnern, also schüttelte sie langsam den Kopf. „Wird schon nicht so lange sein", meinte Jan, aß den letzten Rest Brot und stand dann ebenfalls auf, um seinen Teller abzuwaschen. „Ja... hast wohlrecht...", murmelte Lena und sah weg. Tief in ihrem Inneren machte sie sich große Sorgen um ihre Mutter. Zum einen kannte sie diesen „freundlichen Arbeitskollegen" kaum und zum anderen war Rumänien nicht gerade das sicherste Land auf Erden... Jan unterbrach ihre Gedanken, indem er mit der Hand vor ihrem Gesicht herumwinkte. „Hallo? Jemand zu Hause? Lena?

Was ist jetzt wieder?", fragte er und es klang aufrichtig besorgt, doch Lena schüttelte den Kopf. Vermutlich zerbrach sie sich umsonst den Kopf und ihre Mutter würde in ein oder zwei Wochen unversehrt wieder zu Hause sein. Was soll denn auch groß passieren?

5.Kapitel

Es war stockdunkel, als *er* die Gasse entlang ging. Trotz der vorangeschrittenen Zeit brannten in vielen Häusern noch Lichter und von überall her drang Gelächter zu *ihm*. Ein Auto fuhr vorüber und es hatte angefangen zu regnen. Wasser spritzte auf, doch *er* wich geschickt aus und setzte stur *seinen* Weg fort. Kein Risiko. Nicht noch einmal. Es war zu riskant. *Sein* Leben, *seine* Existenz stand auf dem Spiel.

6.Kapitel

Lena fuhr hoch. Schweißgebadet saß sie nun in ihrem Bett und keuchte, als wäre sie zuvor einen Marathon gelaufen. Ein Blick auf den Wecker, der matt das Zimmer beleuchtete, welches sonst stockdunkel war, verriet Lena, dass es erst kurz nach zwei Uhr früh war. Sie beschloss, einfach wieder einzuschlafen, doch dies war leichter gesagt als getan. Immer wieder blitzte das Bild eines verlassenen Hauses in ihren Gedanken auf, dann ein Schrei und kurz konnte sie ihre Taufpatin sehen, am Boden liegend und tot. Lena kniff die Augen zusammen, doch sie konnte die Bilder nicht verdrängen, immer wieder und in der gleichen Reihenfolge sah sie sie. Schließlich stand Lena auf und verließ leise ihr Zimmer. Die Zimmertür ihres Bruders war nur angelehnt und der schwache Schein der Zimmerlampe fiel auf den Flur. Langsam öffnete Lena die Tür und sah ihrem Bruder direkt in die Augen, der wohl gerade die Tür schließen wollte. In seinen Augen konnte Lena sehen, dass er sich Sorgen machte, und sie konnte es ihm nicht verübeln, sie musste wirklich mitleiderregend aussehen. „Alles ok?", fragte Jan leise und Lena schüttelte den Kopf. In Ordnung war wirklich gar nichts, nicht mehr, seit ihre Taufpatin so unverhofft verstorben war. Jan sah ihr an, dass sie nicht darüber reden wollte, also zog er sie nur sachte ins Zimmer. Dort führte er sie zu seinem Schreibtischsessel und sie setzte sich langsam hin. Jan selbst lehnte sich gegen seinen Schreibtisch. „Also? Was ist los?", fragte er, sichtlich beunruhigt. Lena bekam immer noch kein Wort heraus, denn auch jetzt noch sah sie das unheimliche Haus und ihre Patin vor sich. Sie schauderte und schüttelte wieder den Kopf. Jan sah seine Schwester sorgenvoll an. „Lena, wirklich. Du siehst aus wie ein Schlossgeist. Oder als wärst du gerade aus deinem Grab auferstanden. Was ist passiert? Was ist so schlimm, dass du es nicht sagen willst?" Lenas Atem ging auf einmal schneller und sie zitterte unkontrolliert. Jan schloss sie in die Arme, er hatte längst bemerkt, dass etwas ganz und gar nicht in Ordnung war. „Hey, beruhige dich. Alles wird gut. Vertrau mir." Und Lena wurde tatsächlich ruhiger. Sie atmete tief durch und zwang sich, ihren Bruder anzusehen. „Sie... das Haus... es... es war Mord, Jan...", brachte sie stockend heraus und Jan zuckte kaum merklich zusammen ob der unerwarteten Information. „Wer? Um wen geht es?", fragte er zögerlich. Lena musste schlucken. Wieder das Bild. Doch sie riss sich zusammen. „Meine Taufpatin. Sie ist... es war Mord, sie ist nicht ohne Grund gestorben!", brachte sie heraus. Jan sah sie zweifelnd an. „Wie kommst du darauf?", fragte er ruhig, aber Lena konnte hören, dass er ihr definitiv nicht glaubte. Und so langsam musste sie sich selbst eingestehen, dass es ja doch nur ein Traum war. Aber trotzdem... „Ich weiß nicht, es war so real...", murmelte sie. Langsam sah sie auf und blickte Jan ins Gesicht. In seinen Augen spiegelte sich Verwirrung wider. „Es war nur ein Traum, Lena", sagte er langsam, denn nun begriff er, was seine Schwester meinen könnte. Diese nickte und wollte gehen, aber Jan hielt sie zurück. „Bleib sitzen", war das Einzige, was er sagte und Lena gehorchte. Zum einen wollte sie nicht mehr allein zurück in ihr Zimmer gehen und zum anderen fühlte sie sich bei Jan sicherer. Dankbar kauerte sie sich auf dem Sessel zusammen und sank Sekunden später in einen traumlosen Schlaf.

7.Kapitel

Das Piepsen eines Weckers ließ Lena zusammenfahren. Verschlafen richtete sie sich auf.

Wenn Jan gestern seinen Wecker nicht mehr gestellt hätte, würde sie noch schlafen. „Verdammt, Lena! Du bist 17! Werd endlich etwas selbstständiger!", ermahnte sie sich und stand auf. Jan war nicht mehr da, er war vermutlich schon von seinen Freunden abgeholt worden. Langsam torkelte Lena die Treppe nach unten in die Küche. Dort griff sie unbeholfen nach einem Glas Orangensaft und kippte es in einem Zug hinunter. Mit der Zeit klärten sich die Ereignisse letzter Nacht und wie ein Schwall Wasser ergossen sich die Erinnerungen über Lena. Wieder die Bilder, wieder ein durchdringender Schrei in ihren Gedanken. Lena stürzte ins Bad, keine Sekunde zu früh, denn als sie vor dem Waschbecken stand, erbrach sie sich. Als ihr Magen sich beruhigt hatte, ging sie vorsichtig wieder nach oben. Vielleicht sollte sie heute nicht in die Schule gehen. Andererseits brauchte sie dringend Ablenkung. Ihr Handy vibrierte. Lukas. Freude durchströmte Lena. Wenigstens einer erkundigte sich nach ihr, mal abgesehen von ihrem großen Bruder.

Hallo Schatz, hoffe du hast gut geschlafen. Würde dich in zehn Minuten mit dem Motorrad abholen kommen, ist das ok? Ich liebe dich!

Lena lächelte. Dann viel ihr Blick auf die Uhr. Ihr Freund hatte ihr vor fünf Minuten geschrieben, sie hatte also nur noch fünf Minuten, bis er bei ihr war! Der plötzliche Zeitdruck lenkte Lena endlich von ihrem Traum ab und sie stürmte in ihr Zimmer.

8. Kapitel

Endlich läutete die Glocke. Lena war innerhalb von zwei Minuten fertig umgezogen und geschminkt gewesen und hatte so noch Zeit gehabt, kurz zu frühstücken. Jetzt angelte sie sich die schwarze Lederjacke ihrer Mutter und trat nach draußen. Eisige Luft schlug ihr entgegen. Lena blinzelte und erkannte dann Lukas, der mit dem rabenschwarzen Motorrad in ihrer Einfahrt stand. In seiner Hand hielt er einen dunkelblauen Helm. Lächelnd ging Lena auf ihn zu. „Einen wunderschönen guten Morgen, die Dame", begrüßte Lukas und schloss sie in die Arme. „Wohin solls gehen?" Breit grinsend hielt er ihr den Helm hin und mit einem noblen Nicken nahm Lena ihn entgegen. „Zur Sommersteinschule, wenn ich bitten darf, mein feiner Herr", befahl sie und musste lachen. Höflich neigte Lukas den Kopf. „Dann soll es so sein. Steigt auf, holde Maid und ich bringe Euch, wo immer Sie hinwollen!" Mit diesen Worten drehte er den Zündschlüssel und Lena stieg hinter ihn auf das Motorrad. Innerhalb weniger Minuten waren sie vor der Schule und Lukas ließ Lena absteigen. „Bis später, Schatz. Wir sehen uns nach der Schule, ich bring dich dann nach Hause", sagte Lukas, küsste Lena kurz, dann fuhr er weiter, um sein Motorrad hinter der Schule abzustellen. Lächelnd betrat Lena das Schulgebäude und ging schnellen Schrittes in Richtung ihrer Klasse. Der Flur wirkte schon wie ausgestorben, nur ein paar vereinzelte Erstklässler irrten noch umher, weil sie ihren Klassenraum nicht fanden. Plötzlich bog ein

Junge um die Ecke, komplett in schwarz gekleidet und sah sich hektisch um. Sie liefen knapp aneinander vorbei, und sahen sich für den Bruchteil einer Sekunde genau in die Augen. Lena senkte sofort den Blick, dann war er auch schon vorüber und Lena wagte einen Blick über die Schulter. Der Junge ging die Treppe zu den Spinten hinunter und verschwand just in diesem Moment. Lena starrte noch lange auf die Stelle, wo er verschwunden war, dann schüttelte sie den Kopf. Sie war ohnehin schon sehr spät dran, wenn sie sich nicht beeilte, würde der Lehrer vor ihr in der Klasse sein. Sie begann zu laufen und punktgenau beim ersten Läuten der Schulglocke betrat sie den Klassenraum.

9.Kapitel

Schnell setzte sich Lena neben Claire, ihrer Sitznachbarin. „Hab ich was verpasst?", raunte sie, denn in der Klasse war es ungewöhnlich still. Claire schüttelte amüsiert den Kopf. „Wie schaffst du es nur jedes Mal, dass du so spät aufstehst, aber trotzdem pünktlich zur ersten Stunde in der Schule bist?", fragte sie lachend, verstummte aber sofort, als der Lehrer die Klasse betrat. Alle sahen augenblicklich auf, jeder sah den Jungen an, der mit dem Lehrer in den Raum gekommen war. Lena traute ihren Augen nicht. Es war doch tatsächlich der Junge, dem sie schon im Flur begegnet war. Sie war so überrumpelt, dass sie nicht einmal verstand, was der Lehrer über den Jungen sagte. Erst als Claire ihr unsanft in die Rippen stieß, war sie wieder ganz bei der Sache. „Thiago ist hierhergezogen, weil es in Rumänien für Kinder in seinem Alter sehr gefährlich ist, vor allem, weil es dort Gerüchten zufolge wieder eine Mafia geben soll, die vor allem Kinder und Jugendliche als Geiseln nimmt und für sie Lösegeld verlangt. Thiagos Vater wird schon lange vermisst, deshalb ist er zu uns in ein Wohnheim gezogen", erklärte der Lehrer, dann sah er Thiago an. „Setz dich einfach dort hin." Er wies auf den freien Tisch vor Lena und Claire. Thiago nickte kurz, dann setzte er sich hin. Lena wusste nicht, was auf einmal mit ihr los war. Sie fühlte sich benebelt und unkonzentriert, oder besser gesagt abgelenkt. Wie in Trance holte sie ihr Mathematikbuch aus ihrem Rucksack und arbeitete mit Claire die Beispiele aus. Immer wieder warf sie einen heimlichen Blick auf den Neuen. Als es endlich zur Pause läutete, stand Lena auf. Claire sah sie fragend an. „Ich muss kurz raus. So stickig wie heute wars hier drin schon lang nicht mehr", erklärte Lena und Claire fackelte nicht lange und stand ebenfalls auf. Zusammen verließen sie die Klasse und gingen bis zum Hintereingang der Schule, der unten bei den Spinten lag und den außer ihnen kein Schüler der Sommersteinschule kannte. „Also? Was ist los? Du benimmst dich merkwürdig", sagte Claire und sah ihre Freundin von der Seite aus an. Lena zögerte, entschloss sich aber dann, vorerst mit niemandem über ihre plötzlich verrücktspielenden Gefühle zu reden. „Ich weiß auch nicht. Mir war schon heute Morgen nicht gut... und jetzt in der Stunde hab ich auch noch

Kopfweh bekommen." Lena zuckte mit den Schultern und Claire lächelte mitfühlend. „Immer du, nicht wahr? Das Pech folgt dir auf Schritt und Tritt", meinte sie und Lena musste grinsen. Claire hob siegessicher die Brauen, als ihr etwas einfiel. „Du, eine Frage. Worum wird's bei deinem neuen Artikel für die Schülerzeitung gehen? Das frage ich mich schon die ganze Woche…" „Darf ich dich daran erinnern, dass heute erst Montag ist?", fragte Lena lachend und Claire tat überrascht. „Tatsächlich? Wäre mir nicht aufgefallen. Nein, Spaß beiseite, ich bin wirklich neugierig. Worum solls da gehen?" Lena überlegte. Bis jetzt hatte sie sich keine großen Gedanken darüber gemacht, vielleicht sollte sie wirklich langsam anfangen, ein Thema auszuarbeiten. Da kam ihr eine Idee. „Vielleicht…", begann sie, doch Claire konnte nicht anders, als sie zu unterbrechen. „Was heißt da vielleicht? Du hast dir bis eben jetzt noch keine Gedanken darüber gemacht, stimmts oder hab ich recht?" Lena konnte sich ein Grinsen nicht verkneifen, ihre Freundin kannte sie eindeutig in- und auswendig. „Ja, du hast recht. Leider. Aber ich habe eine Idee. Eine konkrete zumindest", ließ sie Claire wissen. In diesem Moment läutete es zur Stunde. Claire und Lena sahen sich an. „Erzähls mir nachher", sagte Claire, im gleichen Moment als Lena versprach: „Ich erzähls dir später." Die Freundinnen lachten und gemeinsam gingen sie zurück über die Treppen nach oben in ihre Klasse.

10.Kapitel

Der Schultag zog sich ewig lang dahin und es erschien Lena als wären Jahre vergangen, seit sie heute Morgen aufgestanden war. Nach qualvollen sechs Stunden Unterricht läutete endlich die Schulglocke. Erleichtert packte Lena ihre Sachen zusammen, als Claire sich zu ihr rüber beugte. „Und?", fragte sie gespannt, doch diese Frage kam für Lena zu schnell, sodass sie nicht verstand, was ihre Freundin von ihr wollte. „Was?", fragte sie daher und sah von ihrer Schultasche auf. Claire seufzte. „Ach Lena, so vergesslich wie du muss man erst mal sein. Ich rede von deinem Artikel. Schülerzeitung. Na, klingelts?" „Ach so! Ja, genau, sicher." Sie schulterte ihren Rucksack und die Mädchen verließen die Klasse. „Ich hab mir gedacht, dass ich vielleicht etwas über Rumänien schreibe. Ich mein, Mafia und so Sachen interessieren doch ziemlich jeden, oder? Außerdem ist meine Mutter auch gerade geschäftlich in Rumänien, die kann mir dann auch etwas helfen…" Claire schmunzelte wohlwissend. „Das ist aber nicht der eigentliche Grund, warum du das machst, oder? Lass mich raten… du denkst an schwarze Haare und…" „Hey! Was? Nein!", rief Lena aus und boxte Claire gegen die Schulter, die laut anfing zu lachen. „Gibs zu Lena! Du kannst nicht leugnen, dass du die ganze Zeit, wenn du glaubst, dass ich es nicht sehen, zu Thiago schaust. Ich bin doch nicht blöd!" Lena ließ die Schultern hängen und Claire wusste sofort, dass sie etwas Falsches gesagte hatte. „Oh, sorry…

ich wollte nicht..." „Schon gut. Weißt du ich fühle mich deswegen schlecht. Ich meine, ich bin ja mit Lukas zusammen..." Claire verstand sofort. „Ach so ist das! Hey, hör mir zu, für deine Gefühle kannst du ja wohl wirklich nichts, da musst du dich nicht schlecht fühlen, ok?" Lena nickte und versuchte, eine möglichst fröhliche Miene aufzusetzen, die ihr zwar nicht sonderlich gelang, aber wenigstens Claire wirkte beruhigt. So verließen sie nebeneinander die Schule und Claire verabschiedete sich, um den Bus noch zu erwischen. Lena blieb allein vor dem Eingangstor der Sommersteinschule zurück. Fast allein. Plötzlich stand Thiago hinter ihr und fragte leise: „Stimmt es, dass du einen Zeitungsartikel über die Rumänische Mafia schreiben willst?" Lena hatte ihn den ganzen Tag nicht sprechen gehört, umso mehr war sie nun überrascht darüber. „Äh... ja?", stammelte sie und wusste instinktiv, dass sie rot wurde. Sofort sah sie zu Boden. „Ich finde diese Idee nicht sehr gut, Lena." Woher kannte er plötzlich ihren Namen? „Warum?", fragte sie, vielleicht eine Spur zu schnippisch. Er lachte leise. „Weißt du nicht wie gefährlich eine Mafia sein kann?", flüsterte er, so leise, dass Lena ihn fast nicht verstanden hätte. Aber da sie ihn verstanden hatte, wurde es ihr zu viel. „Ja, ist mir bewusst, danke. Und dir ist hoffentlich aufgefallen, dass wir hier in Deutschland leben?" Die Geräusche eines Motorrads wurden laut. Thiago kniff die Augen zusammen. „Sei vorsichtig", meinte er, seine Stimme war jetzt so tief und dunkel, dass es Lena eiskalt über den Rücken lief. Bevor sie noch etwas sagen konnte, wandte er sich ab und verschwand. Lena starrte ihm nach, ohne recht zu wissen, warum. Dieser Junge hatte ihr nicht zu sagen, was sie tun sollte und was sie zu lassen hatte. Endlich tauchte Lukas auf. Seltsam erleichtert ging Lena ihm entgegen.

11.Kapitel

Völlig aufgelöst betrat Lena die Wohnung. Jan war noch nicht da, er war wahrscheinlich mit ein paar Freunden etwas trinken gegangen, aber selbst das war Lena gerade egal. Sie stellte ihre Schultasche neben den Herd in der Küche. Dann öffnete sie den Schrank mit den Tellern, stellte eines auf den Tisch und zog dann die Schublade mit dem Besteck auf. Ihr blieb das Herz stehen, als sie einen Blick hineinwarf. Die Gabeln und die Löffel waren unversehrt, doch das Fach mit den Messern darin war ein schlimmer Anblick. An den Schneiden jedes einzelnen Messers klebte Blut, es war an den Griffen herabgeronnen und sammelte sich im ganzen Fach. Lena wurde schlecht, alle Farbe wich aus ihrem Gesicht. Mit einem leisen Schrei stieß sie die Schublade zu und torkelte ein paar Schritte rückwärts. Ihr Herz raste nun und sie atmete sehr schnell. Was war hier passiert? In diesem Moment wurde die Tür zur Wohnung aufgeschlossen und Jan betrat dieselbe. Als er Lena sah, die da kreidebleich auf einem Stuhl im Esszimmer saß, verschwand alle Freude aus seinem Gesicht und er stürzte zu ihr. „Lena! Um Himmels Willen, was ist passiert?!"

Doch Lena konnte nicht antworten, ohne ein Wort zu sagen stand sie auf und führte ihren Bruder in die Küche. „Was ist passiert?", wiederholte Jan wieder und wieder, bis Lena endlich sagte: „Die Besteckschublade… alles rot… die Messer… die sind alle voll mit Blut…" „Was?!", rief Jan entsetzt aus, stürmte in die Küche und riss die Schublade mit dem Besteck darin auf. Sein Blick verdunkelte sich, aber nicht aus Schrecken, sondern aus Sorge. Aus Sorge um die Gesundheit seiner Schwester. „Lena? Was soll das?", fragte er mit bemüht ruhiger Stimme. Auf wackeligen Beinen trat Lena zu ihm. Sie lugte in die Lade. Sie war sauber. Die Schneiden der Messer blitzten auf, als das Licht der Zimmerlampe auf sie fiel. „Und jetzt erklärst du mir mal, was hier los ist", verlangte Jan und setzte sich auf den Stuhl im Esszimmer.

12.Kapitel

Das Verhör, das Jan mit seiner Schwester führte, dauerte sehr lange. Erst als Lena nicht mehr versuchte ihm klarzumachen, dass das Blut wirklich da gewesen war, sondern kleinlaut zugab, dass sie sich das alles wohl nur eingebildet hatte, entließ er sie. Fix und fertig ging Lena die Treppe nach oben in ihr Zimmer. Wie war das möglich? Es ergab einfach keinen Sinn, warum hatte Jan es nicht sehen können, sie schon und warum war schlussendlich wieder alles normal und ohne den geringsten Beweis gewesen? Es klopfte, doch Lena brachte es nicht mehr heraus, Jan hereinzubitten. Langsam öffnete sich die Tür und ihr Bruder steckte den Kopf ins Zimmer. „Lena? Alles in Ordnung?" Lena antwortete nicht, sondern schüttelte den Kopf und drehte sich weg. Sie hörte Jan seufzten. „Vielleicht ist es besser, wenn du morgen einmal nicht in die Schule gehst", meinte er. Als Lena immer noch nicht antwortete, schüttelte er den Kopf und verließ das Zimmer, was Lena nur recht war. Endlich hatte sie die nötige Ruhe, die sie brauchte, um über all die Ereignisse des heutigen Tages nachzudenken. Doch jede Vermutung, die sie aufstellte, verwarf sie sofort wieder, denn nichts davon ergab Sinn. Das Einzige, das im Entferntesten passen könnte, war, dass Thiago etwas damit zu tun hatte. Schließlich war er derjenige, der nicht wollte, dass sie den Artikel über die rumänische Mafia schrieb… Als ihr Handy klingelte, schrak Lena zusammen. Sie musste dringend ihren Klingelton ändern, jedes Mal schreckte sie sich, wenn „Nothing else matters" von Metallica erklang. Auf alle Fälle griff sie langsam nach ihrem Handy. Es war Lukas. Gott sei Dank, endlich eine Person, die sie verstehen und nicht für völlig verrückt halten würde. Oder… vielleicht war es besser, wenn sie erst einmal niemandem von diesem Vorfall erzählte… Ihr Handy verklang. Sofort rief Lena Lukas zurück, der, wie zu erwarten, sofort abhob. „Hey Süße, hast du Zeit?", erklang Lukas' Stimme aus dem Handy und Lena lächelte. „Natürlich. Mein Bruder ist im Moment nur leider der Meinung, mich beschützen zu müssen, und zwar vor so ziemlich allem und jedem", antwortete sie wahrheitsgemäß und verdrehte die Augen. Lukas pfiff durch die Zähne. „Was hast du jetzt wieder angestellt, Schätzchen?", erkundigte er sich. „Gar nichts", beteuerte sie, „Aber kommst du trotzdem? Ich klettere aus dem Fenster, das ist mir egal." Lena hörte Lukas lachen. „Sicher. Ich lass das Motorrad einige Straßen vorher stehen, damit dein Bruder auch wirklich nichts mitbekommt." Wärme erfüllte Lena. „Danke, du bist der Beste", sagte sie, dann verabschiedeten sie sich und Lena legte auf. Thiago war im Moment völlig vergessen und sie zog sich um. Plötzlich flog ein kleiner Stein gegen ihre Fensterscheibe und Lena schrak zusammen. Sie angelte sich einen Rucksack, steckte Handy, Geldtasche und Ausweis hinein und trat ans Fenster. Unten stand, breit grinsend, Lukas und winkte zu ihr hoch. Lena öffnete das Fenster und blickte nach unten. Es war doch etwas höher als erwartet, aber wenn sie unten richtig aufkam, würde nichts passieren. Sie setzte sich auf das Fensterbrett. Dann stieß sie sich von der Hausmauer ab und sprang. Der Flug war kurz und der Aufprall deutlich leiser und bei weitem nicht so schmerzvoll, wie Lena erwartet hatte. Lukas empfing sie lächelnd und umarmte sie. „Das ist mein Mädchen!", murmelte er ihr ins Haar und küsste sie. Lena erwiderte den Kuss, dann zog Lukas sie in die Richtung, in der er sein Motorrad stehen gelassen hatte. „Was hat dein Bruder denn wieder?", erkundigte Lukas sich bei Lena, während er ihr den Helm reichte. „Frage ich mich auch", war ihre Antwort und Lukas lächelte sie an. „Du hast was angestellt. Richtig?" Lena schüttelte den Kopf und musste grinsen. Lukas ließ den Motor an und Lena stieg auf. Zusammen fuhren sie eine Landstraße entlang, die nur vereinzelt von einigen Straßenlaternen erhellt wurde. Der Wind blies Lenas Haare vor sich her und sie hielt sich an Lukas fest, der in ruhigen Kurven die Straße entlangfuhr. Irgendwann bog er auf einen schmalen Forstweg ab und fuhr weiter, bis er bei einem kleinen See stehen blieb. Lukas ließ Lena absteigen, stellte das Motorrad zur Seite und nahm ihre Hand. Lena war überwältigt ob des Anblicks, den der See ihr bot. Im halb gefrorenen Wasser spiegelte sich die Sonne, die gerade hinter den Bergen im Westen verschwand und ließ den See dadurch glitzern. „Das ist wunderschön", flüsterte sie und ließ sich von Lukas zum Steg ziehen. Dort setzten sie sich hin und Lena lehnte ihren Kopf gegen seine Schulter. Es war der schönste Abend, den Lena seit langem gehabt hatte. Und wenn sie gewusst hätte, dass es einer der letzten sein würde, wäre es ihr egal gewesen, wann sie nach Hause gekommen wäre. So fuhren sie kurz nach halb 10 wieder zurück, Lena schenkte Lukas noch einen liebevollen Kuss und kletterte dann über den gleichen Weg ins Haus, den sie zuvor nach draußen genommen hatte.

13.Kapitel

Und wieder schreckte Lena aus dem Schlaf hoch. Sie zwang sich, sich zu beruhigen und erst als ihr Atem wieder regelmäßig ging, richtete sie sich auf.

Halb vier. Kurz zog Lena in Erwägung, wieder zu Jan zu gehen, doch diese Idee währte nicht lange. Ihr Bruder würde sie ohnehin nicht verstehen. Also blieb sie einfach liegen und starrte an die Decke. Langsam gewöhnten sich ihre Augen an die Dunkelheit des Zimmers, welches nur ganz schwach vom Mond, der durchs Fenster schien, erleuchtet wurde. Vor sich sah das Mädchen immer noch die rot gefärbten Messer und sie schauderte. „Lena, reiß dich zusammen!", mahnte sie sich und schüttelte den Kopf. Wenn das so weiterging, würde sie in einer Psychiatrie landen. Wie würde ihre Mutter regieren, wenn sie nach Hause kam und Jan ihr erzählte, dass ihre einzige Tochter in einem Irrenanstalt saß? Nein, soweit würde Lena es nicht kommen lassen. Morgen würde sie etwas mit Claire unternehmen, um auf andere Gedanken zu kommen, egal, ob Jan sie rausließ oder nicht. Im Notfall würde sie wieder durchs Fenster nach draußen klettern. Lena erhob sich leise, ging lautlos zu ihrer Schultasche und zog ihre Kopfhörer hervor. Dann griff sie nach ihrem Handy, steckte sich die Kopfhörer in die Ohren und legte sich zurück ins Bett. „Every day for us something new. Open mind for a different view, and nothing else matters…"

14. Kapitel

Lena war mehr als froh, als sie am nächsten Morgen aufwachte und Jan schon verschwunden war. Ungewöhnlich schnell machte sie sich fertig, packte ihre Sachen zusammen und verließ das Haus. Draußen zückte sie ihr Handy und rief Lukas an. „Hi, Schätzchen, was gibt's?", fragte er und Lena hörte das Lächeln in seiner Stimme. „Kommst du mich abholen?", fragte sie hoffnungsvoll und wartete. Sie hörte Lukas seufzen. „Tut mir leid, das geht nicht. Der Rektor will mich sprechen, noch vor der ersten Stunde, ich muss in zwei Minuten in der Schule sein", sagte er bedauernd und er meinte es ernst. Trotzdem war Lena bedrückt. „Und mir wirfst du vor, dass ich Sachen anstelle, und dann landest du beim Direktor!" Lukas lachte. „Ja, sieht fast so aus. Erinnere mich daran, falls ich dir jemals wieder so etwas unterstelle!" Sie verabschiedeten sich und Lena legte auf. Dann sah sie sich kurz um. Der Nebel verlieh der kleinen Gasse etwas Unheimliches, obwohl einige Sonnenstrahlen durch die Wolkendecke fielen. Lena fröstelte. Es war noch sehr kalt so früh am Morgen, bald würde Lukas auch gar nicht mehr mit dem Motorrad fahren können, wenn die Straßen eisig wurden. Weit wohnte Lena nicht von der Schule weg, zu Fuß würde sie nicht länger als eine viertel Stunde brauchen, bis sie dort war. Sie schulterte ihren Schulrucksack und ging am schmalen Gehsteig neben der Hauswand entlang. Eine schemenhafte Gestalt tauchte vor ihr im Nebel auf. Zuerst dachte Lena, diese ging vor ihr her, doch bald erkannte sie, dass sie genau auf sie zukam. Plötzlich blieb die Person stehen. Sofort wurde Lena langsamer. Das leise Gefühl von Angst beschlich sie, während sie sich der Gestalt näherte. Der Nebel wurde lichter, und endlich erkannte Lena, um wen es sich handelte. „Thiago? Was machst du denn hier?", fragte sie und wusste nicht, ob sie verärgert oder einfach nur erleichtert sein sollte. Thiago sah sie durchdringend an. Lena wurde mulmig zumute. „Hör mal, lass mich einfach in Ruhe, ja? Ich kann nichts dafür, dass…", sagte sie, doch Thiago schüttelte den Kopf. „Schreib den Artikel nicht. Nicht über dieses Thema. Das ist gefährlich, du setzt deine Familie aufs Spiel, wenn du ihn schreibst", sagte er. Lena kniff die Augen zusammen, Wut kochte in ihr hoch. „Du hast mir nicht zu drohen, Thiago! Und ich lasse mir von dir nicht vorschreiben, was ich tun soll und was nicht!" Mit diesen Wochen ging sie an ihm vorbei, hastete weiter und war froh, als sie um die nächste Ecke bog. Immer noch fühlte sie Thiagos stechenden Blick im Rücken und sie schauderte. Vorsichtig spähte Lena um die Ecke. Doch Thiago war längst nicht mehr da.

15.Kapitel

Lena war unendlich froh, als sie endlich in der Schule ankam. Als sie die Klasse betrat, stockte ihr der Atem. Thiago saß, von den Jungen ihrer Klasse umringt, auf seinem Platz, als wäre er schon vor Ewigkeiten in der Schule angekommen. Wie angewurzelt stand Lena jetzt im Türrahmen, bis Claire zu ihr trat und sie vorsichtig zu ihrem Platz zog. „Alles gut?", fragte sie, nachdem Lena sich gesetzt hatte. Langsam nickte diese und kam wieder in die Wirklichkeit zurück. Claire sah nicht überzeugt aus, aber sie beließ es dabei und fragte: „Gehst du heute mit zum Training?" Claire war schon bei der Cheerleader Gruppe der Schule dabei, seit sie hier angefangen hatte. Ab und an sah Lena ihr beim Training zu, was in letzter Zeit aber ziemlich selten geworden war. Lena schüttelte bedauernd den Kopf. „Geht nicht. Heute treffen wir uns wegen der Schülerzeitung. Aber vielleicht komme ich nach", erklärte sie und Claire nickte. „Stimmt ja, die Schülerzeitung. Hätte ich fast vergessen. Hast du mit deinem Artikel schon angefangen?" Claire interessierte sich immer für Themen, die ihre Freundinnen für interessant hielten, auch wenn sie sich selbst nicht damit beschäftigte. Wieder war Lena gezwungen zu verneinen. „Noch nicht." „Warum? Das Thema hast du ja schon, oder? Da kannst du doch sofort anfangen!", meinte Claire, „Soll ich dir helfen? Ich lass das Training aus und dann schreiben wir am Nachmittag zusammen an deinem Artikel!" Lena lächelte. „Das ist echt lieb von dir, danke, aber das musst du nicht. Ich muss den Vorschlag sowieso erst mit dem Team besprechen und auf meine Mutter warten, sie kann mir sicher viel über Rumänien erzählen, wenn sie von ihrer Geschäftsreise wieder zu Hause ist und außerdem ist dein Training die letzten drei Wochen ausgefallen, weil ja dein Coach nicht da war. Geh du zum Training. Ich komme aber gern auf dein Angebot zurück", sagte sie noch und Claire nickte begeistert. In dem Moment betrat der Lehrer die Klasse und alle Schüler verstummten augenblicklich.

16.Kapitel

Heute verging der Schultag erstaunlich schnell. Claire verabschiedete sich, um nicht zu spät zum Training zu kommen und ließ Lena allein zurück. Immer noch lächelnd packte sie ihre Sachen zusammen und verließ die Klasse. Der Gang war sehr belebt, überall schrien und liefen Kinder herum. Lena bog vor der Treppe, die zu den Spinten führte, nach links ab und ging dann einen schmalen Gang entlang, bis sie vor der hohen Flügeltür der Bibliothek stand. Dieser Gang wurde von so gut wie niemandem mehr genutzt, zum Einem, weil die meisten Schüler ohnehin nicht wussten, was ein Buch war, zum Anderem hatte dieser verlassene Korridor etwas Einschüchterndes an sich. Ein kalter Wind blies durch ein halb offenes Fenster, als Lena die Bibliothek betrat. Dort war noch niemand, kein Wunder, sie war 10 Minuten zu früh. Also entschloss sie sich, in einem Buch zu schmökern, bis die anderen da waren. Zielsicher steuerte sie auf die Krimi Abteilung zu, blieb dann aber wie vom Blitz getroffen stehen. In jener Abteilung standen einige Sessel, die kreuz und quer verteilt dastanden. Und auf einem dieser Sessel saß Thiago, vertieft in einen Kriminalroman. „Na super", murmelte Lena und wollte zurückgehen, als Thiago leise sagte: „Wegen mir musst du nicht gehen." Lena hielt unwillkürlich den Atem an. Thiago sah auf und ihre Blicke trafen sich. „Na los. Ich werde dich nicht aufhalten." Lenas Herz pochte wie wild, als sie auf das meterhohe

Bücherregal zutrat. Sie wusste genau, dass Thiago sie beobachtete, drehte sich aber dennoch nicht um. Oder vielleicht gerade *deswegen*. Mit zitternden Händen griff sie nach einem Buch, sie konnte ihren eigenen Atem hören. „Thiago vermutlich auch", dachte sie und musste schlucken. Und tatsächlich. „Entspann dich. Du wirkst sehr nervös", meinte er und zum ersten Mal hörte Lena ein leises Lachen in seiner Stimme. In diesem Augenblick schwang die Flügeltür auf und eine lärmende Gruppe von Schülern betrat die Bibliothek. Erleichtert stellte Lena das Buch zurück ins Regal und flüchtete zurück zum Eingang. Die anderen waren gerade dabei, sich hinzusetzen und Lena gesellte sich zu ihnen. Elisa setzte sich neben sie. „Irgendwelche Ideen?", raunte sie und sah Lena an. Diese nickte, woraufhin Elisa den Kopf schief legte. „Ich noch nicht. Hast du eine Idee für mich?" Hoffnungsvoll blickte sie Lena an, die nicht lange überlegen musste. „Wie wärs mit: *Wie sich der Klimawandel auf die Bewohner unserer Erde auswirkt*? Dann kannst du über bedrohte Tierarten schreiben", schlug sie vor und Elisa sah erleichtert aus. „Großartige Idee, danke!" Zufrieden wandte Lena sich ab und holte ihren Laptop heraus. Inzwischen war Ruhe in der Bibliothek eingekehrt und alle sahen gespannt auf Mrs. Blanc, die Leiterin der Schülerzeitung. Diese räusperte sich. „Wenn ich dann um eure Aufmerksamkeit bitten dürfte? Danke. Wir haben heute nicht viel Zeit! Also wir brauchen so viele Themen wie möglich, es sind aber auch ein paar vorgegebene dabei. Wer von euch also noch keine Ideen für einen Artikel hat, bekommt von mir einen zugewiesen. Noch Fragen?" Keiner reagierte und Mrs. Blanc nickte zufrieden. „Gut, dann kommen nach der Reihe alle zu mir, und bekommen entweder ein Thema von mir zugeteilt, oder nennen mir den Titel ihres eigenen Themas." Nach und nach erhoben sich die Schüler und Schülerinnen. Lena ließ sich Zeit. Sie hatte keinen Grund, schnell nach Hause zu kommen. Als eine der Letzten trat sie zu der Leiterin. „Lena… hast du ein Thema oder brauchst du eins?", fragte diese und suchte auf ihrer Namensliste nach Lena. „Ich habe schon eine Idee. Und zwar haben wir einen Neuen in der Klasse, der kommt aus Rumänien. Und da habe ich mir gedacht, ich könnte einen Artikel über Rumänien schreiben. Die Guten und die Schlechten Seiten Rumäniens", erklärte Lena. Ihre Lehrerin sah auf. „Tatsächlich? Finde ich gut. Pass aber auf, mit wem du darüber redest", mahnte sie und Lena nickte. Damit war sie entlassen. Was Lena nicht wusste, war, dass Thiago sie die ganze Zeit nicht mehr aus den Augen gelassen hatte.

17. Kapitel

Zu Hause setzte sich Lena an ihren Schreibtisch. Die Hausaufgaben konnten warten. Sie fuhr den Laptop hoch und startete die Suchmaschine. Nur leider stand im Internet nicht viel über eine rumänische Mafia. Frustriert schloss Lena das Suchfenster. So kam sie nicht weiter. Sie würde Thiago fragen müssen, oder auf ihre Mutter warten, wobei sie nicht einmal wusste, wann diese wieder daheim war. Lena kramte in ihrer Schultasche nach Zettel und Stift und suchte im Internet nach wenigstens ein paar Informationen. Nach eineinhalb Stunden war sie immer noch nicht viel weiter und langsam schwand ihre Motivation. Sie entschloss sich, Thiago anzurufen, musste aber feststellen, dass sie seine Nummer nicht hatte. Schon wollte Lena ihr Handy wieder weglegen, als ihr eine letzte Idee kam. Sie öffnete Whats App und klickte auf den Klassenchat. Und sie hatte Glück. Thiago war tatsächlich schon in der Klassengruppe, dem Profilbild nachzuschließen war er es zumindest. Kurz entschlossen rief Lena ihn an. Es klingelte lange, dann kam Lena auf die Mailbox. „Der gewünschte Teilnehmer ist derzeit nicht erreichbar", säuselte ihr die Stimme aus dem Handy ins Ohr. Seufzend legte Lena auf. Plötzlich vibrierte ihr Handy. Jemand hatte ihr eine SMS geschrieben. Die Nummer kannte Lena zwar nicht, trotzdem kam sie ihr seltsam vertraut vor.

Kann nicht telefonieren. Nicht jetzt. Hast du Zeit? Gib mir eine viertel Stunde. Adresse: Lichtenstein Gasse 4. Ich werde auf dich warten. Thiago

PS: Schreib mir nicht zurück

Lena legte den Kopf schief. Einerseits brauchte sie dringend Informationen bezüglich ihres Artikels, andererseits aber wusste sie nicht, inwiefern sie Thiago vertrauen konnte. Und ihr Bruder würde sie unter keinen Umständen zu einem Jungen gehen lassen, den sie so gut wie nicht kannte und der zudem auch noch nicht lange hier wohnte. Egal. Der Artikel hatte höchste Priorität, fand zumindest Lena. Sie entschloss sich, Thiago eine Chance zu geben. In 15 Minuten würde sie gehen, ob es ihrem Bruder nun passte oder nicht. Sie würde ihm sagen, dass es für ein Schulprojekt war, dann konnte er ihr nicht verbieten zu gehen. Wieder klingelte ihr Handy. Claire. „Scheiße", schoss es Lena durch den Kopf, das Training ihrer Freundin hatte sie komplett vergessen. Zögerlich hob sie ab. „Ja?" „Lena, wo warst du?", drang Claires enttäuschte Stimme zu ihr. „Ich… es tut mir leid Claire, ich hab's vergessen…" „Das sagst du jedes Mal." Claire klang nicht wütend im Gegenteil. Aber die Enttäuschung in ihrer Stimme war fast noch schlimmer. „Hör zu Claire, es tut mir wirklich leid, ehrlich. Bei deinem nächsten Training bin ich dabei, egal ob ich ein Treffen mit der Schülerzeitung hab oder sonstiges", versprach Lena in der Hoffnung, Claire würde ihr verzeihen. Zu Lenas Glück klang ihre Freundin besänftigt, als sie zaghaft nachfragte: „Versprochen?" „Versprochen", schwor Lena, dann fiel ihr Blick auf den kleinen Wecker, dessen schwache Anzeige schwach blinkte. Noch fünf Minuten. „Du Claire, sorry ich muss. Mein… Bruder braucht was, klingt echt dringend", unterbrach sie ihre Freundin und legte auf. Dann griff sie sich Block und Stift steckte die Sachen in einen Rucksack und rannte die Treppe nach unten. Insgeheim betete sie, ihr Bruder würde sie nicht aufhalten, doch es war vergebens. „Wohin gehst du?", erklang Jans Stimme hinter ihr, gerade als sie die Haustür öffnen wollte. Langsam drehte Lena sich um. „Das geht dich gar nichts an!", sagte sie und versuchte, möglichst ruhig zu klingen. Jan kniff die Augen zusammen. „Ich bin dein großer Bruder, und da unsere Mutter nicht da ist…" „Und ich bin alt genug, um auf mich selbst aufzupassen!", unterbrach Lena ihn und griff nach der Türklinke. „Lena! Wage es ja nicht…", fing Jan an, doch wieder wurde er von Lena unterbrochen: „Du hast mir nicht zu sagen was ich tun oder lassen soll, Jan!" Zu ihrer Überraschung seufzte Jan nur und setzte sich dann, sichtlich niedergeschlagen, an den kleinen Tisch in der Küche. Das Gefühl etwas falsch gemacht zu haben überkam Lena. Sie ließ von der Tür ab und trat zu ihrem Bruder. Bevor sie irgendetwas sagen konnte, meinte Jan: „Ich mach mir doch nur Sorgen." Und seine Stimme klang so niedergeschlagen, dass Lena ein schlechtes Gewissen bekam. Sie setzte sich neben ihn. „Musst du nicht. Ich muss nur was für die Schülerzeitung erledigen, ich bin in einer oder zwei Stunden sowieso wieder zu Hause", versprach sie. Jan sah auf und Lena lächelte ihn an. Ein Lächeln huschte über Jans Gesicht. „Aber keine Minute später", mahnte der und Lena nickte. „Geht klar." Dann stand sie auf, ging zur Tür, drehte sich dort noch einmal um und sagte: „Danke." Jan nickte lächelnd und Lena trat hinaus in den verregneten Nachmittag.

18.Kapitel

Draußen war es eiskalt. Der Wind blies Lena den Regen ins Gesicht, sie musste zu Boden schauen und selbst dabei konnte sie die Augen nicht lange offenhalten. Mit Mühe und Not erreichte sie die Lichtenstein Gasse und suchte nach Haus Nummer vier, was bei dem tobenden Sturm nicht einfach war. Vor ihr tauchte jemand auf, doch Lena brauchte lange, bis sie realisierte, wer da auf sie zukam. Thiago winkte sie zu sich und Lena begann zu laufen. Der Junge führte sie ein paar Häuser weiter, ohne ein Wort zu sagen, was aber vermutlich ohnehin nicht viel gebracht hätte, da Lena ihn ob des tosenden Regens nicht verstanden hätte. Thiago stieß die Tür zum Haus auf und ließ Lena eintreten. Sofort, nachdem auch er im Vorhaus stand, schloss er die Tür. Lena sah sich um. Das Haus wirkte irgendwie leer, trotz der ganzen Ton- und Blumenvasen, die überall verteilt standen. „Komm", sagte Thiago und stieg die breite Wendeltreppe nach oben, die wohl zu seinem Zimmer führen musste. Lena folgte, nachdem sie die Schuhe ausgezogen und neben den Kasten gestellt hatte. Am oberen Ende der Treppe tat sich vor ihr ein langer Gang auf, links wie rechts gesäumt von Türen. Eine davon stand halb offen, und da Lena Thiago sonst nirgendwo mehr sehen konnte, ging sie auf diese Tür zu und spähte in den dahinterliegenden Raum. Dort saß Thiago auf seinem Bett und sah in dem Moment, als Lena hereinkam, auf. „Du hättest die Schuhe nicht ausziehen müssen", sagte er, nicht lauter als er sonst sprach. Lena sah zu Boden und Thiago lachte leise.

„Schon gut." Er stand auf und kam auf Lena zu. „Du hast angerufen", murmelte er. Lena verschlug es die Sprache. Warum, wusste sie selbst nicht, aber sie brauchte einige Augenblicke, um Antworten zu können. „Ja… also es geht um… und unterbrich mich bitte nicht, ja?... es geht um meinen Artikel", sagte sie und hielt kurz inne, um Thiagos Reaktion abzuwarten. Seine Miene verfinsterte sich, doch er tat Lena den Gefallen und sagte nichts. Was Lena jedoch nicht im Geringsten beruhigte. Sie wusste ganz genau, was Thiago sagen würde, wenn sie fertig war, deshalb kamen ihr die folgenden Worte überflüssig vor. „Du weißt, worum es geht, oder? Ich… ich wollte dich fragen, ob du… mir vielleicht bei dem Artikel… helfen könntest." Thiago sah sie eindringlich an. „Und du weißt meine Antwort, oder etwa nicht?", fragte er, wandte sich um und setzte sich zurück auf sein Bett. Die Diskussion war für ihn damit erledigt, aber Lena gab nicht so leicht auf. „Thiago bitte. Es ist mir wirklich wichtig…" „Und mir ist deine Sicherheit wichtig Lena. Und ich weiß, wie gefährlich es ist, einer Mafia nachzuspionieren. Ich habe es selbst erfahren. Und gespürt." Lena merkte, dass sie hierbei auf einen wunden Punkt gestoßen war, trotzdem konnte sie nicht aufgeben. Nicht jetzt. „Thiago, das ist meine einzige Bitte an dich. Wenn…, wenn das vorbei ist, wirst du nie wieder ein Wort von mir hören, versprochen…", versprach sie, aber Thiago schüttelte den Kopf. „Und genau das will ich vermeiden." Lena stutzte. Das konnte er unmöglich ernst meinen. „Wieso…?", fing sie an, doch Thiago legte plötzlich einen Finger auf den Mund. Augenblicklich verstummte Lena und sah ihn fragend an. Thiago schüttelte den Kopf und ging langsam auf sie zu. Plötzlich zerriss ein Schuss die unheimliche Stille und Lena zuckte zusammen. Thiago stand nun nur noch Zentimeter von ihr entfernt und raunte: „Zum Fenster. Los!" Leben kam in Lena, sie lief auf das Fenster zu und öffnete es. „Thiago?", rief jemand. Lena sah Thiago ins Gesicht und sah die Angst in seinen Augen. Sie lief zu ihm zurück, obwohl er ihr bedeutete, es nicht zu tun. „Lena, hör mir zu, das ist kein Spaß mehr, du musst verschwinden, sie werden jeden Augenblick hier sein!" Lena wollte protestieren, aber Thiago ließ sie nicht zu Wort kommen. „Vertrau mir, bitte, nur dieses eine Mal, es geht hier um dein Leben und ich möchte nicht daran schuld sein, wenn du es verlierst! Du springst jetzt aus dem Fenster, so hoch ist es nicht, und dann läufst du. Egal wohin, aber du drehst dich nicht um, ok? Ich werde dir alles erklären, aber jetzt geh!" Lenas Herz raste. Sie wusste, dass irgendetwas gewaltig nicht in Ordnung war, doch sie wusste genauso gut, dass es dumm war, jetzt noch weitere Fragen zu stellen. Sie zögerte noch einen kleinen Moment, dann lief sie zurück zum Fenster und öffnete es. Polternde Schritte wurden laut und Thiago sah alarmiert zu Lena, die schon auf der Fensterbank saß und ihn entsetzt ansah. „Schnell, Lena! Wenn sie dich hier finden, wars das für dich, verstanden? Mach, dass du rauskommst, und zwar schnell!", zischte er, doch Lena rührte sich nicht. „Das ist scheiße hoch!", stotterte sie und warf einen Blick nach unten. Thiago atmete tief durch, sperrte seine Zimmertür ab und eilte zu Lena. „Lena bitte. Wenn du dir jetzt den Fuß brichst, kann ich mir das verzeihen, aber wenn du stirbst… Lena, du musst mir vertrauen, bitte!" Lena sah ihm tief in die Augen und atmete ruhiger. Er hatte recht. Plötzlich hämmerte jemand gegen die Tür. „Aufmachen! Sofort!", brüllte er und trat gegen das Holz. Thiago sah Lena ein letztes Mal eindringlich an. „Geh!" Dann sprang sie.

19. Kapitel

Wie lange sie gefallen war, war Lena nicht bewusst. Jedenfalls fühlte es sich an wie eine Ewigkeit, ohne jeglichen Schmerz oder Angst. Der Aufprall jedoch kam dann umso unverhoffter und war so schmerzhaft, dass Lena die Luft wegblieb. Kurz blieb sie am Boden liegen, als sie aus dem Augenwinkel eine Bewegung wahrnahm. Jemand ging nicht weit von ihr auf und ab und rief hin und wieder irgendetwas, das definitiv nicht Deutsch war, nach oben und Sekunden später bekam er eine Antwort, die nicht minder schlecht zu verstehen war; für Lena klang es verdächtig nach Türkisch oder Rumänisch. Sie zwang sich aufzustehen, duckte sich jedoch sofort hinter den nächstbesten Busch, damit sie nicht entdeckt wurde. Wer auch immer da neben ihr hin und her ging, war sicher nicht auf ihrer Seite. Endlich entfernte sich der Fremde ein paar Meter, für Lena war es genug; sie reagierte schnell. Ehe er sich wieder umdrehen konnte, war sie aufgesprungen und rannte so schnell sie konnte die Gasse entlang. Erst als sie ein paar Straßen weiter war, wurde sie langsamer. Das erste Mal, seit sie Thiagos Haus verlassen hatte, wurde ihr bewusst, wie gefährlich die Situation gewesen war und wie knapp sie nur entkommen war. Dieser Gedanke trieb sie weiter, und sie lief wieder, so lange, bis sie keuchend vor ihrem Haus zum Stehen kam. Atemlos klingelte sie, sah sich immer wieder hektisch um. Niemand öffnete. Jan war längst nicht mehr zu Hause. Lena wurde zusehens unruhiger und ihre Hand zitterte, als sie in ihrem Rucksack nach ihrem Schlüssel kramte. Das Klimpern der verschiedenen Schlüssel auf dem Bund hallte unnatürlich laut durch die dunklen Gassen und Lena lief ein Schauer über den Rücken. Zitternd steckte sie den Schlüssel ins Schloss und wollte aufsperren, als sie stutzte. Dem Mädchen wurde heiß und kalt zugleich, zu ihrem Entsetzen schwang die Tür von allein auf - sie war nicht abgesperrt gewesen.

20. Kapitel

Lena fühlte sich mehr als unsicher. Jemand außer ihr und Jan konnte im Haus gewesen sein, da entweder sie oder ihr Bruder vergessen hatte, die Tür abzusperren. Die leise Ahnung, jemand könnte den Zweitschlüssel, der unter der Fußmatte versteckt lag, gefunden und benutzt haben, jagte Lena unglaubliche Angst ein. Sie stürzte nach draußen und hob die Fußmatte an. Nichts. Nur ein kleiner heller Fleck, auf dem der Schlüssel früher gelegen hatte. Lena sah sich um. Niemand zu sehen. Mit wachsender Angst schloss sie die Tür und sperrte zwei Mal ab. Dann setzte sie sich erst einmal in die Küche. Nachdem sie sich einigermaßen beruhigt hatte, beschloss sie, die Zimmer abzusuchen, ob nicht doch noch jemand hier war, oder ob möglicherweise etwas fehlte. Sie fing im Wohnzimmer an und ging dann das Esszimmer und die Küche ab. Nichts. Nichts fehlte, niemand war hier. Langsam ging Lena die Treppe nach oben und stieß vorsichtig die Tür zu ihrem Zimmer auf. Wieder nichts. Auch in Jans Zimmer herrschte bloß das übliche Chaos, das Jan selbst verursacht hatte. Lena wollte schon erleichtert wieder nach unten gehen, als ihr Blick auf die Tür fiel, die ins Badezimmer führte. Sie war nur angelehnt und schlug immer wieder durch einen Luftzug auf und zu. Dabei war sonst im ganzen Haus kein einziges Fenster offen. Mit einem mulmigen Gefühl im Magen ging Lena auf das Badezimmer zu. Vorsichtig stieß sie die Tür auf und hätte beinahe laut aufgeschrien. Der Wäschekorb war zu Boden gestoßen worden, die Wäsche lag nun über den ganzen Boden verstreut. Die Schränke standen sperrangelweit offen und darin stand nichts mehr an seinem ursprünglichen Platz. Aber den schlimmsten Anblick lieferte Lena der Spiegel. Er hing noch vollkommen unbeschadet an der Wand. Lena schluckte und trat näher. Die blutrote Schrift zog sich quer über den ganzen Spiegel und war an manchen Stellen etwas verschmiert. Doch den Satz konnte Lena trotzdem mühelos lesen.

Misch dich nicht in Angelegenheiten, die dich nichts angehen, oder es wird das letzte sein, das du tust!

21.Kapitel

Im Hintergrund lief leise *Nothing else matters.* Lena saß völlig aufgelöst in der Küche und starrte auf den Boden. Sie hatte vier Mal versucht, ihren Bruder zu erreichen, der aber weder abgehoben noch zurückgerufen hatte. Das Mädchen versuchte, möglichst ruhig zu bleiben, was angesichts der Tatsache, dass jemand in ihrem Haus gewesen war und vermutlich auch immer noch den Hausschlüssel hatte, nicht wirklich einfach war. Irgendwann nahm Lena ihr Handy und ging zurück nach oben ins Bad. Von der Tür aus schoss sie ein schnelles Foto und auch den Spiegel fotografierte sie. Dann legte sie das Handy weg und starrte einige Minuten lang wieder auf die Schrift auf dem Spiegel. Der Satz war mit Lippenstift auf den Spiegel geschmiert worden, wie Lena jetzt auffiel. Wer konnte das geschrieben haben? Es musste jemand sein, der wusste, dass Lena an dem Artikel über die rumänische Mafia arbeitete. Als erstes viel Lena Thiago ein. Er wollte schließlich nicht, dass sie den Artikel schrieb. Aber Thiago hätte unmöglich zuerst die Nachricht schreiben und Lena dann vor dem Haus empfangen können, das ging nicht. Die einzigen, die noch von dem Artikel wussten, waren die anderen Teilnehmer der Schülerzeitung, obwohl die keinen Grund hätten, Lena die Idee auszureden. Um auf andere Gedanken zu kommen, beschloss Lena, das Badezimmer aufzuräumen. Wenn ihr Bruder nach Hause kam und diese Unordnung sah, würde er sie sicher anschreien und darauf konnte Lena getrost verzichten. Sie war so beschäftigt, dass sie nicht einmal mitbekam, wie spät es eigentlich war. Kurz nach halb zehn sah sie auf die Uhr. Jan war immer noch nicht da. Lena hatte bis jetzt nicht wirklich an ihn gedacht, aber dass er jetzt noch immer nicht da war… „Lena, er ist 19! Da ist es normal, wenn man einmal länger ausbleibt!", sagte sie sich und verließ das Bad. In der Küche griff sie nach einem Glas und füllte es mit Wasser. Es wurde immer später, doch Jan tauchte immer noch nicht auf. Mittlerweile machte sich Lena große Sorgen, da Jan auch nicht abhob, wenn sie ihn anrief. Wieder legte Lena frustriert auf. Normalerweise schaltete ihr Bruder sein Handy nie aus, nicht wenn er ausging. Und so spät wie heute war er auch noch nie weg gewesen… Immer wieder redete Lena sich ein, dass alles in Ordnung war und nichts Schlimmes passiert war. Sie ging nach oben in ihr Zimmer und legte sich ins Bett, doch sie konnte nicht aufhören, an Jan zu denken. Schließlich nahm sie ihr Handy und rief Lukas an. „Hey, Süße", drang seine Stimme in ihr Ohr. Lena atmete auf. „Hi", antwortete sie und konnte endlich wieder lächeln. „Alles gut bei dir?", erkundigte sich Lukas und Lena versicherte ihm, dass dem so war, obwohl sie sich hundeelend fühlte.

Vorher hatte sie sich gedacht, dass sie mit jemandem über die Geschehnisse reden musste, doch nun kam ihr der Vorfall nicht mehr so schlimm vor als vorher. „Freut mich zu hören. Brauchst du irgendetwas? Soll ich vorbeikommen? Meine Tante feiert zwar grad Geburtstag, aber für dich…", fragte Lukas und Lena musste schmunzeln. „Nein, nein, aber danke. Ich bin so froh dich als Freund zu haben, Lukas", sagte sie und hörte Lukas lachen. „Ich liebe dich Lena. Mehr als alles andere auf dieser Welt", antwortete er und nachdem er sich verabschiedet hatte, legte er auf. Lena lag lächelnd im Bett und schloss die Augen. Da meldete sich ihr Laptop. Lena sprang auf und setzte sich an den Schreibtisch. Ihre Tante hatte endlich zurückgeschrieben.

Liebe Lena, es tut mir leid, dass ich erst jetzt schreibe, hatte in letzter Zeit viel zu tun. Was das Telefonat angeht… ich sollte es dir eigentlich nicht sagen, deine Mutter möchte das nicht, aber ich finde, du solltest die Wahrheit erfahren. Deine Taufpatin wurde tot aufgefunden. Das mag ein Schock für dich sein, und du hast mein volles Beileid. Ich bitte dich im Übrigen, davon nichts deiner Mutter zu erzählen, sonst habe ich einen Streit mit ihr, und das brauche ich im Moment wirklich nicht. Du musst mir nicht zurückschreiben. Hab dich lieb. Isabella

Lenas Augen füllten sich mit Tränen. An ihre Taufpatin hatte sie gar nicht mehr gedacht. Sie fuhr den Computer herunter und legte sich zurück ins

Bett. Sie brauchte lange, bis sie eingeschlafen war, doch irgendwann fiel sie in einen traumlosen Schlaf.

22.Kapitel

Mitten in der Nacht fuhr Lena aus dem Schlaf. Sie hielt inne und lauschte. Da. Wieder diese schlurfenden Schritte, die sie schon einmal irgendwo gehört hatte. Jemand kam die Treppe hoch. Vielleicht Jan? Nein, auch wenn es noch so spät war, würde sich Jan niemals bemühen, leise zu sein. Dieser Jemand, der nun durch das Haus geisterte, wusste genau, dass er sich nicht erwischen lassen durfte. Wenn Lena ihn erkannt hätte, wäre alles vorbei gewesen. Doch diese hatte zu sehr Angst, um sich auch nur zu bewegen. Die Schritte verklangen, jemand stand direkt vor ihrer Zimmertür. Lenas Herz pochte, wie verrückt und sie hielt die Luft an. Langsam wurde die Tür zu ihrem Zimmer aufgeschoben und der schwache Schein einer Taschenlampe fiel herein. Lena schloss die Augen, keine Sekunde zu früh. Die Person betrat den Raum und ging direkt auf Lena zu, die versuchte, sich schlafend zu stellen, doch dafür ging ihr Atem viel zu schnell. Plötzlich blieb der Unbekannte stehen, er schien das gefunden zu haben, was er suchte. Dann endlich entfernte er sich und die Tür wurde leise geschlossen. Lena blieb allein im Dunklen zurück und wagte immer noch nicht zu atmen. Erst als die Schritte des Fremden schon lange verklungen waren, setzte sie sich auf.

Lange saß sie da und starrte in die Dunkelheit, ohne zu wissen, was sie tun sollte. Wie in Trance tastete sie nach ihrem Handy, griff jedoch ins Leere. Augenblicklich war Lena hellwach und schaltete die kleine Lampe ein, die auf ihrem Nachttisch stand. Ihr Handy lag tatsächlich nirgends, doch Lena konnte schwören, dass sie es, bevor sie schlafen gegangen war, dort neben die Lampe gelegte hatte. Sie zwang sich, ruhig zu bleiben. Wahrscheinlich hatte sie ihr Handy in der Küche liegen gelassen. Und wenn nicht? Langsam stand Lena auf, verließ das Zimmer und ging die Treppe nach unten. Im Moment war ihr egal, wie spät es war, sie wollte nur wissen, ob ihr Handy noch da war, weil wenn nicht, dann war es mit Sicherheit gestohlen worden. Sie stellte die ganze Küche auf den Kopf, nur um festzustellen, dass ihr Handy nirgends zu finden war. Allmählich wurde Lena unwohl. Wenn ihr Handy tatsächlich gestohlen worden war... dort waren die Fotos von dem Vorfall im Badezimmer drauf und wenn die jemand sah, würde man sie für verrückt erklären... Was würde ihr Bruder davon halten? Und ihre Mutter? Vor sich sah Lena sie, wie sie zutiefst enttäuscht und traurig den Kopf schüttelte und das Mädchen schauderte. So weit durfte es nicht kommen. Lena ging ins Esszimmer und suchte auch dort überall. Nichts. Als Lena sich entkräftet auf einen Sessel sinken ließ, fiel ihr Blick auf den kleinen Tisch neben der Couch im Wohnzimmer. Dort lag etwas, direkt neben dem alten schwarzen Telefon. Sofort stand Lena auf und kniete sich neben dem Tisch nieder. Es war ein kohlrabenschwarzer Zettel, auf dem in Weiß eine Nummer stand. Eine Telefonnummer. Lena drehte es den Magen um. Wer auch immer bei ihr zu Hause gewesen war, hatte jetzt nicht nur mit Sicherheit ihr Handy, sondern wollte, dass sie ihn anrief.

23. Kapitel

An Schlaf hatte Lena nicht einmal mehr annähernd denken können. Als ihr Wecker klingelte, lag sie noch immer hellwach in ihrem Bett und zuckte ob dem plötzlichen lauten Geräusch zusammen. Der Weg zur Schule war eine Qual für Lena, bis auf einmal Thiago vor ihr stand. Lena stoppte abrupt und sah ihn an. Er versuchte ein Lächeln. „Du siehst fertig aus", meinte er und nebeneinander gingen sie weiter auf die Schule zu. Das darauffolgende Schweigen hing schwer in der Luft, bis Lena fragte: „Was war das gestern? Du kannst mir nicht erzählen, dass das normal war!" Thiago blieb stehen, wich ihrem forschen Blick aus und sah zu Boden. „Ich wünschte, es wäre nicht normal", murmelte er und ging dann weiter, und Lena hatte Mühe mit ihm Schritt zu halten. „Warum? Was ist los?", fragte sie und versuchte, ihm in die Augen zu sehen, was aber sehr schwer war, denn Thiago wich ihr entschieden aus. Schließlich stellte sich Lena vor ihn und er blieb abermals stehen. „Das ist nicht fair. Du hast gesagt, dass du mir bei Gelegenheit alles erklärst, ich habe gewissermaßen ein Recht darauf, alles zu erfahren!", sagte sie bestimmt und endlich sah Thiago sie an. „Wer bestimmt das?", fragte er fordernd und ging, ohne auf eine Antwort zu warten, an ihr vorbei und Lena blieb verdattert stehen. Dieser Junge hatte ein Geheimnis, ein finsteres Geheimnis, und Lena schwor sich, den Grund dahinter herauszufinden. Schnellen Schrittes folgte sie Thiago und betrat die Schule, kurz bevor es zur ersten Stunde läutete.

24. Kapitel

Claire war nicht da und sie kam auch nicht, als die erste Stunde schon vorüber war. In der Pause zwischen der ersten und der zweiten Stunde wollte Lena ihr Handy aus dem Schulrucksack holen, bis ihr einfiel, dass sie ja kein Handy mehr besaß. Sie seufzte. Ob Claire also noch in die Schule kam, wusste sie nicht und sie würde es so schnell auch nicht erfahren. Ohne dass Lena mit jemandem reden konnte, würde sich der Schultag wieder ewig lang dahinziehen. Vor allem deswegen, weil Lena nun einen Entschluss gefasst hatte: Heute Nachmittag würde sie zu Thiago nach Hause gehen und ihn zur Rede stellen. Als die letzte Schulstunde langsam ihr Ende nahm, wurde Lena zusehends unruhiger. Ihre Hände zitterten, als sie ihre Schultasche nahm, nachdem es geläutet hatte. Vor ihr verließ Thiago das Schulhaus. Kurz überlegte Lena, ihn zu überholen, damit sie vor ihm bei ihm zu Hause war, doch dann besann sie sich eines Besseren. Sie würde ihm folgen, unauffällig und mit genügendem

Abstand zu ihm. Der Junge ging schnellen Schrittes und verschwand um die nächste Ecke. Lena musste sich beeilen, um ihm nachzukommen. Als auch sie um die die Ecke lugte, setzte ihr Herz kurz aus und sie schreckte zurück. Ihr Herz hämmerte so laut, dass Lena glaubte, sowohl Thiago als auch die beiden hochgewachsenen Männer bei ihm müssten es noch hören. „Hast du's bald?", fragte der größere der beiden. Seine Stimme klang rauchig und ganz und gar nicht freundlich. Lena sah vorsichtig um die Ecke und sah Thiago langsam den Kopf schütteln. Als der Mann ihn schlug, drückte sich Lena entsetzt an die Wand und atmete durch. Wer auch immer das war, war definitiv nicht von Gott gesandt. „Du weißt, was du zu tun hast! Und die Zeit wird knapp, Thiago. Ich an deiner Stelle würde mich beeilen, wenn du ihn nicht noch mehr enttäuschen willst. Falls das überhaupt noch geht." Der kleinere lachte und zog an seiner Zigarette. Dann hörte Lena Schritte. Die Männer entfernten sich. Zumindest aus Thiagos Sicht. Die beiden kamen direkt auf Lena zu, was das Mädchen zu spät erkannte. Ehe sie sich versah, standen sie vor ihr. Lena starrte die beiden an, unfähig sich zu rühren. Zu ihrem Vorteil erging es den Männern nicht anders und auch sie brauchten etwas, um den Schock zu verarbeiten. Nicht lange, aber es gab Lena genug Zeit, um sich umzudrehen und zu laufen. Sie bekam gar nicht mehr mit, wie der kleinere ihr nachlaufen wollte, aber von dem größeren zurückgehalten wurde. Dann wandte er sich an Thiago. „Das war sie, nicht wahr?" Und seine Stimme war jetzt keineswegs mehr rauchig, sondern klang gefährlich und ruhig. Thiago rührte sich nicht, bis der Mann vor ihn trat und sich zu ihm hinunterbeugte. „Sag es mir", verlangte er drohend, doch Thiago drehte den Kopf und sah weg. Der Blick des Mannes verfinsterte sich. „Gut. Auf deine Verantwortung. Sie wird einen Schrecken bekommen, wenn sie erst einmal zu Hause ist. Dafür werden wir sorgen."

25.Kapitel

Keuchend blieb Lena vor ihrer Haustür stehen. Voller Angst sah sie sich um und beruhigte sich erst einigermaßen wieder, nachdem sie sich vergewissert hatte, dass die Männer ihr nicht nachgekommen waren. Lena bemerkte, wie sehr ihre Hände zitterten, als sie ihre Hand nach der Türklinke ausstreckte. Wieder schwang die Tür von allein auf. Eine böse Vorahnung beschlich Lena und sie zögerte. Ihr eigenes Zuhause war nicht mehr sicher, vielleicht sollte sie zu Claire gehen… Aber mit welchem Grund? Wer auch immer an der ganzen Sache schuld war, ließ sich absolut nichts nachreden. Also betrat sie doch, wenn auch zutiefst verabscheut, das Haus. Drinnen war es nicht wärmer als draußen und Lena fröstelte. Ein eisiger Luftzug zog durch die Zimmer, was Lena dazu veranlasste, stutzig zu werden. Woher kam der plötzliche Wind? Das unverkennbare Klirren von Glas wurde laut und Lenas Herz setzte kurz aus. Irgendwer war ebenfalls im Haus, daran war nun nicht mehr zu zweifeln.

Zitternd stand das Mädchen jetzt in der Küche, was aber nicht daran lag, dass der Wind so kalt durch das Haus pfiff, im Gegenteil. Lena zitterte, weil sie riesige Angst hatte. Das Bild ihrer Taufpatin tauchte in ihrem Kopf auf. Ihr Atem beschleunigte sich und sie kniff die Augen zusammen. Doch das Bild blieb. Wieder das Geräusch von berstendem Glas. Lena zwang sich ruhig zu atmen, traute sich nicht, um die Ecke zu gehen und nachzusehen, was los war. Lange stand sie an die Wand gepresst in der Küche und wagte gar nicht zu atmen, aus Angst, man könnte sie in der plötzlichen Stille hören. Doch nichts rührte sich. Kein Glas, keine Schritte, kein lautes Keuchen. Nur unergründliche Stille. Langsam blickte Lena um die Ecke. Immer noch lag eine unheimliche Ruhe in der Luft. Als Lena einen Schritt wagte, knarrte der Fußboden unnatürlich laut und Lena zuckte zusammen. Mit angehaltenem Atem stand sie nun da und lauschte angestrengt, ob nicht doch noch jemand im Wohnzimmer und gerade durch das laute Knarren gewarnt worden war, doch es gab weiterhin kein Anzeichen dafür, dass außer ihr noch jemand im Haus war. Langsam und sorgsam darauf bedacht, aufzupassen wohin sie trat, näherte sich Lena dem Wohnzimmer. Der eiskalte Windstoß blies ihre Haare aus dem Gesicht. Ein Rabe krächzte, was angesichts der Tatsache, dass das Fenster im Wohnzimmer zerschlagen worden war, ziemlich laut klang. Lena kam sich vor wie in einem schlechten Horrorfilm. Sie scheute davor, weiterzugehen, denn irgendetwas sagte ihr, dass sie im Wohnzimmer etwas vorfinden würde, das sie mit

Sicherheit nicht sehen wollte. Kurz blieb sie stehen, doch dann gewann die unbändige Neugierde die Oberhand. Vorsichtig tat Lena noch einen Schritt und stand an der Schwelle zum Wohnzimmer, das ihr einen schrecklichen Anblick bot. Die Scheiben des großen Fensters waren zerschlagen worden, die Scherben lagen am Boden unter dem Fenster. Die Vorhänge waren zerrissen und nur noch einer hing oben an der Decke; die beiden anderen lagen vollkommen zerstört am Boden neben den Glasscherben. Das Sofa war von einem Messer aufgeschlitzt worden und der kleine Tisch mit dem alten Telefon war zu Boden gestoßen worden. Doch das war bei weitem nicht das Schlimmste. Der große Sessel in der Mitte des Raumes war das einzige Möbelstück, dass weder umgestoßen noch zerstört worden war. Und doch war er der schlimmste Anblick von allem. Der grüne Stoff war rot von Blut, es war an der Lehne zu Boden geronnen und sammelte sich in einer Lacke am Boden. Lenas Augen weiteten sich vor Grauen. Langsam, Schritt für Schritt umrundete sie den blutverschmierten Sessel. Entsetzen breitete sich in ihr aus und sie schlug sich die Hände vor den Mund. In dem Sessel saß Lukas. Sein Kopf war zur Seite gekippt und es sah aus, als würde er einfach schlafen. Doch seine Augen blickten leer und leblos geradeaus und schienen Lena zu durchblicken. Das Mädchen taumelte zurück und konnte den Blick nicht von dem toten Körper ihres Freundes abwenden. Erst jetzt stach ihr das lange Messer ins Auge, dass aus seinem Brustkorb ragte. Lena wurde übel, die

Tatsache, dass ihr Freund nicht mehr war, benebelte ihren Verstand und sie konnte nicht mehr klar denken. Als sie noch einen Schritt zurücktrat, verlor sie den Halt und stürzte zu Boden. Sofort färbte sich ihre Kleidung rot und als Lenas Kopf am Boden aufschlug, verdunkelte sich alles und ihr wurde schwarz vor Augen.

26.Kapitel

„Lena, bitte! Komm zu dir!" Alles drehte sich. Lena versuchte, sich zu erinnern. Was war passiert? „"Lena! Komm schon! Mach die Augen auf! Bitte!" Langsam sortierten sich die Vorkommnisse und die plötzliche Erinnerung durchfuhr Lena wie ein Blitz. Mit einem Schlag saß sie Kerzengerade im Bett. „Lukas!", entfuhr es ihr und sie konnte die Tränen spüren, die ihr an ihren Wangen hinabrannen. Jemand atmete auf. „Sie lebt." Lena blinzelte. Die Umrisse des Zimmers wurde schärfer und allmählich konnte sie etwas erkennen. Der Raum war ihr seltsam vertraut, sie musste also schon einmal hier gewesen sein… Das war sie in der Tat, doch erst als Lena endlich wieder klar sehen konnte, traf sie diese Erkenntnis. „Thiago! Was…", fing sie an, doch dieser unterbrach sie. „Beruhige dich. Du hast schlimmes durchgemacht." Fassungslos sah Lena ihn an. Unzählige Fragen gingen ihr durch den Kopf, doch sie sagte nichts, Thiagos Tonfall hatte etwas so Bestimmendes gehabt, dass sie sich nicht traute, auch nur ein einziges Wort zu sagen. Er musterte sie „Das war zu einfach. Warum widersprichst du mir nicht?", fragte er schließlich und in Lena machte sich ein unerklärliches Kribbeln breit. „Ich... ich weiß nicht, du..." Sie unterbrach sich selbst und sah zu Boden. Thiago lächelte. „Ihr Mädchen, ihr seid so... unerklärlich, so kompliziert." Lena sah wieder auf und sah für den Bruchteil einer Sekunde Schalk in seinen Augen aufblitzen. Sie blinzelte und lächelte schwach. Dann gefror ihr Lächeln. „Wo sind wir?", fragte sie leise. Thiagos Blick wurde ernst. „Bei mir zu Hause." Er stockte kurz, dann sprach er weiter: „Was ist passiert? Wenn..., wenn ich dir nicht gefolgt wäre, nachdem du weggelaufen bist... Lena, du könntest tot sein, ist dir das eigentlich klar?" Lena zuckte zusammen, so aufgebracht hatte sie Thiago sonst noch nie erlebt. Dieser hatte das bemerkt und seufzte. „Entschuldige. Aber es ist ernster, als du glaubst. Es ist ernster, als ich geglaubt habe." Er verstummte und ging zum Fenster. Lena versuchte sich aufzusetzen, doch der plötzlich einsetzende Schmerz in ihrem Kopf hinderte sie daran. Ohne dass Thiago sich zu ihr umdrehte, sagte er leise: „Bleib liegen." Langsam sank Lena zurück aufs Bett. Lange sagte keiner der beiden etwas, nur das leise Atmen von jedem war in der Stille zu hören. Schließlich brach Lena das Schweigen. „Thiago? Wer waren diese Männer?", fragte sie zaghaft. Dass Thiago augenblicklich die Schultern straffte, bemerkte sie nicht. Dann seufzte er und wandte sich ihr wieder zu. „Lena, du... du musst mir jetzt vertrauen. Ich kann dir noch nichts sagen, weil ich

Angst davor habe, wie du reagieren würdest. Im besten Fall würdest du mich mein Leben lang hassen", sagte er, mit jedem Wort wurde er leiser. Er wusste genau, dass Lena nicht klein bei geben würde, doch er hoffte es dennoch. Als Lena aber langsam den Kopf schüttelte, schwand eben jene Hoffnung binnen Sekunden. „Ich… nein Thiago, das kann ich nicht. Dafür ist zu viel passiert. Ich kann dir jetzt nicht einfach blindlings vertrauen!", erwiderte sie und suchte seinen Blick. Doch Thiago wich ihr aus. „Bitte Lena. Wenn ich dir jetzt die Wahrheit sage, wirst du mich hassen und damit wäre dein Schicksal besiegelt. Und du bist mir wichtig Lena. Sehr sogar. Und deshalb werde ich nicht tatenlos zusehen, wie du stirbst, ich werde versuchen dir zu helfen, dich zu beschützen. Aber das geht nur, wenn du jetzt nicht alles hinterfragst und wenigstens versuchst, mir zu vertrauen", erklärte Thiago und es klang so eindringlich und ehrlich, dass Lena gar nicht anders konnte, als ihm zuzustimmen. Langsam nickte sie und Thiago schien besänftigt. Zufällig drehte er den Kopf und nahm eine Bewegung aus den Büschen unter dem Fenster wahr. Der Junge zuckte zusammen, ließ sich aber nicht anmerken, dass er irgendetwas gesehen hatte und trat langsam, aber sicher vom Fenster zurück. Sobald er glaubte außer Sichtweite seines Beobachters zu sein, schwand seine freundliche Miene und er sah Lena vielsagend an. „Sie sind da. Jetzt haben wir ein echtes Problem."

27.Kapitel

„Wer? Und was wollen die?", fragte Lena entgeistert, die längst begriffen hatte, wie ernst die Lage tatsächlich war. Thiago griff nach einem Rucksack. „Sie wollen deinen Tod", sagte er kurz angebunden und fing an, alle möglichen ihm wichtig erscheinende Dinge in den Rucksack zu packen. Lena verstand nicht ganz. „Warum? Was habe ich getan, dass die so wütend auf mich sind?", erkundigte sie sich und Thiago hielt kurz inne, um sie anzusehen. „Ich habe dir immer gesagt, dass der Artikel eine dumme Idee war." Dann widmete er sich wieder seinem Rucksack. Lena stand auf, ignorierte den aufkommenden Schwindel und lief neben Thiago her, der eine Schublade aufriss und den Inhalt in den Rucksack kippte. „Was hat das alles mit meinem Artikel zu tun?", fragte Lena, doch Thiago reagierte nicht und schob sie zur Seite. „Lena, es wäre sinnvoller, wenn du dir auch ein paar Sachen suchst, damit wir hier langsam wegkommen!", sagte er eindringlich und warf Lena einen weiteren Rucksack zu. Überrumpelt fing diese ihn auf. „Warum?", fragte sie erneut und endlich sah Thiago sie an. „Lena! Hör auf, so viel zu fragen und mach das, was ich dir gesagt habe!", rief er aus, doch Lena hatte trotz der brenzlichen Lage nicht vor, einfach aufzugeben. „Dann sag mir warum. Wenn ich den Grund kenne, mach ich was du willst, vorher nicht." Mit verschränkten Armen stand sie vor ihm und sah ihn forschend an. Thiago verdrehte die Augen. „Na gut. Wir fliegen nach Florida.

Grund genug, einige wichtige Sachen zu packen?", fragte er entnervt und ging an ihr vorbei. Lena stand nun völlig baff da. „Florida?", wiederholte sie ungläubig, was Thiago den Rest gab. „Lena, wie lange willst du noch einfach dastehen?! Da steht ein Sack, in dem sind einige Dinge, die ich von dir zu Hause mitgenommen habe." Er wies mit dem Kinn auf den großen Jutesack, der in einer Ecke des Zimmers stand. Wie in Trance ging Lena auf diesen zu. „Florida... das geht nicht!", rief sie plötzlich. Sie konnte froh sein, dass Thiago in diesem Moment mit dem Rücken zu ihr stand, wenn sie die Grimasse gesehen hätte, die er schnitt, wäre sie vermutlich geflohen. Mit zusammengebissen Zähnen fragte Thiago: „Und wieso nicht?" „Weil meine Mutter, wenn sie nach Hause kommt, dann genau nichts vorfindet, mal abgesehen von dem zerstörten Wohnzimmer. Jan ist schon seit Dienstag nicht da...", erklärte Lena, doch Thiago unterbrach sie unwirsch. „Wenn du jetzt bleibst, stirbst du. Ganz einfach. Und was wäre deiner Mutter wohl lieber? Wenn sie weiß, dass du wohlbehalten mit einem Freund einige Wochen in Florida verbringst, oder dass sie deine verstümmelte Leiche in der Küche findet?", fauchte er und Lena wich zurück, was Thiago bremste. „Tut mir leid. War wohl ein bisschen zu brutal formuliert. Entschuldige. Aber das ist im Moment leider genau das, was passieren würde. Du kannst deine Mutter anrufen, aber benutz bitte eine Telefonzelle." Und wieder sah er in Lenas fragende Augen und noch bevor sie ihn nach dem Grund fragen konnte, sagte er: „Dein Handy wird mit hundertprozentiger Wahrscheinlichkeit überwacht. Kurz: Der Hacker kann jedes Wort hören, dass du am Handy wechselst, jede Nachricht lesen, die du verschickst. Ist bei mir vermutlich gleich, weil die mir nicht mehr trauen. Deshalb die Telefonzelle." Lena nickte langsam. Dann... „Aber mein Handy ist weg", sagte sie, weil es ihr just in diesem Moment wieder einfiel. Thiago stutzte. „Warum das?", fragte er und sah sie an. Lena wand sich. „Ich... ich hab eine Drohung in der Wohnung fotografiert...", begann sie, brach aber ab, als sie Thiagos Miene sah. Er grinste. „Achso. Gut, das war ich. Dein Handy ist demnach auch in dem Sack da. Frag nicht nach", befahl er, als Lena den Mund aufmachte um etwas zu sagen, „Pack einfach." Lena schloss den Mund, sie sah ein, dass es nichts brachte, Thiago jetzt auszufragen und begann dann endlich, das Wichtigste aus dem Sack in den Rucksack zu packen. Keiner der beiden ahnte, wie wenig Zeit ihnen in Wirklichkeit noch blieb, denn der Unbekannte vor dem Haus hatte bereits Verstärkung angefordert, nachdem er Lenas Stimme erkannt hatte, die durch das Fenster zu ihm gedrungen war.

28.Kapitel

Lena nahm alles nur noch verschwommen wahr. Während sie nervös im Zimmer auf und ab ging, zog Thiago den Reißverschluss der beiden Rucksäcke zu. Alles schien wie in Zeitlupe abzulaufen. Lena sah Thiago aus dem Augenwinkel aus an. Man konnte ihm ansehen, wie sehr er sich Sorgen machte, doch er versuchte, es nicht zu zeigen und drehte sich um. Lena wischte unauffällig eine Träne weg, die ihr an der Wange hinabrann und atmete tief durch. Es war jetzt wichtiger denn je, dass sie einen kühlen Kopf bewahrte, ansonsten wäre alles vorbei. Sie brannte zwar vor Neugier, hinter Thiagos Geheimnis zu kommen, hatte aber gleichzeitig riesige Angst davor. Wie hatte er gesagt? „Wenn ich dir jetzt die Wahrheit sage, wirst du mich hassen und damit wäre dein Schicksal besiegelt." Lena lief es eiskalt den Rücken hinunter. Sie wollte Thiago nicht hassen, was aber nicht daran lag, dass dann ihr Schicksal besiegelt wäre, sondern eher daran, dass sie viel mehr für ihn empfand, als sie sich eingestehen wollte. Thiago hatte sie beobachtet. Jetzt trat er zu ihr und sagte leise: „Alles wird gut. Irgendwann. Versprochen. Wenn wir das zusammen durchstehen. Du musst mir versprechen, dass du, was auch immer passiert, bei mir bleibst, egal wie schlimm meine Vergangenheit sich auf die Zukunft auswirken mag." Lena sah ihn an und nickte langsam. Thiago versuchte ein Lächeln, das Lena beruhigt erwiderte. Plötzlich zersprang der große Spiegel, der neben dem Schrank an der Wand befestigt gewesen war. Lena schnappte nach Luft und Thiago zog sie hinter sich. Wie Wasser ergossen sich die Scherben auf den Boden. Lena sah, wie Thiago misstrauisch die Augen zusammenkniff und dann langsam in die Knie ging. Lenas Puls beschleunigte sich, als er das Geschoss einer Pistole hochhielt und es genauer betrachtete. Dann huschte sein Blick zum Fenster. Davor stand ein hoher Baum und in dem saß... „Ein Späher. Wir müssen hier weg", flüsterte Thiago, ohne die Lippen zu bewegen. Langsam richtete er sich auf. Dann ging alles ganz schnell. Mit einem großen Schritt war Thiago bei Lena, griff nach ihrer Hand. Daraufhin fielen drei Schüsse und Thiago kommandierte: „Runter!" Sofort ging Lena in die Knie, ihr Herz pochte wie verrückt, als eine Kugel einen halben Meter über ihrem Kopf vorbeizischte. Tief geduckt angelte Thiago nach den Rucksäcken und schob einen davon Lena zu, die ihn mit schreckgeweiteten Augen ansah. „Lena, ganz ruhig. Wir müssen hier raus", wisperte er, und obwohl seine Worte von einem ohrenbetäubenden Schuss übertönt wurden, wusste Lena instinktiv, was er gesagt hatte. Unter äußerster Vorsicht schlichen sie, tief am Boden, zur Tür. Als sie über die Schwelle ins Treppenhaus kamen, zog Thiago Lena auf die Beine. „Schnell jetzt. Unten in der Küche kommt man durchs Vorhaus zur Hintertür", er warf einen flüchtigen Blick auf die Tür, um sich zu vergewissern, dass noch niemand auf die Idee gekommen war, ins Haus zu kommen, „Wird riskant, aber es kann sich ausgehen. Vertrau mir." Er hielt ihr seine Hand hin und Lena griff danach. Dann liefen sie die Treppe nach unten und durchquerten die Küche, als die Haustür aufgerissen wurde. Thiago reagierte schnell. Er zog Lena hinter den großen Küchentisch und sie duckte sich abermals. Keiner der Männer blieb stehen. Alle stürmten die Treppe hoch in Thiagos Zimmer. Als der letzte von ihnen bei der Treppe angekommen war, zog Thiago Lena wieder auf die Beine und dann endlich liefen sie durch das Vorhaus und Thiago schloss die Hintertür auf, steckte den Schlüssel ein und sie verließen das Haus, während im Obergeschoss wütende Schreie laut wurden.

29.Kapitel

Lena ließ sich von Thiago durch die Straßen ziehen. Sie hatte keine Ahnung, wie spät es war, fand sich aber damit ab, denn sie befand, dass es im Moment ein sehr ungünstiger Zeitpunkt war, um nach der Uhrzeit zu fragen. Das Einzige, das sie wusste, war, dass es schon ziemlich spät sein musste, denn es dämmerte bereits und die ersten Straßenlaternen begannen langsam in unregelmäßigem Abstand zu brennen. Ihre Schritte hallten unnatürlich laut durch die gepflasterten Gassen und immer wieder drehte Lena den Kopf, um zu prüfen, ob ihnen nicht doch jemand nachkam. Das ungute Gefühl, dass sie beobachtet wurde, beschlich sie. Thiago führte sie immer weiter, bis zu einem sehr alt wirkenden, baufälligen Gebäude. Dort schob er eine vermoderte Holztür auf, die schauerlich quietschte, und er betrat, dicht gefolgt von Lena, die ihm auf keinen Fall von der Seite weichen wollte, die verlassene Hütte. Hier dürfte sich schon Ewigkeiten kein Mensch mehr aufgehalten haben. Überall hingen Spinnweben, die schweren Vorhänge ließen kaum

Licht herein und das Glas der Fenster war staubig und an einigen Stellen gesprungen. Trotzdem durchquerte Thiago ohne Probleme die Hütte, setzte dabei jeden Schritt mit Bedacht und führte Lena sicher zwischen den alten Möbelstücken hindurch. Keiner wagte ein Wort zu sagen, bis Lena neugierig fragte: „Und was machen wir jetzt hier?" Thiago beäugte misstrauisch die Decke der Hütte, so ganz vertrauensvoll erschien sie ihm dann doch nicht. „Wir warten auf Niki." Damit war für ihn das Thema erledigt und er setzte sich behutsam auf einen klapprig aussehenden Stuhl. Lena gab sich mit der Antwort vorerst zufrieden, sie hatte keine Lust, jetzt anzufangen mit Thiago zu diskutieren. Vor ihrem geistigen Auge stellte sie sich Niki vor. Groß, etwa 20 und langes dunkelblondes Haar mit leichten Locken. Mit einem verwegenen Grinsen auf dem Gesicht und glänzenden braunen Augen. So stellte sich Lena das schönste und zugleich coolste Mädchen der Welt vor; viel cooler und hübscher als sie es war. Da kam ihr ein Gedanke. Was, wenn diese Niki Thiagos Freundin war? Eifersucht kam in Lena hoch, doch sie ignorierte es. Warum sollte sie auf Thiagos Freundin eifersüchtig sein? Sie schüttelte den Kopf, was Thiagos Aufmerksamkeit erregte. „Was ist?", fragte er schelmisch und grinste. Kein vorsichtiges Lächeln, sondern ein provokantes Grinsen, dass Lena nur zu gern erwiderte. „Nichts", stichelte sie und Thiago hob eine Braue. „Tatsache? Na dann." Damit war das Gespräch vom Tisch und Stille legte sich über die Hütte. Des Öfteren zuckte Lena erschrocken zusammen, wenn draußen jemand an dem alten Haus vorbeilief, denn um diese Uhrzeit waren für gewöhnlich nicht mehr viele Menschen unterwegs. Es wurde immer später und mit jeder Minute, die sie in dem alten Raum verbrachten, wurde Lena unruhiger. Plötzlich ertönte ein leises Poltern und Staub rieselte von der Decke. Jemand befand sich ein Stockwerk über ihnen. Lena sah mit wachsender Angst zu Thiago, der jedoch völlige Gelassenheit ausstrahlte. Und bald erkannte Lena auch warum. Ein Junge, etwas älter als Lena selbst, ging langsam die brüchige Treppe hinunter und kam auf sie zu. Thiagos Grinsen wurde immer breiter und auch der Fremde lächelte kurz. Mit seinen kurzgeschnittenen dunkelbraunen Haaren und den etwas helleren Augen, die man schon als bernsteinfarben bezeichnen konnte, sah er in Lenas Augen sehr sympathisch aus. „Niki", sagte Thiago und umarmte seinen Freund. „Thiago", erwiderte dieser, „ihr habt lang gebraucht." Er sah Lena an, die unwillkürlich den Blick senkte. So viel zum Thema Thiagos Freundin. Thiago runzelte die Stirn, sagte aber nichts dazu, sondern erkundigte sich: „Was soll das heißen? Wie lange bist du denn schon hier?" Ein Lächeln huschte über Nikis Gesicht, als er antwortete: „Seit heute Vormittag. Hab aber bis eben geschlafen." Er zwinkerte Lena zu. Auch diese Geste überging Thiago. „Faulpelz", kommentierte er und boxte Niki gegen die Schulter. Und da endlich sagte Lena auch etwas. „Und was will er jetzt hier?", fragte sie und sah dabei gezielt nur Thiago an, dem dabei ein triumphierendes Lächeln übers Gesicht huschte. „Er, meine Liebe, ermöglicht uns den Flug nach Florida", erklärte er und Niki nickte stolz. „Das Leben eines kleinkriminellen Straßenkindes hat seine Vor- und Nachteile. In diesem Fall ist es ein klarer Vorteil, würd ich sagen." Thiago unterbrach seinen Redefluss, bevor er zu weit ausholen konnte. „Wann fliegen wir?" Erleichterung durchströmte Lena. Genau dasselbe hatte sie auch fragen wollen. Niki warf Thiago einige Papiere zu. „Donnerstag", antwortete er auf dessen Frage. Daraufhin warf Thiago Lena einen flüchtigen Blick zu. „Also morgen", stellte er fest. Dann sah er wieder zu Niki, welcher wissend nickte. „Aber relativ zeitig, würd ich meinen", sagte er und warf einen kurzen Blick auf eine Uhr, die locker um sein Handgelenk hing, „Ich würd euch empfehlen, bald mal schlafen zu gehen." Lenas Blick huschte nervös zur Tür und Niki grinste. „Keine Sorge Kleine, ich pass auf", versicherte er ihr und sah sie an. Wieder hielt Lena den Blickkontakt nicht lange aufrecht, sondern blickte wieder zu Thiago, was diesen mit Genugtuung erfüllte. Dann nickte er. „Wahrscheinlich nicht die schlechteste Idee", befand er und befreite ein riesiges rotes Sofa von Spinnenweben. Lena trat zu ihm, um ihm zu helfen. „Niki geht in Ordnung aber was Mädchen betrifft, hat der keine Ahnung", raunte Thiago ihr ins Ohr und Lena musste grinsen. Sie hatte längst bemerkt, wie sehr es Thiago hasste, wenn Niki mit ihr sprach, was vor allem daran lag, wie er dies tat. „Vielleicht lässt er mich in Ruhe, wenn wir ihn glauben lassen, dass wir ein Paar wären", schlug sie vor und Thiago lachte auf. „Verdammt gute Idee...", er brach ab,

„aber nur, wenn du das wirklich willst. Ich will dich zu nichts zwingen…" „War doch mein Vorschlag, oder nicht?", unterbrach Lena ihn lachend und er nickte langsam. „Da hast du wieder Recht", sagte er und Lena musste sich zusammenreißen, um nicht laut loszulachen. „Natürlich doch", antwortete sie und die beiden sahen sich, wenn auch nur für einen Moment, tief in die Augen. Dann unterbrach Niki die beiden. „So. Ich würd sagen, lange genug gewartet. Gute Nacht." Als er Lena abermals zuzwinkerte, griff diese demonstrativ nach Thiagos Hand. Sie sah den Zweifel, der in Nikis Augen aufblitzte und lächelte ihn an. Dann wandte Niki sich ab und ging zur Tür, um dort Posten zu beziehen. „Danke", murmelte Lena. „Nein. Ich sag danke. Sonst hätte ich die ganze Nacht vor Eifersucht kein Auge zugetan", flüsterte Thiago und Hand in Hand schliefen beide ein. Niki beobachtete die zwei. Auch wenn Lena nicht mit ihm zusammen sein würde, würde er sie beschützen, koste es was es wolle.

30.Kapitel

Mitten in der Nacht schreckte Lena hoch. Sie richtete sich auf. Thiago lag im Halbdunkel schlafend neben ihr, nur Niki saß aufrecht neben der Tür. Als Lena ihr Gewicht verlagerte, knarzte die alte Couch laut und Nikis Kopf fuhr herum. Lena schloss schnell die Augen. Wenn Niki sie jetzt sehen würde, würde er mit ihr reden wollen, ohne jeden

Zweifel. Und darauf hatte Lena entschieden keine Lust. Niki ließ seinen Blick durch den Raum wandern, musste aber feststellen, dass alles beim Alten war und heftete seinen Blick wieder an die hölzerne Eingangstür. Nach einigen Minuten öffnete Lena langsam wieder die Augen. Niki blickte nun genau in die andere Richtung, als Lena plötzlich ein Geräusch vernahm. Leise, in der sonst völlig undurchdringlichen Stille jedoch deutlich zu hören. Lena sah, wie Nikis Kopf sich abrupt drehte. Mit einem Satz war er auf den Beinen und ohne den geringsten Laut zu verursachen kam er zu Lena. „Weck Thiago", wisperte er eindringlich, „Sie sind da." Lenas Herz setzte kurz aus. Wie hatten diese Männer sie so schnell finden können? Niki lief bereits zurück zur Tür und verbarrikadierte dieselbe, ohne groß nachzudenken, während Lena an Thiagos Schulter rüttelte. „Thiago! Wach auf, sie haben uns gefunden!", flüsterte sie mit Nachdruck und der bis eben scheinbar friedlich schlafende Thiago war mit einem Mal hellwach. „Wie kann das sein?", fragte er entgeistert, und ohne auf Lenas Antwort zu warten erhob er sich und griff nach seinem Rucksack. Ohne etwas zu sagen, tat Lena es ihm gleich. Niki rannte auf sie zu. „Wie haben die euch so schnell ausfindig machen können?", fragte er außer Atem und sah die beiden durchdringend an. Thiago zuckte mit den Schultern und sagte: „Dafür ist jetzt keine Zeit. Wenn sie hier hereinkommen", vor der Tür wurden Stimmen laut und jemand versuchte, sie aufzutreten, „dann werden sie Lena töten. Und uns vermutlich auch", fügte er bitter hinzu. Niki blickte grimmig drein. „Wenn Lena lebt, ist alles andere nicht wichtig", befand er, „Ich werde um ihr Leben kämpfen." Die wilde Entschlossenheit in seiner Stimme veranlasste Thiago, nichts zu sagen, er nickte nur kurz. „Verschwindet durch den Seiteneingang. Draußen im Hof sollte ein kleiner VW stehen, mit dem könnt ihr zum Flughafen fahren. Wo der ist, wisst ihr hoffentlich. Kannst du Autofahren Thiago?", fragte Niki sicherheitshalber und wieder nickte Thiago. „Dann geht. Wenn sie die Tür da aufbekommen, werde ich versuchen sie aufzuhalten. Aber garantieren kann ich euch nichts." „Wir haben dir viel zu verdanken und das reicht. Danke Niki", sagte Lena und meinte es vollkommen ernst. Niki lächelte sie ein letztes Mal an, dann verschwanden sie und Thiago durch den Seiteneingang hinaus.

31.Kapitel

Als Lena und Thiago das Auto erreichten, riss Lena die Tür zum Beifahrersitz auf und Thiago glitt über die Motorhaube auf die andere Seite. Gerade in dem Moment, als er den Motor anlassen wollte, erklang ein markerschütternder Schrei, der Lena das Blut in den Adern gefrieren ließ. „Niki", stieß sie hervor. Thiago schaltete schnell. „Hör nicht hin", sagte er bestimmt und drehte den Schlüssel im Zündschloss. Sofort stieg Thiago auf das Gaspedal, woraufhin sich die alte Maschine in Bewegung setzte. Wieder hallte ein schrecklicher Schrei durch den Hof, woraufhin Lena sich die Ohren zuhielt. Sie ertrug es nicht zu hören, wie Niki die letzten Minuten seines

Lebens aushauchte. Thiago warf Lena einen schnellen Blick zu, dann gab er Gas. Die Straße, die von der Hütte wegführte, dürfte erst vor Kurzem neu asphaltiert worden sein, fast kein Geräusch ertönte, bis hinter ihnen ein Motor aufheulte. Thiagos Kopf fuhr herum und er erkannte im Seitenspiegel einen tiefschwarzen Mercedes, der dem alten VW in einigem Abstand folgte, jedoch wurde der Abstand zwischen den beiden Autos immer kleiner. „Verdammt!", fluchte Thiago und Lena fuhr zusammen, „Das kann nicht sein!" Er heftete seinen Blick wieder auf die Straße und wich im letzten Moment einem schwerbeladenen LKW aus. „Die erwischen uns!", rief Lena, die eben aus ihrer Schockstarre erwacht war und drehte sich nach den Männern im Mercedes um. Mit zusammengebissenen Zähnen antwortete Thiago: „Niemals. Das lass ich nicht zu." Lena huschte trotz der misslichen Lage ein Lächeln über die Lippen. Wieder heulte der Motor des Mercedes hinter ihnen auf und Lenas Hoffnung schwand, dass sie jemals lebend aus dem Auto steigen würden. Thiago griff, ohne den Blick von der Straße zu wenden, nach Lenas Hand. Ein Kribbeln durchfuhr diese und ihr Puls beschleunigte sich. Er sah sie an. „Wenn…, wenn wir jetzt nicht…, wenn… ich will, dass du weißt, dass es mir leidtut. Alles, das je gelogen war oder nicht die ganze Wahrheit war. Es tut mir leid", sagte er langsam. Lena wurde warm ums Herz. Doch bevor sie etwas erwidern konnte, nahm sie aus dem Augenwinkel ein Auto wahr. Ein weißer Audi war von der gegenüberliegende Spur abgekommen und raste nun direkt auf den kleinen VW von Lena und Thiago zu. „Schau auf die Straße!", schrie Lena und Thiago reagierte innerhalb einer Sekunde, riss das Lenkrad herum und wich dem Audi nur haarscharf aus. Der Lenker des Mercedes hatte weniger Glück und reagierte zu spät. Es gab ein grässliches Geräusch und den entsetzten Schrei des Beifahrers im Mercedes hörte sowohl Lena als auch Thiago. Als Lena sich umwandte und zurückblickte, sah sie nur noch, dass beide Autos vollkommen zerstört waren und die Überreste des Audis anfingen zu brennen. Kurz darauf fuhr Thiago von der Autobahn ab und Lena konnte nichts mehr sehen. Auch nicht, dass sich zwei der Männer, die im Mercedes gesessen hatten, aus dem Auto retten konnten, bevor auch dieses Feuer fing.

32.Kapitel

Bis sie den Flughafen erreicht hatten, verstrich die Zeit sehr langsam. Immer wieder sah Lena auf die Uhr. Seit dem Unfall auf der Autobahn hatte keiner von beiden ein Wort gesprochen, erst jetzt fragte Lena zaghaft: „Wie konnten die uns so schnell finden? Wie ist das möglich?" Thiago sah verbissen auf die Straße. „Ich habe keine Ahnung, ehrlich. Aber wie auch immer sie es herausgefunden haben, es darf nicht noch einmal vorkommen. Das war ein Fehler, der tödlich hätte ausgehen können", sagte er eindringlich und daraufhin kehrte im Auto wieder Ruhe ein, die andauerte, bis sie am Flughafen in

Frankfurt ankamen. Nachdem Thiago das gesagt hatte, hatte Lena den Blick abgewandt und aus dem Fenster gesehen. Jetzt beobachtete sie die vorüberziehenden Bäume und Häuser. Im Radio spielte Nothing else matters. Lena verdrehte unwillkürlich die Augen. Schon wieder. Es kam dem Mädchen wie eine Ewigkeit vor, bis aus dem Radio ein anderes Lied erklang und sie war unendlich froh darüber, denn Nothing else matters erinnerte sie immer und immer wieder an die vorgefallenen Ereignisse. Gequält schloss Lena die Augen. Dass ein einfacher Artikel ihr Leben so drastisch verändern würde, hatte sie wirklich nicht erwartet. Und so oft schon war sie dem Tod knapp entgangen. Erst jetzt wurde ihr bewusst, wie viel Glück sie bis jetzt gehabt hatte, es war bei Weitem nicht selbstverständlich, dass sie noch lebte. Thiago bemerkte, wie sie anfing zu zittern. „Alles gut?", erkundigte er sich und sah ihr kurz in die Augen. Lena versuchte zu nicken, ganz überzeugt wirkte Thiago zwar nicht, jedoch sagte er nichts mehr und schenkte seine Aufmerksamkeit wieder der Straße, sie bogen um eine Kurve und dann sah Lena den Flughafen. Ihre Augen weiteten sich, sie war noch nie mit einem Flugzeug geflogen und einen Flughafen so hautnah hatte sie auch noch nie gesehen. „Du bist noch nie geflogen?", fragte Thiago vorsichtig, der Lenas erstaunten Blick wohl bemerkt haben musste. Diese schüttelte den Kopf. „Nein. Ich hab noch nie einen Flughafen aus der Nähe gesehen. Es ist... ich weiß auch nicht... einfach großartig", hauchte sie und lächelte. Thiago fuhr die nächste Abfahrt ab und bald darauf warteten sie auf jenes Flugzeug, das sie jeden Moment nach Florida bringen sollte.

33. Kapitel

„Narr! Wie konntest du sie entwischen lassen?", ertönte eine wütende Stimme, daraufhin folgte das Geräusch eines gezielten Schlages. Jemand stöhnte auf. „Boss, es ist nicht so, wie Ihr denkt... wir... wir werden sie noch finden... Eure Leute sind die besten... wir suchen ganz Florida nach ihnen ab... und werden nicht aufgeben, ehe wir sie gefunden haben...", versprach der Mann, der als Beifahrer im Mercedes gesessen hatte und wimmerte voller Angst. Kurz herrschte Ruhe, dann schüttelte *er* den Kopf. „Du hast hier und jetzt versagt. Warum sollte es in Florida anders sein?", fragte *er* gefährlich ruhig. Die Augen des Mannes weiteten sich voller Angst und sein Atem beschleunigte sich. *Er* stand auf und umrundete den zitternden Mann. „Du hilfst mir gar nichts. Ich habe genug Leute, die ihre Arbeit besser machen als du", flüsterte *er* und grinste boshaft. Der Mann wich zurück und stieß gegen die Wand. Schweiß rann ihm in die Augen und er musste blinzeln, um nicht die Sicht zu verlieren. *Er* ging seelenruhig auf ihn zu, während *er* sagte: „Sieh es doch ein! Du warst nie gut genug und wirst es auch nie sein! Verstehst du nicht? Ich kann dich nicht am Leben lassen, du würdest mich auf der Stelle verraten, nach all dem, was ich gerade gesagt habe." Das Herz des Mannes raste. Sein Blick huschte an seinem Boss vorbei und erst da sah er den schwarz Gekleideten, der sich vollkommen ruhig im Schatten des hohen Kastens aufgehalten hatte. Nun trat er ins Licht, welches das Metall der Pistole, die er schussbereit in der Hand hielt, gefährlich aufblitzen ließ. Der Beifahrer des Mercedes schluckte schwer und startete einen letzten kläglichen Versuch, *ihn* zu überzeugen, dass er *ihn* niemals verraten und *ihm* weiterhin helfen würde, doch sein Schicksal war schon lange, bevor er diese Worte ausgesprochen hatte, besiegelt gewesen. Der Schuss war erstaunlich leise, er traf den Mann mit tödlicher Genauigkeit am Kopf. Vor dessen Augen verschwamm alles und er ging zu Boden. Der Schmerz, der sich langsam in seinem ganzen Körper ausbreitete, war unerträglich. Er erstickte alles Leben, bis der Mann nur noch zuckend am Boden lag. Ein letzter Schrei ging ihm über die Lippen, bevor er erschlaffte und sich nicht mehr rührte. *Er* stieg über seine Leiche und ging zum Fenster. „Oh Lena, dieses Mal bist du um ein Haar davongekommen", murmelte *er*, „doch nicht immer wirst du dieses Glück haben. Du hast ja keine Ahnung, was da noch auf dich zukommt. Wir sind viel näher, als du denkst. *ICH* bin viel näher, als du denkst."

34.Kapitel

Der Flug nach Florida war ausgesprochen lang gewesen. Vom Berliner Flughafen hatten sie um die 13 Stunden gebraucht. Nach ihrer Ankunft in Florida waren Lena und Thiago in ein Taxt gestiegen, welches sie zu ihrer Unterkunft bringen würde. Schon nach wenigen Minuten im Auto war Lena eingeschlafen und saß nun eingesunken und mit geschlossenen Augen neben Thiago auf der Rückbank. Dieser warf einen Blick auf die schlafende Lena und lächelte unwillkürlich. Sie war ihm wichtiger, als er zugeben wollte. Thiago war noch nie verliebt gewesen und hatte bis vor ein paar Tagen auch nicht geglaubt, dass er sich jemals verlieben würde. Vor allem nicht unter diesen Umständen. Lena begann im Schlaf zu reden. Thiago hörte ihr schmunzelnd zu und sein Lächeln wurde noch breiter, als Lena seinen Namen murmelte. Dann drehte sie den Kopf und sagte nichts mehr. Thiagos Lächeln blieb, ewig währte es jedoch nicht. Er würde Lena verlieren, wenn er nicht besser auf sie aufpasste. Dass die Angehörigen der Mafia sie in dem alten Haus von Niki gefunden hatten, war eine absolute Katastrophe und ein Rätsel, das Thiago sehr zu schaffen machte. Wenn er nur wüsste, wie sie das angestellt hatten… Etwas vibrierte in einem der Rucksäcke. Er beugte sich vor und zog es heraus. Es war Lenas Handy, welches er, kurz nach dem Anschlag auf Lukas, neben der bewusstlosen Lena liegen gesehen hatte. Nun blinkte das Display kurz auf und Thiago erkannte einen Ausschnitt einer SMS, von dessen Absender Lena die Nummer nicht eingespeichert hatte. Kurz warf er einen Blick zu Lena, um sich zu vergewissern, dass diese noch schlief, dann wischte er über das Display. „Gesichtserkennung nicht möglich", stand da und Thiago seufzte. Was er aber in dem Ausschnitt der SMS gesehen hatte, könnte ihm womöglich den entscheidenden Hinweis darauf geben, wie die Leute der Mafia sie gefunden hatten, deshalb hielt der das Handy vor Lenas Gesicht. Thiago wusste, dass hierbei eine Menge Glück im Spiel war, damit sich das Handy jetzt entsperrte, doch zu seiner Überraschung war jenes auf seiner Seite; das Handy entsperrte sich tatsächlich. Thiago atmete auf. Dann klickte er auf das Symbol für SMS und öffnete die App. Sofort fand er das, wonach er suchte, langsam, Wort für Wort, las er die SMS:

Lena, es ist vorbei, gib auf! Es würde alles so viel einfacher machen, Sowohl für dich als auch für mich. Tu mir den einen Gefallen. Wenn du einen kleinen, sagen wir, Reiz dazu brauchst, den will ich dir geben: Thiago steht nicht auf deiner Seite. Äußerlich mag er sich vielleicht für das Gute entschieden haben, aber im Inneren ist er immer noch das, was er von Anfang an war: der Sohn eines gefürchteten Mafiabosses, dem er viel ähnlicher ist, als du es wahrnimmst. Er wird dich verraten. Das reicht dir immer noch nicht? Dann sage ich dir Folgendes: Wenn du deinen Bruder je lebend wiedersehen willst, würde ich dir raten, nach Deutschland zurückzukommen, mein Späher hat ihn zusammen mit einem Psychopaten in Thiagos Keller eingesperrt. Wie gesagt, deine

Entscheidung. Das war von Anfang an so. Du bist ein törichtes Kind, aber du siehst ja selbst, wohin dich dein ach so toller Artikel für die Zeitung gebracht hat.

Thiago wurde es schwer ums Herz, nicht weil Jan ihm leidtat, sondern weil er wusste, dass der Verfasser des Textes mit jedem Wort seiner Nachricht recht behalten würde. Er holte sein eigenes Handy hervor, machte ein Foto von der Nachricht seines Vaters und löschte diese anschließend auf Lenas Handy.

35.Kapitel

Kurz bevor sie im Hotel ankamen, wachte Lena auf. Jetzt saß sie hellwach neben Thiago und blickte aufmerksam aus dem Fenster, bis sich Thiago schließlich räusperte. „Lena, ich... also dein Handy..." Er wusste nicht, was er noch sagen sollte, und reichte ihr einfach kurzerhand das Gerät. Lena sah ihn kurz an, dann entsperrte sie es und würdigte Thiago keinen weiteren Blick mehr. Kurz befürchtete dieser, sie könnte bemerken, dass er eine SMS von ihr gelöscht hatte, doch was Lena dann von sich gab, hatte er nicht erwartet. „Die Fotos sind weg", murmelte sie. Tatsächlich fehlten alle Bilder, die Lena von dem Vorfall im Badezimmer geschossen hatte. Sie hob den Blick und bemerkte, wie Thiago ihr auswich. „Thiago?", fragte sie und klang dabei schärfer, als sie es selbst erwartete hatte. Er sah sie widerstrebend an. „Hmm?" „Diese

Fotos… hast du sie gelöscht? Ich will dir nichts vorwerfen, aber…" Lena verstummte und wartete angespannt Thiagos Reaktion ab. Dieser legte den Kopf schief und sein Blick schweifte ab. „Welche Fotos?", fragte er leise und klang dabei so ruhig wie damals, als Lena ihn zum ersten Mal sprechen gehört hatte, was dieser nun einen Schauer über den Rücken jagte. Doch sie entschied sich, diesmal nicht nachzugeben und antwortete kühl: „Das müsstest du doch am besten wissen." Damit ging sie in die Offensive und sofort änderte sich die Stimmung im Auto. Thiagos Schultern strafften sich und er antwortete: „Was willst du damit sagen? Ich dachte, du würdest mir nichts vorwerfen wollen?", wobei er nicht minder direkt als Lena sprach. Diese zuckte zwar zurück, ließ sich das aber nicht anmerken. „Und ich dachte, dass ich dir vertrauen kann", sagte sie und wandte sich ab. Ihr war bewusst, dass es unklug war, jetzt mit Thiago zu streiten, sehr unklug sogar, aber es gab einfach zu viele offene Fragen, auf welche Lena um jeden Preis Antworten haben wollte. „Dachte ich auch. Nur baut Vertrauen auf Gegenseitigkeit auf", sagte Thiago und klang dabei ehrlich verletzt. Lena spürte eine Träne, die ihr an ihrer Wange hinabrann, doch sie wischte sie, ohne groß nachzudenken weg. Sie konnte nicht kleinbeigeben, nicht noch einmal. Dann würde sie ihre Antworten nie bekommen. „Du hast was mit den Fotos zu tun. Lüg mich nicht an!", verlangte sie und spürte selbst, wie hart ihre Stimme klang. Thiago rührte sich nicht im Geringsten als er sagte: „Wir reden später." Im selben Moment hielt das

Taxi vor einem Hotel. Widerwillig nickte Lena. „Glaub aber ja nicht, ich würde das vergessen!", sagte sie scharf und stieg aus. Thiago wechselte noch ein paar schnell Worte mit dem Fahrer des Taxis, dann schlug er die Tür zu und das kleine gelbe Auto brauste davon. Bis Lena und Thiago eingecheckt und ihr gebuchtes Zimmer betreten hatten, welches Niki hervorragend organisiert hatte, sagte keiner von beiden ein Wort. Schweigend setzte sich Thiago aufs Bett. Lena sah sich kurz in dem riesigen Zimmer um, dann setzte sie sich auf die Couch, die schräg gegenüber dem Bett ihren Platz hatte. „Also?", fragte Lena, „Was hast du mit den verschwundenen Fotos zu tun?" Thiago seufzte tief, stand dann auf und trat ans Fenster, von dem aus man auf den Gastgarten den Hotels blicken konnte. Zuerst glaubte Lena, er würde ihr wieder ausweichen, doch dann fing Thiago an zu reden. „Ich weiß, du glaubst mir nicht, aber ich habe mit deinen Fotos nichts zu tun. Ich weiß nur, dass du dich sehr über ihr Verschwinden ärgerst, und das kann ich auch verstehen. Wenn jemand mein Badezimmer so zerstört und mir über eine Nachricht auf meinem Spiegel drohen würde, dann würde ich auch ein Foto..." Er verstummte augenblicklich. Lena brauchte etwas, bis sie verstand warum, und dann breitete sich eine unbändige Wut in ihr aus. „Wie... Thiago, ich dachte...", sie zwang sich, ruhig zu sprechen, „Ich dachte, du hast mit meinen Fotos nichts am Hut. Woher kannst du dann wissen, was auf den Fotos zu sehen war? Ich kann mich nicht erinnern, erwähnt zu haben, dass diese Fotos jene waren, die ich von meinem Badezimmer damals gemacht habe!" Thiago vermied es, sie anzusehen und sah stur aus dem Fenster. „Sieh mich an!", verlangte Lena und bemerkte, dass sich ihre Augen mit Tränen füllten. Langsam drehte sich Thiago zu ihr um. „Lena, ich… es tut mir leid… aber du verstehst nicht…" „Dann erklär es mir! Ich verstehe nicht, was daran so schwer ist!", rief Lena aus und Tränen strömten ihr übers Gesicht. Thiago trat zu ihr, wollte sie umarmen, ihr Trost spenden, doch Lena stieß ihn weg. „Fass mich nicht an! Du bist jemand, der will, dass ich ihm blindlings vertraue und der keine Ahnung hat, wie schwer das eigentlich ist!" Mit diesen Worten wirbelte sie herum und verließ das Zimmer. Thiago stand da und wusste nicht, wie er das jemals wieder gut machen konnte. Falls das überhaupt noch ging.

36.Kapitel

Als Lena abends ins Zimmer zurückkehrte, war Thiago nicht da. Gedankenverloren ließ sie sich aufs Bett sinken. Sie musste mit ihrer Mutter telefonieren. Auf diesen Gedanken hin suchte sie nach ihrem Handy, welches jedoch keinen Akku mehr hatte. Seufzend erhob sich Lena, um es an ein Ladekabel anzuschließen, nur um festzustellen, dass weit und breit keines existierte. Lena fluchte. Dann fiel ihr Blick auf ein anderes Handy. Es gehörte Thiago, der es wohl auf dem Sofa hatte liegen lassen. Lena überlegte kurz, dann griff sie nach seinem Handy. Sie wusste zwar nicht, ob Thiago es ihr nach diesem Streit übel nehmen würde, wenn sie sein Handy benutzte, aber sie musste einfach mit irgendjemandem reden und außerdem wusste ihre Mutter nicht einmal, wo sich ihre Tochter im Moment herumtrieb. Also wischte Lena über das Display, in der Hoffnung, dass Thiago das Handy nicht versperrt hatte. Tatsächlich hatte sie Glück, das Handy entsperrte sich und Lena erkannte, dass Thiago vergessen hatte, seine Galerie zu schließen. Sie wollte die App schon zu machen, hielt dann jedoch inne. Ein Foto machte sie stutzig. Und obwohl Lena wusste, dass man auf fremden Telefonen nicht herumschnüffeln und Fotos durchschauen sollte, die einen nichts angingen, klickte sie sachte auf das Bild, um es zu vergrößern. Ihr stockte der Atem, als sie die Nachricht las, die Thiago von ihrem Handy abfotografiert hatte. Während Lena las, machte sich Wut in ihr breit, eine unbändige Wut, die sowohl den Boss der Mafia als auch Thiago gleichermaßen betraf. Er war an ihrem Handy gewesen. Er hatte eine Nachricht gelöscht, was sich auf Jans Zukunft auswirken würde. Und vor allem: Er hatte sie belogen. Die ganze Zeit über. Tränen stiegen Lena in die Augen. In diesem Moment betrat Thiago das Zimmer. Er setzte sich wortlos aufs Bett und begann, nach etwas zu suchen. Schnell verstand Lena, was er nicht finden konnte. „Suchst du das hier?", fragte sie eisig und hielt sein Handy hoch. Augenblicklich sah Thiago in ihre Richtung. „Ja", sagte er langsam, „Wo war das?" „Lag auf der Couch. Und wo wir schon dabei sind, kannst du mir gleich erklären, was das alles soll", erwiderte Lena wütend und schleuderte ihm das Handy vor die Füße. Thiago reagierte schnell und fing es auf, bevor es zu Boden fallen konnte. Dabei hatte er Lena keine Sekunde aus den Augen gelassen. „Was meinst du?", fragte er ruhig und verbarg nur mit Mühe das aufkommende mulmige Gefühl, das sich in ihm breit machte. Lena deutete nur wortlos auf das Handy und beobachtete, wie Thiago es entsperrte. Lena hatte es zuvor einfach nur ausgeschaltet, also war das Erste, was er nun sah das Foto der Nachricht seines Vaters. Lena wartete, doch Thiago machte keine Anstalten, irgendetwas zu sagen. Irgendwann konnte Lena ihre Wut nicht mehr zurückhalten und sie schrie: „Warum hast du mich belogen? Du… ich weiß nicht, warum ich dir einfach geglaubt habe, aber jetzt weiß ich, dass es ein riesiger Fehler war! Na los doch! Erschieß mich. Töte mich. Das war doch von Anfang an euer Plan, oder? Dass du mein Vertrauen gewinnen solltest, damit ihr mich in aller Ruhe aus der Welt schaffen könnt! Wie konnte ich nur so blind sein? Ich hätte nie…", sie verstummte und sah Thiago mit einer Mischung aus Zorn und Hilflosigkeit an. Dieser schloss für einen kurzen Moment gequält die Augen und sagte dann mit einem tieftraurigen Unterton in der Stimme: „Lena, bitte, sag so was nicht...", doch sie ließ ihn nicht ausreden, sondern rief: „Was hast du erwartet? Dass ich dir nach all den Lügen und dem Verrat noch vertraue? Sicher nicht!" In Thiagos Augen blitzte ganz kurz Wut auf, doch er drehte zu schnell den Kopf, als dass Lena es hätte sehen können. „Genau davor hatte ich Angst. Das ist der Grund, warum ich dir nie gesagt habe, dass ich der Sohn eines Mafiabosses bin. Weil ich wusste, dass du mir ab dem Moment, an dem du es erfährst, misstraust. Ich hatte Angst, dich zu verlieren. Und ich liebe dich Lena, mehr als alles andere auf der Welt." Kurze Stille. Thiago konnte Lenas Gesicht nicht sehen, deshalb wartete er. Als sie sich nicht rührte, sprach er langsam und mit Bedacht gewählten Worten weiter: „Ja, der Plan war, dass ich dich töte, aber schon nachdem du das erste Mal bei mir zu Hause warst, habe ich gewusst, dass ich das nicht kann. Ich hatte oft genug die Gelegenheit, dich umzubringen, wir waren oft genug allein. Aber ich habe es nicht getan. Warum? Weil du mir etwas bedeutest. Nachdem du bei mir zu Hause warst, hat der Mafiaboss…" „Bitte, nenn ihn nicht so. Er ist immer noch dein Vater", unterbrach Lena ihn, jetzt sprach sie viel leiser und ruhiger und ein berührter Unterton schwang in ihrer Stimme mit. Thiago nickte betrübt und er erzählte weiter. „Danach hat mein Vater zwei Männer geschickt, die nachsehen sollten, wie weit ich war. Das war öfters so. Ich war nie frei, sie folgten mir immer und überall hin. Das ist vermutlich auch der Grund, warum sie uns bei Niki so schnell gefunden haben, aber ich glaube eher, dass jemand den Standort von meinem Handy geortet hat. Mein Vater hat genug Leute, die so was können, die meisten kenne nicht einmal ich. Aber egal. Lena es tut mir wahnsinnig leid, dass du es auf diese Weise erfahren hast, aber wenn ich es dir einfach gesagt hätte… davor hatte ich einfach zu sehr Angst. Ich hab keine Entschuldigung dafür. Es tut mir leid." Eine Träne rollte an seiner Wange hinab und fiel zu Boden. Lena war gerührt. Obwohl sie Thiago für die ganze Geschichte hätte hassen müssen, empfand sie sowohl Mitleid als auch Sympathie für ihn. All diese Gefühle hörte man deutlich, als sie sagte: „Ist schon gut Thiago. Ich habe überreagiert..." Doch zu ihrer Überraschung schüttelte Thiago den Kopf. „Das war schon richtig so. Ich meine, ich bin der Sohn des schlimmsten Mafiabosses in ganz Rumänien, also..." Er versuchte ein Lächeln, das Lena zaghaft erwiderte. Plötzlich war Thiago ihr ganz nah. Seine Hand legte sich um ihre Hüfte und Lena sah ihm in die Augen. „Es tut mir leid", flüsterte er. Seine Lippen näherten sich ihren. Langsam und vorsichtig küsste er sie. Lena schloss die Augen, Natürlich verzieh sie ihm, doch der Moment war zu schön, um ihn mit Worten zu zerstören. Lange standen sie so da, dann wich Thiago ein Stück zurück, um Lena ansehen zu können. „Lena, wir haben nicht viel Zeit. Du hast die SMS gelesen, wenn wir uns nicht beeilen..." „Wird mein Bruder sterben. Ich weiß. Aber... was, wenn das alles gar nicht stimmt? Was, wenn mein Bruder wohlbehalten bei einem Freund im Wohnzimmer sitzt?", fragte Lena und Thiago schüttelte den Kopf. „Woher kommt diese plötzliche Vorsicht? So bist du ja sonst nie. Nein, ich glaube... ich befürchte, dass diese SMS der Wahrheit entspricht", antwortete Thiago und plötzlich war es Lena, als würde sie aus einer Glaskugel in die Freiheit treten. Alles, was sie zuvor etwas verschwommen und leise wahrgenommen hatte, was ihr Angst eingejagt und zweifeln hatte lassen, war jetzt klarer und in Lenas Augen funkelte wilde Entschlossenheit. „Dann los. Retten wir meinen Bruder."

37.Kapitel

Es war bereits dunkel, als sie nach einem langen Flug wieder auf Deutschlands Straßen fuhren, trotzdem lenkte Thiago den VW sicher durch die schlecht beleuchteten Straßen. Immer wieder warf er Lena einen schnellen Blick zu, den diese jedes Mal mit einem scheuen Lächeln erwiderte. So fuhren sie durch die Nacht, ohne ein Wort zu reden und ohne so recht zu wissen, wie sie es angehen sollten, Lenas Bruder zu retten. Wie in Trance drehte Thiago den Radio leiser und erst da hörte Lena richtig hin, was gerade gespielt wurde. „Forever, trusting who you are. And nothing else matters… "Unwillkürlich schloss Lena die Augen. Alles vergangenen Ereignisse zogen an ihr vorbei, angefangen bei ihrem Traum von ihrer Patentante, bis hin zu Lukas, der tot in ihrem Wohnzimmer saß. Tränen traten Lena in die Augen und als sie sie wieder öffnete, sah sie alles verschwommen und unscharf. Thiago sah zu ihr. „Alles wird gut", sagte er leise und klang dabei haargenau so, wie Lena ihn das erste Mal hatte reden hören; seine Stimmer war ruhig und verständnisvoll. Lena nickte gezwungenermaßen und richtete ihren Blick wieder nach draußen. Nach einigen Minuten des Schweigens, sagte Lena mit tränenerstickter Stimme: „Du weißt nicht... du weißt nicht, wie es sich anfühlt..., wenn ein Familienmitglied..., wenn du genau weißt, dass ein Familienmitglied in Lebensgefahr schwebt und du keine Ahnung hast, wie... wie du denjenigen retten kannst... ob du es überhaupt kannst..." Ihre Stimme brach und sie verstummte. Thiago seufzte. „Du kannst dir nicht vorstellen, wie oft so etwas schon erleben musste", antwortete er und starrte daraufhin verbissen auf die Straße. Lena versuchte, seinen Blick aufzufangen, doch er wich ihr aus. Lange sagte keiner von beiden ein Wort, aber Lena wartete, bis Thiago weitersprach. „Mein Vater... er hatte immer ein klares Ziel... klare Voraussetzungen, und wenn die nicht erfüllt wurden... Meine Mutter hat den Fehler begangen, sich ihm zu widersetzen. Es war ihr letzter Fehler. Seitdem hat sich niemand von uns mehr getraut, etwas anzuzweifeln, dass er beschlossen hat. Außer mir jetzt." Endlich sah er Lena wieder in die Augen und Lena fühlte sich schuldig. Sie senkte den Blick. Thiago schien ihre Gefühle zu erraten, denn er sagte: „Du trägst keine Schuld daran. Ich hätte nie hierherkommen dürfen. Ich verspreche dir, dass du, wenn das alles vorbei ist, nie wieder ein Wort von mir hören wirst." Die plötzliche Härte in seiner Stimme ließ Lena zusammenfahren, doch sie ließ es sich nicht anmerken, sondern blickte wieder nach draußen. In dem Moment fuhren sie an einem heruntergekommenen Haus vorbei und Lena erkannte es sofort. „Niki tat mir leid. Ich meine, er hat nichts Falsches getan, oder?" Thiago antwortete nicht, sondern sah nur unverändert auf die Straße, doch Lena konnte trotzdem sehen, wie glasig seine Augen wurden und erkannte bestürzt, dass er weinte. „Es... es tut mir leid... ich wusste nicht...", begann sie, doch er unterbrach sie. „Niki war wie ein Bruder für mich. Wir kennen uns schon ewig. Und dass die Angehörigen meines Vaters ihn... das werde ich ihnen niemals verzeihen, das war der größte Fehler, den sie hätten machen können", sagte er grimmig und Lena nickte verständnisvoll. Thiago, dem es offenbar zu sehr mitnahm über seinen besten Freund zu sprechen, wechselte das Thema. „Was genau hast du eigentlich vor?", fragte er, woraufhin Lena ihn fragend ansah. Thiago sah sie wieder an. „Wenn wir bei mir zu Hause ankommen...?" Lena schloss für einen kurzen Moment die Augen. Als sie sie wieder öffnete sagte sie: „Hängt davon ab, was wir dort vorfinden."

38.Kapitel

Thiago parkte dem VW einige Straßen von seinem Haus entfernt, damit sie, falls noch jemand im Haus war, nicht entdeckt werden konnten. Leise schloss Lena die Autotür, nachdem sie ausgestiegen war. Thiago trat zu ihr. Ohne ein Wort griff Lena automatisch nach seiner Hand und er nahm sie. Nebeneinander gingen sie auf das Haus zu und Thiago schloss leise die Hintertür auf. Zumindest wollte er das, doch dann hielt er inne. Der Wind pfiff ihnen um die Ohren und wehte die Tür auf, die gespenstisch quietschte. Lena zuckte zusammen, dieses Szenario kannte sie nur zu gut und es jagte ihr einen Schauer über den Rücken. Sie sah Thiago an, dessen Miene sich augenblicklich verfinsterte. Er trat einen Schritt vor und entdeckte den Zettel, den jemand an den Spiegel zu seiner Rechten geklebt hatte.

Er ist im Keller

Lena hatte sich hinter Thiago über die Türschwelle getraut und sah ihn nun alarmiert an. Er erwiderte ihren Blick nicht minder besorgt, und sie beide gingen weiter. Lena achtete nun schon gar nicht mehr darauf, leise zu sein, ihr einziger Gedanke war, ihren Bruder zu retten, bis Thiago sie zurückzog. „Warte!", zischte er und Lena stoppte. Tatsächlich war es ihr, als würde sie Stimmen hören und Thiago erging es nicht anders. Er bedeutete ihr, ihm zu folgen und sie ging ihm nach. Angst ließ ihr Herz schneller schlagen und sie atmete unregelmäßig. Was, wenn wirklich noch jemand im Haus war? Jemand, der sie, ohne mit der Wimper zu zucken, umbringen würde? Lena begann, unkontrolliert zu zittern, woraufhin Thiago ihre Hand drückte. „Keine Angst", wisperte er, doch Lena beruhigte sich nicht im Geringsten. Die Angst, die ihren Körper zu lähmen schien, machte es ihr unmöglich, sich zu bewegen, geschweige denn zu antworten. Das Zittern brachte sie unter Kontrolle, doch als Thiago sie weiter durch die Flure zog, pochte ihr

Herz so laut, dass sie meinte, dass Thiago es hätte hören müssen. Schließlich standen sie vor einer uralt wirkenden Holztür. Lena widerstrebte es zutiefst, sie zu öffnen und dahinter zu blicken, und zu ihrer Erleichterung machte auch Thiago keine Anstalten, dies zu tun. Das Ticken der Wanduhr, die im Flur hängen musste, kam Lena unnatürlich laut vor, dann zerriss das Heulen eines Motors die Stille. Irgendjemand fuhr von dem Haus weg, da war sich Lena sicher. Thiago schien ihre Vermutung zu teilen. Er wartete, bis die Geräusche des Autos verklungen war, dann sah er Lena fragend an und streckte seine Hand nach der Türklinke aus. Lena schluckte schwer, nickte aber und Thiago öffnete langsam und vorsichtig die Tür.

39.Kapitel

Zuerst sah Lena nichts. Erst als sich ihre Augen an das schummrige Licht in dem Keller gewöhnt hatten, konnte sie etwas erkennen. Auf den ersten Blick sah er aus wie ein jeder anderer Keller auch, verstaubt, mit kalten Wänden und jede Menge Gerümpel. Doch als Lena genauer hinsah, erkannte sie, dass auf jedem einzelnen alten Möbelstück Blutspritzer zu sehen waren. Ihr Magen drehte sich um. Jetzt nahm sie auch den unverkennbaren Geruch des noch nicht getrockneten Blutes wahr, was ihren Magen rebellieren ließ. Thiago sah sich mit eisiger Miene im Keller um. Er umrundete einen Stapel Stühle, die mit einem weißen Leintuch bedeckt waren, welches mittlerweile jedoch mehr rot als weiß war, und blieb dann wie erstarrt stehen. Lena runzelte die Stirn und wollte zu ihm gehen, doch Thiago rief: „Bleib wo du bist!" Seine Stimme hatte etwas so dringliches, dass Lena sofort stehen blieb. Wieder meldete sich das Gefühl von unbändiger Angst. Thiago ging zu ihr zurück und nahm wieder ihre Hand. „Gehen wir", sagte er, aber Lena schüttelte den Kopf. „Jan…", begann sie, doch als sie in Thiagos Augen blickte und die Tränen darin sah, verstummte sie. „Es… wir sind zu spät Lena…", erklärte Thiago und wollte sie in den Arm nehmen, aber Lena riss sich los. Mit gläsernen Augen ging sie um die Stühle herum und schlug sich vor Entsetzen die Hände vor den Mund. Vor ihr tat sich ein Schlachtfeld auf. Blut, wohin sie sah, mehrere Messer, deren Schneiden allesamt rot leuchteten, lagen in der Ecke oder steckten in den hölzernen Möbeln. Das Glas des verstaubten Fensters war geborsten und an einigen Stellen durchgebrochen, weshalb eisige Luft hereinwehte. Doch am meisten schockiert war Lena wegen des ebenfalls hölzernen Stuhles, der etwas abseits in einer der Ecken stand. Er war wahrscheinlich uralt und stand äußerst wackelig auf seinen Beinen. Und in dem Sessel saß Jan. Hinter ihm konnte Lena die fetzige Schrift erkennen, die wohl der Psychopath, der Jan gnadenlos gefoltert hatte, geschrieben haben musste.

Zu langsam, Kleine. Aber er hat deinen Namen geschrien, als ich ihm das Messer durch die Hand gestochen habe!

Lena wurde schlecht. Tatsächlich ragte aus jeder von Jans Händen, die an den Lehnen des Stuhles festgebunden worden waren, der Schaft eines Messers. Thiago legte seine Hand auf Lenas Schulter und drehte sie zu sich, damit sie den furchtbaren Anblick ihres Bruders nicht mehr ertragen musste. Sie begann, leise zu weinen und Thiago streichelte ihr sanft über den Rücken. In diesem Moment schlug die Tür zum Keller zu und Lena hörte deutlich, wie von außen zugesperrt wurde. Sie und Thiago tauschten einen entsetzten Blick, dann liefen sie zur Tür und hämmerten dagegen. „Aufmachen!", rief Lena verzweifelt und Thiago sprang ihr bei. „Macht sofort die Tür auf!", brüllte er außer sich vor Wut und versetzte der Tür einen Tritt; trotzdem gab sie nicht nach. „Lasst uns raus", versuchte Lena es nochmals, woraufhin von draußen Gelächter zu vernehmen war. „Mädel, du bist selbst schuld. Genieße die letzten Minuten, die du noch zu leben hast, bis *er* hier eintrifft!", wurde gerufen und noch jemand begann zu lachen, doch dieses Lachen klang anders. Es war wirr und verrückt. „Sie würde sich gut in einem Stuhl neben ihrem geliebten Bruder machen!", rief eben diese Stimme, zu der das wirre Lachen gehörte und Lenas Herz setzte kurz aus; draußen vor der Türe stand niemand geringerer als der Mann, der ihren Bruder eiskalt gefoltert und getötet hatte. Thiago griff nach

Lenas Hand, im gleichen Augenblick ertönte die erste Stimme wieder: „Und was dich angeht, Thiago… dein Vater ist sehr wütend auf dich. Im besten Fall wird er dich erschießen, so wie deine Mutter damals…" „Wie kannst du es wagen!", schrie Thiago und schlug gegen die Tür, doch wieder erntete er nichts anderes als höhnisches Gelächter. Unsagbar wütend ließ Thiago von der Tür ab und ging zu dem halb zerstörten Fenster. Ein gezielter Schlag und das Glas zerbrach vollends. Die Scherben ergossen sich auf den Boden draußen und Thiago winkte Lena zu sich. „Wir müssen hier raus", sagte er leise und deutete auf den einzigen Weg nach draußen. Lena blickte hinaus. „Schaffst du das?", fragte Thiago und Lena schnaube. „Ich bin schon aus deinem Zimmer im 1. Stock gesprungen", erinnerte sie ihn und setzte sich auf das Fensterbrett. Dabei schnitt sie sich die Handflächen auf, doch das kümmerte sie nicht im Geringsten und sie sprang leichtfüßig aus dem Fenster. Sofort spürte sie wieder Boden unter den Füßen. Thiago stand nur wenige Sekunden danach neben ihr und sie schlichen so leise sie nur konnten ein paar Straßen weiter, wo nach wie vor der kleine VW parkte. Als sie sicher im Auto saßen, fiel Thiagos Blick auf Lenas Hände. „Du blutest", stellte er fest und begann, sein Hemd auszuziehen. Lena stockte der Atem. „Nein, lass, ist nicht schlimm…", versuchte sie ihn aufzuhalten, doch er ließ sich nicht beirren und verband ihre Hand mit seinem weißen Hemd. Sofort färbte sich der Stoff rot, doch Thiago kümmerte sich nicht weiter darum, sondern startete den Wagen und fuhr los. Als sie an Thiagos Haus vorüberfuhren, starrte ihnen der Psychopath mit einem teuflischen Lächeln auf den Lippen aus dem zerstörten Fenster blickend nach.

40. Kapitel

„Verdammt!", rief Thiago. Der Wagen geriet ins Schlingern und kam schließlich am Straßenrand zum Stehen. Lena kniff die Augen zusammen, während Thiago aufs Lenkrad einschlug. „Diese verdammte Schrottkarre!", rief er und Lena musste lachen. Thiago sah sie an. „Was? Ist doch so", sagte er, doch auch er konnte sich ein Lächeln nicht verkneifen. Lena öffnete die Beifahrertür und stieg aus. Fast den ganzen Tag waren sie gefahren, zwischendurch einmal stehen geblieben, damit sich Thiago ein neues Hemd anziehen konnte und nun mitten in einem Wald gestrandet, nicht unweit von einem See. „Wer ist auf diese hirnverbrannte Idee gekommen, uns mit einem VW, einem kleinen schwarzen VW Golf, durch die Gegend fahren zu lassen?!", fluchte Thiago leise vor sich hin, als Lena ihn unterbrach: „Wo sind wir hier eigentlich?" Thiago, der in der Zwischenzeit aus dem Wagen gestiegen war und die Motorhaube des Autos geöffnet hatte, ließ von dem Auto ab und trat zu Lena. „Ich weiß es nicht. Aber es wäre sicher von Vorteil, wenn wir uns entweder ein neues Auto besorgen oder dieses Dings da reparieren." Er deutete mit grimmiger Miene auf den VW, der mittlerweile begonnen hatte zu rauchen. Lena hob die Brauen und wollte etwas sagen, als sie aus dem

Augenwinkel eine Bewegung wahrnahm. Langsam und mit einem mulmigen Gefühl drehte sie sich in die Richtung, in der sie jemanden vermutete, doch da war nichts. „Lena?" Das Mädchen kniff die Augen zusammen. Da. Wieder ein leises Knacken, als wenn jemand auf einen kleinen Ast getreten wäre... „Lena? Alles in Ordnung? Lena!" Endlich blickte Lena zu Thiago. In ihren Augen spiegelte sich Verwirrung wider, die jedoch allmählich wieder verschwand. „Äh, ja?" Thiago sah sie forschend an. „Was war das gerade?", fragte er, sichtlich besorgt. Kurz zog Lena in Erwägung, ihm zu erklären, was sie glaubte, gesehen zu haben, doch dann schüttelte sie nur den Kopf und redete sich selbst ein, sich das alles nur eingebildet zu haben. Sie spürte Thiagos Blick noch auf sich ruhen, als sie den VW umrundete und einen Blick unter die Motorhaube warf. „Dieses Kabel muss durchtrennt worden sein... oder zumindest eingeschnitten. Muss wohl die Benzinleitung gewesen sein... Hey, Thiago, irgendjemand muss mutwillig unser Auto beschädigt haben!" Thiago kam zu ihr und beäugte ebenfalls den qualmenden Motor. Tatsächlich konnte er eine gravierende Schnittstelle an einem der Kabel entdecken und bei genauerem Hinsehen war nicht nur dieses eine Kabel betroffen. „Die haben mein Auto zerstört!", beschwerte sich Thiago und starrte fassungslos auf die kaputten Kabel. Daraufhin beschlich Lena abermals die dunkle Ahnung, verfolgt zu werden und sie sah sich um. Dass Thiago weiterhin auf sie einredete, bekam sie gar nicht mehr mit. Da fiel Lenas Blick auf die

Baumkronen im Westen, die im Licht der bereits untergehenden Sonne rot funkelten. Bald würde es stockdunkel sein und sie würden keinen Meter mehr weit sehen können. Thiago folgte ihrem Blick und sprach aus, was Lena dachte: „Wir müssen zusehen, dass wir einen Platz finden, an dem wir übernachten können." Lena nickte, als zu ihrer Linken ein Schatten vorüberhuschte. Thiago hatte ihn nicht gesehen, dachte Lena jedenfalls. Nun beschlich sie der Verdacht, dass Thiago den Schatten sehr wohl gesehen hatte, nur nichts sagen wollte.

Thiago steht nicht auf deiner Seite. Er wird dich verraten.

Genau das waren die Worte von Thiagos Vater gewesen und Lena rieselte ein kalter Schauer über den Rücken. Sie warf Thiago einen kurzen Blick zu, doch er starrte stur in den Wald, als würde er etwas suchen. Angst kam in Lena hoch und sie richtete ihren Blick wieder auf die Sonne, die viel zu schnell hinter den Bäumen verschwand.

41.Kapitel

Lena lag wach auf der Rückbank des Autos und starrte aus dem Fenster. Thiago saß leise schnarchend auf dem Beifahrersitz, an Schlaf konnte Lena noch nicht einmal denken. Bei jedem Geräusch, das aus dem Wald zu ihr drang, zuckte sie zusammen und schloss die Augen, nur um dann festzustellen, dass niemand in der Nähe war. Ihr

Blick wanderte zu der halb offenen Autotür, durch welche Lena noch mehr verunsichert wurde. Und doch schloss sie sie nicht, aus Angst, jemand könnte sie hören. Eine Eule schrie und wieder schrak Lena zusammen. Dann blitzte plötzlich der Schein einer Taschenlampe auf. Lenas Herz begann zu rasen. Nun bestand kein Zweifel mehr, jemand war ihnen bis hierher gefolgt und dieser jemand hatte sie die ganze Zeit über, seit der VW den Geist aufgegeben hatte, beobachtet. Lena überlegte, ob sie Thiago wecken sollte, hatte aber Angst, dass die Person draußen vor dem Auto sie hören oder sehen konnte. Also blieb sie liegen. Als der Unbekannte ins Auto leuchtete, schloss Lena die Augen, in der Hoffnung, er würde weitergehen. Doch er verschwand nicht. Lenas Herz schlug wie verrückt, und der Unbekannte machte keine Anstalten, die Autotür zu schließen. Am Vordersitz drehte sich Thiago auf die andere Seite und der Sitz knarzte laut. Lena zuckte zusammen und hielt dann den Atem an. Wenn der Unbekannte mitbekommen würde, dass sie wach war, was würde er dann tun? Lena vermutete, dass er sie, ohne mit der Wimper zu zucken töten würde. Zwar war es nur eine Vermutung, aber Lena wollte das Risiko nicht eingehen, die richtige Antwort zu finden, also blieb sie ruhig liegen und hoffte, der Unbekannte möge einfach weiter gehen. Doch diesen Gefallen tat er ihr nicht. Lena konnte ihn leise atmen hören, als er sich zu ihr beugte und ihre Handgelenke mit einem straffen Seil zusammenband. Lena hatte keine Möglichkeit mehr, sich gegen ihn zu Wehr zu setzen. Dann wurde sie aus dem Auto gezogen und eisige Nachtluft schlug ihr entgegen. Lena wagte, blinzelnd die Augen zu öffnen, was jedoch ein Fehler war. Als sich ihre Augen an das fahle Licht des Mondes gewöhnt hatten, blickte sie dem Mörder ihres Bruders genau in die Augen. Ein höhnisches Lächeln breitete sich auf dessen Gesicht aus. „Sieh an, sieh an, wir sind also doch wach?", fragte er und hielt einen Revolver hoch. Lena war so entsetzt, dass es ihr die Sprache verschlug und sie vor Angst zitterte. Der Psychopath begann zu lachen. „Keine Angst, Kleine, ich werde dich nicht töten. Noch nicht." Mit diesen Worten zog er sie rückwärts in den Wald und Lena hatte keine andere Wahl, als mit ihm zu gehen. Nach einigen Minuten, die Lena vorkamen wie eine Ewigkeit, blieb er mit ihr stehen und sie hatte die Möglichkeit, sich im Wald umzusehen. Während sie versuchte, sich irgendwie zu orientieren, murmelte ihr Entführer leise in sein Handy. „Ja… ja ich hab sie… Thiago? Ha, der hat davon gar nichts mitbekommen! Gut, ich… werde ich. Natürlich." Lena stutzte, als aus dem Telefon eine merkwürdig verzerrte Stimme erklang. „Sei nicht zu spät! Du weißt, was passiert, wenn du noch einmal versagst!" Das restliche Gespräch bekam Lena gar nicht mehr mit. Sie hatte einen spitzen Ast entdeckt, auf den sie sich nun langsam zubewegte. Ohne den Blick von ihrem Entführer abzuwenden, versuchte sie, die Fesseln zu lösen. Immer noch telefonierte der Psychopath, und endlich lockerten sich Lenas Fesseln. Sie fielen zu Boden, im selben Moment drehte sich Lenas Entführer zu ihr um.

Kurz sahen sie sich beide überrascht an, dann kam Leben in Lena. Sie wirbelte herum und begann zu laufen. Sie hörte den Psychopathen fluchen und blickte über die Schulter zurück. Er lief ihr nach, noch hatte Lena einen gehörigen Abstand zu ihm, doch dieser wurde stetig kleiner. Die Panik, die Lena packte, ließ sie schneller laufen. Kurz vorm Waldrand, an dem der VW stand, übersah sie dann eine Wurzel. Sie verlor das Gleichgewicht und stürzte mit einem Aufschrei zu Boden. Bevor sie mit dem Kopf auf dem Boden aufschlug, hörte sie, wie eine Autotür zugeschlagen wurde, und von allen Seiten Menschen auf sie zukamen. Dann verlor sie das Bewusstsein und alles vor ihren Augen wurde schwarz.

42.Kapitel

„Lena? Wach auf!" „Was ist passiert? Wie hat sie das Bewusstsein verloren?" „Sie muss sich auf den Kopf gestoßen haben." Lenas Kopf brummte. Sie versuchte die Augen zu öffnen, als ein stechender Schmerz an ihrer Schläfe einsetzte. „Lena! Du sollst die Augen aufmachen! Bitte", sagte jemand und erst jetzt erkannte Lena Thiagos Stimme. „Thiago?", krächzte sie und hörte ihn erleichtert seufzen: „Sie lebt." Blinzelnd öffnete Lena die Augen und sah Thiago an, in dessen Augen Tränen der Freude glitzerten. „Ich habe gedacht, ich hätte dich verloren!" Lena nahm alles nur verschwommen wahr. Alles schien langsamer zu vergehen als sonst.

Als sie den Kopf drehte, sah sie, wie eine schwarzgekleidete Person hinter einem der Bäume verschwand. Der nadelbesetzte Ast schwankte wie in Zeitlupe auf und ab. „Lena, wir müssen hier weg. Ich weiß nicht, warum du in den Wald gelaufen bist, aber darüber reden wir später noch", ertönte Thiagos eindringliche Stimme und Lena spürte, wie sie hochgehoben wurde. Immer noch wusste sie nicht recht, was passiert war, oder vor allem warum, aber sie war zu schwach, um ein Wort zu sagen, deswegen schloss sie die Augen. Thiago trug sie einige Schritte weiter, eine Autotür wurde geöffnet und Lena vorsichtig auf einen Sitz auf der Rückbank eines Autos gesetzt. Thiago setzte sich neben sie, als plötzlich eine für Lena völlig unbekannte Stimme fragte: „Wer ist das, Mama?" Eine Hand griff nach ihr und strich ihr vorsichtig über die Haare. „Sie ist hübsch", sage die Stimme wieder und Lena öffnete endlich ihre Augen. Ein kleines Mädchen, nicht älter als sechs Jahre alt, sah sie bewundernd an. Lena versuchte ein Lächeln, welches das Mädchen erwiderte. Dann erschien dessen Mutter. „Anna, lass sie derweil. Wir wissen nicht, was ihr passiert ist, aber sie sieht sehr mitgenommen aus", sagte sie und hob ihre Tochter aus dem Wagen. „Ich möchte auch irgendwann so hübsch sein", erklärte die Kleine noch, dann verschwanden die beiden aus Lenas Blickfeld. Thiago griff nach ihrer Hand. „Was ist passiert?", fragte er und klang dabei sowohl sanft als auch sehr besorgt. Lena sah ihn an. „Er ist hier, Thiago. Er ist uns gefolgt. Er hat das Auto zerstört und mich entführt und…" Ihre Stimme versagte und sie atmete schneller. Thiago strich ihr eine Haarsträhne hinters Ohr und nickte; er hatte längst verstanden, wen Lena meinte. „Ok. Jetzt ist es wichtig, dass wir so schnell wie möglich so weit wie möglich wegkommen", beschloss er, „Am besten tauchen wir irgendwo in Australien unter…" Doch zu seiner Überraschung schüttelte Lena den Kopf. „Nein. Wir müssen dafür sorgen, dass niemandem mehr das gleiche Schicksal erfährt wie ich", sagte sie und Thiago war noch überraschter über die Entschlossenheit in ihrer Stimme. „Lena, hör mir zu. Es ist zu gefährlich. Wie stellst du dir das vor? Willst du einfach zu meinen Vater marschieren und sagen: Ich möchte, dass Sie aufhören Leute zu terrorisieren?", fragte er hart und Lena zuckte zusammen. Thiago seufzte. „Tut mir leid. Es ist nur… meine Mutter hat damals dasselbe gesagt." Lena senkte den Blick. „Lena, versteh doch, ich will nicht wieder einen wichtigen Menschen in meinem Leben verlieren, weil dieser versucht, gegen meinen Vater anzukommen", sagte Thiago leise. In dem Moment kam ein Mann zu ihnen. „Wie weit sollen wir euch fahren?", erkundigte er sich, wobei er den Blick nicht von Lena abwenden konnte, die versuchte, diesem Blick standzuhalten. Irgendwann sah der Mann dann Thiago an, der auf die Frage antwortete: „Nicht weit. Nur bis ins nächste Dorf, dort haben wir Bekannte." Der Mann nickte kurz und stieg dann ins Auto und startete jenes. Keiner sprach ein Wort während der Fahrt, nur das kleine Mädchen redete mit Lena. „Wie heißt du?", fragte sie neugierig und Lena lächelte. „Lena. Und du?"

Das Mädchen grinste breit. „Anna. Das ist heute mein Geburtstagsausflug", sagte sie fröhlich und Gewissensbisse taten sich in Lena auf. „Dann tuts mir leid, dass wir euch gestört haben, aber alles Gute", sagte sie, doch Anna sah das anders. „Ich bin froh, dass wir euch mitnehmen dürfen", erklärte sie begeistert. Daraufhin verfielen sie in Schweigen, das anhielt, bis das nächste Dorf in Sicht kam.

43.Kapitel

„Kannst du laufen?", fragte Thiago und Lena nickte. „Natürlich." Nach kurzem Überlegen fragte sie: „Hast du wirklich Bekannte hier?" Ein Lächeln breitete sich auf Thiagos Gesicht aus. „Ob du's glaubst oder nicht: Ja hab ich." Lena sah ihn an und sah die Ehrlichkeit in seinen Augen. „Gut", sagte sie, „Dann los." Nebeneinander gingen sie durch die Gassen, während auf allen Seiten Fenster geöffnet wurden. Immer mehr Menschen trafen sie auf der Straße, einige wenige gingen wortlos vorüber, doch die meisten grüßten fröhlich. Lena lächelte. Dieses Dorf wirkte sehr einladend und freundlich. Thiago führte sie zielstrebig zwischen den Häusern hindurch, bis sie auf ein unscheinbares hellgelbes Haus stießen. Lena musterte es eingehend. „Hier wohnt meine Tante", erklärte Thiago, dann klopfte er an die schwere Holztür. Es dauerte eine Weile, bis eine rundliche Frau mittleren Alters diese öffnete. Als sie ihren Neffen erkannte, weiteten sich ihre Augen. „Thiago? Aber wie...", fing sie stotternd an, unterbrach sich aber selbst und bat die beiden ins Haus. „Setzt euch ins Wohnzimmer", sagte sie und wies auf eine Tür am Ende des kleinen Flures. Thiago zog Lena ins Wohnzimmer und die beiden setzten sich an den kleinen Tisch, der gegenüber einer knallroten Couch stand. Während sie auf Thiagos Tante warteten, sah sich Lena in dem Zimmer um. Überall hingen Familienfotos an den Wänden. Lenas Blick glitt über sie hinweg und blieb dann an einem Bild einer zierlichen Frau hängen. Ihr Lächeln strahlte Wärme aus und erinnerte Lena an jemanden, der dasselbe warmherzige Lächeln hatte wie diese Frau. Thiago war Lenas Blick gefolgt und lächelte kurz. „Das ist meine Mutter", sagte er leise. Lena konnte den Blick immer noch nicht von dem Foto abwenden. „Sie ist wunderschön. Das Lächeln hast du von ihr", sagte sie sanft und sah Thiago in die Augen. Eine Zeit lang sagte er nichts, dann hauchte er ein von Herzen kommendes: „Danke." Einen Augenblick später betrat seine Tante den Raum. Seufzend setzte sie sich auf einen alten Schaukelstuhl. „Also?", fragte sie, „Was hat euch hierher verschlagen?" Ihre Stimme klang rau und erschöpft und für Lena sah es so aus, als wäre es ihr ganz und gar nicht recht, dass die beiden jetzt gekommen waren. Thiago sah Lena kurz an, dann sagte er: „Wir... also mein Vater...", fing er an, wurde aber von seiner Tante unterbrochen. „Nein. Sag nichts." Dann sah sie Lena an. „Sie... sie sieht aus wie deine Mutter", hauchte sie. Wieder glitt Lenas Blick zu den Bildern an der Wand. Thiagos Mutter lächelte sie aus dem Rahmen heraus an und da erkannte Lena die Ähnlichkeit. Die roten Locken fielen ihr in Wellen über die Schulter, ihre Augen waren dunkelbraun und Lena sah die leichten Sommersprossen auf den rosigen Wangen. Neben ihr seufzte Thiago. „Ja. Das tut sie in der Tat." Dabei vermied er es, Lena anzusehen und Lena versuchte nicht, seinen Blick aufzufangen, auch wenn sie es gerne getan hätte. Thiagos Tante seufzte. „Thiago, es ist hier für sie nicht mehr sicher. Du musst sie hier wegbringen, wenn du sie nicht verlieren willst! Am besten soll sie einen neuen Pass machen, eine neue Identität...", sagte sie eindringlich und mit gesenkter Stimme. Immer wieder warf sie einen nervösen Blick über die Schulter und Lena runzelte die Stirn. Als die Frau wieder gehetzt nach hinten sah, folgte Lena ihrem Blick. Direkt nach dem Wohnzimmer befand sich der Flur und das Mädchen konnte schwören, dort einen Schatten gesehen zu haben. Sie kniff die Augen zusammen und zwang sich dann, den Blick von dem Flur abzuwenden. Thiagos Tante hatte ihren forschenden Blick bemerkt und sah sie an. „Was ist denn, mein Kind?", fragte sie übertrieben freundlich und da wurde auch Thiago stutzig. „Alles in Ordnung?", fragte er und blickte seine Tante besorgt an. „Ja. Ja, alles gut...", erwiderte diese, schüttelte aber zugleich den Kopf. Ihr Gesicht war plötzlich leichenblass. Sie formte mit den Lippen einige Worte, doch weder Thiago noch Lena konnten entziffern, was sie ihnen sagen wollte. Lena stand auf und ging in Richtung Flur, während Thiago versuchte, seine Tante dazu zu bringen, etwas zu sagen. Gerade als Lena einen Schritt aus dem Wohnzimmer tat, verstand Thiago. „Lena! Komm zurück!", rief er. Im selben Moment wurde Lena gepackt und rückwärts aus dem Raum geschleift. Thiago sprang auf, doch er kam nicht weit. Zwei hünenhafte Gestalten hatten sich im Türrahmen positioniert und sahen mit verschränkten Armen und einem boshaften Grinsen auf Thiago hinab. Der Junge machte kehrt und rannte zum Fenster. Von dort aus konnte er zwei weitere Männer sehen, die Lena zu einem Auto zerrten. Am Steuer des schwarzen Mercedes konnte Thiago durch die getönten Scheiben einen Mann erkennen, der mit einer schwarzen Sonnenbrille seelenruhig wartete.

44.Kapitel

Lena wehrte sich mit Händen und Füßen, doch gegen die beiden Männer konnte sie nichts ausrichten. Sie wurde in das Auto gezerrt und landete mit dem Gesicht auf der Rückbank. Hinter ihr wurde die Tür zugeschlagen und von irgendwo her drang eine rauchige Stimme zu ihr: „An deiner Stelle würde ich mich ruhig verhalten. Mit uns ist nicht zu spaßen, Kleine!" Die Autotür wurde wieder aufgezogen und jemand verband Lena die Augen. „Sehr gut. Sie soll nicht gleich mitbekommen, wohin wir fahren", sagte die kratzige Stimme und wieder hörte Lena, wie die Autotür hart geschlossen. Dann ging ein Ruck durch den

Mercedes, der Motor heulte auf und das Fahrzeug setzte sich mit erschreckender Geschwindigkeit in Bewegung. Lenas Gedanken rasten. Irgendwie musste sie aus dem Auto kommen, und zwar schnell, bevor sie die Autobahn erreichten. Lenas Hände waren mit einem Strick zusammengebunden worden, doch wer auch immer den Knoten gemacht hatte, hatte dies nicht sonderlich gut getan. Der Knoten löste sich schnell und der Strick glitt zu Boden. Sofort nahm Lena die Augenbinde ab. Die Bäume des Waldes flogen an der Fensterscheibe vorbei und als Lena den Kopf ein wenig drehte, sah sie die tiefgraue Trennwand zwischen dem Fahrersitz und der Rückbank, auf der sie saß. Als das Mädchen den Blick wieder aus dem Fenster richtete, sah es im Glas das Spiegelbild eines Mannes. Erschrocken wirbelte Lena herum und fand sich einem riesenhaften Mann gegenüber, der seelenruhig den Strick hochhob. Lena beobachtete ihn voller Angst. Als er den Blick hob, sahen sich die beiden kurz an, dann hob der Mann den Strick. Sofort hob Lena schützend die Hände vor den Kopf und sagte: „Nein, bitte nicht, ich…", doch der Mann unterbrach sie. „Schweig. Oder willst du, dass *er* dich hört?" Mit dem Kinn wies er auf die Trennwand. Lena schluckte schwer und schüttelte den Kopf. Der Mann rollte den Strick zusammen und legte ihn beiseite. „Lange hast du nicht mehr. Bald werden wir zu einer Autobahn kommen und dann hast du keine Möglichkeit mehr zu entkommen", sagte er, gerade so laut, dass Lena ihn verstehen konnte. „Wohin… wohin fahren wir?", fragte sie, obwohl sie schon eine vage Vermutung hatte. „Rumänien", sagte der Mann und Lenas Vorahnung bestätigte sich. Skeptisch beäugte sie den Mann. „Warum solltest du mir helfen?", fragte sie dann und er seufzte tief. „Ich wollte schon lange bei dieser Organisation aussteigen. Aber die Mafia kennt genau eine einzige goldene Regel: Einmal Mafioso, immer Mafioso. Wer sich erst dazu entschließt hier mitzumachen, braucht ans Aufhören nicht einmal zu denken. Mein Name ist übrigens Alessandro." Damit wandte er den Blick ab und sah auf die Straße. Lena überlegte. Diese Geschichte hatte in ihren Augen etwas Wahres an sich und ihr blieb ohnehin nichts anderes übrig, als ihm blindlings zu vertrauen. „Gut", sagte sie schließlich, „Wie lautet der Plan?" Der Mann sah sie wieder an. „Ich bin am Überlegen, wo wir dich am besten aus dem Auto verschwinden lassen. Vielleicht kurz vor der Grenze…" Da kam Lena eine Idee. „Vielleicht wäre es besser, wenn ich bis nach Rumänien mitfahre. Meine Mutter ist normalerweise noch geschäftlich dort, also…" Sie verstummte, als sie den Blick des Mannes bemerkte. Er wirkte traurig und war voller Mitleid. „Lena, deine Mutter… hast du dich nie gefragt, warum sie nicht nach Hause gekommen ist?", fragte er vorsichtig und Lena schüttelte langsam den Kopf. Ihr war längst klar, was er ihr sagen wollte, doch sie wollte es nicht wahrhaben. Eine Träne rollte an ihrer Wange hinunter und lange Zeit sprach keiner der beiden ein Wort. Irgendwann schüttelte Lena abermals den Kopf, als würde sie der Traurigkeit so entkommen, und sie besprachen jegliche Möglichkeiten, die sie hatten, um Lena lebend aus dem Auto zu schaffen.

45.Kapitel

Wütend saß Thiago auf der Couch neben seiner immer noch bewusstlosen Tante. Der riesige Mann, der vorher im Türrahmen gestanden hatte, saß ihm gegenüber und ließ Thiago keinen Augenblick aus den Augen. Der andere hatte vor einigen Minuten das Haus verlassen. Als der Mann den Blick kurz aus dem Fenster richtete, reagierte Thiago schnell. Seine Hand fuhr in seine Hosentasche, er ergriff einen Stein und schleuderte ihn dem Mann gegen den Kopf. Auf seinem Gesicht spiegelte sich Verwirrung wider, dann verdrehte er die Augen und kippte zur Seite. Thiago warf noch einen kurzen Blick auf ihn, dann stand er auf und wollte verschwinden, doch da sah er aus dem Augenwinkel, dass der andere Mann auf das Haus zusteuerte. Thiagos Gedanken rasten, dann fiel sein Blick auf das gekippte Fenster. Kurzerhand lief er darauf zu und öffnete es. Im selben Moment, als der Mann das Haus betrat, ließ sich Thiago aus dem Fenster gleiten. Er sah sich kurz um und vergewisserte sich, dass der Mann tatsächlich im Haus verschwunden war, dann lief er los. Das erste Auto, das er passierte, war ein alter klappriger Range Rover. Thiago lief weiter, bei einem weißen BMW wurde er langsamer. Er wusste genau, worauf er sich hier einließ, aber Lenas Leben hing von seiner Entscheidung ab. Kurzerhand schlug Thiago die Scheibe des Autos ein und öffnete die Tür. Im selben Moment hörte er den Mann wütend schreien und nur wenige Sekunden später stand dieser in der Tür. Als er Thiago sah, fluchte er auf Rumänisch und rannte auf den Jungen zu. Aber Thiago hatte es geschafft, das Auto zu starten und drückte das Gaspedal durch. Der Wagen sprang mit einem Ruck nach vorne und Staub wirbelte auf. Der Mann kam gerade in dem Augenblick an der Stelle an, wo eben noch der weiße BMW gestanden hatte, als Thiago auf die Landstraße auffuhr.

46.Kapitel

Lena beobachtete Alessandro, der ihr gegenübersaß und angestrengt nachdachte. Noch wusste sie nicht genau, inwiefern sie ihm trauen konnte, deswegen war sie äußerst misstrauisch. „Wir werden vor der Grenze Halt machen", schätzte er und sah Lena an. Diese nickte leicht und erwiderte: „Spätestens da muss ich raus sein. Sonst…" „Nein, hör zu. Es ist zwar riskant, aber wenn du bis zur Grenze fährst, könnte dich die Polizei sehen. Dann haben die keine andere Möglichkeit, als dich gehen zu lassen. Aber *er* wird dich verfolgen lassen." Lena schauderte, nickte aber wieder. „Hast du dein Handy noch?", fragte Alessandro, woraufhin Lena es aus ihrer Tasche zog. Es wunderte sie selbst, dass sie es nicht schon längst verloren hatte. Alessandro nickte. „Gut. Ruf Thiago an. Er soll… nein, lass mich mit ihm reden", sagte er und Lena wählte Thiagos Nummer. Anschließend gab sie Alessandro das Telefon.

47.Kapitel

Thiago starrte verbissen auf die Straße, als sein Handy läutete. Gerade wollte er den Anrufer wegdrücken, als ihm Lenas Namen entgegenleuchtete. Thiagos Herz tat einen Sprung. Er griff nach dem Handy und ließ dafür das Lenkrad kurz los. Der Wagen schlingerte, doch Thiago schaffte es, ihn auf der Straße zu behalten. „Lena?", fragte er sofort, nachdem er abgehoben hatte. Seine Hoffnung schwand allerdings, als eine Männerstimmte zu ihm aus dem Hörer drang. Thiago brauchte lange, bis er sie zuordnen konnte, dann fiel ihm ein Stein vom Herzen. „Alessandro?", fragte er und der Mann am anderen Ende der Leitung lachte auf. „Ja, ich bin es. Hör zu Thiago, du musst schneller an der rumänischen Grenze sein als wir! Du hast etwas weniger als 15 Stunden, um dort zu sein!", befahl Alessandro und Thiago hinterfragte den Grund dafür nicht. „Wo genau seid ihr im Moment?", fragte er und kurz war aus dem Handy nichts zu hören. Dann meldete sich Alessandro wieder: „Kurz vor einer Autobahnauffahrt auf der rechten Seite. Wir fahren gleich auf." Thiago überlegte. Er selbst war noch mindestens einen Kilometer hinter dem schwarzen Mercedes… „Ich fahre einen Umweg, sonst bin ich erst weit nach euch an der Grenze", ließ Thiago ihn wissen und Alessandro stimmte ihm zu. „Mach das." Er verstummte kurz, „Lena will dich sprechen", sagte er und einen Augenblick später ertönte Lenas Stimme. „Thiago?" „Lena! Dir geht es gut!" „Den Umständen entsprechend", erwiderte Lena und Thiago hörte das Lächeln in ihrer Stimme. „Ich werde da sein. Versprochen. Halte nur noch 15 Stunden durch", sagte Thiago und hörte Lena trocken auflachen. „Nur noch", wiederholte sie und seufzte dann. „Ist gut. Was anderes bleibt mir wohl sowieso nicht übrig. Außerdem bin ich in bester Gesellschaft", sagte sie und Thiago musste lächeln. „Alessandro ist in Ordnung", befand er und Lena stimmte ihm zu. „Beeil dich, aber bitte fahr um Himmels Willen vorsichtig!", sagte sie und Thiago grinste. „Entscheid dich für eins, beides geht nicht", erklärte er. Er konnte Lena zwar nicht sehen, wusste aber instinktiv, dass sie lächelte. „Ok. Dann fahr schneller. Unfallbericht schreib ich aber keinen, das kann dann Alessandro machen", sagte sie noch, bevor sie sich verabschiedeten und Thiago auflegte. Er warf das Handy auf den Beifahrersitz. Lena ging es gut. Das war zumindest schon mal etwas. Aber sie nahm das alles viel zu leicht hin. Thiago trat aufs Gas. Der Motor heulte auf und der BMW wurde schneller. Viel schneller als es erlaubt war, bretterte Thiago die Straße entlang. Dann endlich tauchte vor ihm die Autobahnauffahrt auf. Thiago überlegte kurz, dann riss er das Lenkrad herum und bog nach links auf eine unscheinbare Landstraße. Auf jener fuhr kein einziges anderes Auto, Thiago trat das Gaspedal durch und der BMW raste die Straße entlang. Thiago wusste nicht, ob er nun schneller an der Grenze zu Rumänien ankommen würde, aber es war die einzige ihm logisch erscheinende Wahl gewesen. Links und rechts rasten die Felder an ihm vorbei und langsam ging die Sonne unter. Thiagos Blick huschte zur Geschwindigkeitsanzeige. Der Tacho war sehr weit im roten Bereich, aber bei weitem noch nicht ganz unten. Wieder beschleunigte Thiago und ein gedämpftes Poltern drang vom Motor her zu ihm. Thiago nahm den Fuß jedoch nicht vom Gaspedal. Die Zeit drängte und wenn er nun langsamer fuhr, wäre er viel zu spät an der Grenze. Abermals machte der Motor ein besorgniserregendes Geräusch, aber Thiago wurde nicht langsamer. Der Kühler musste irgendwie defekt oder geplatzt sein, und wenn Thiago nicht bald stehen blieb, würde der Motor überhitzen. Mittlerweile war die Sonne schon fast verschwunden. Vor ihm machte die Straße eine Biegung. Viel zu schnell fuhr er um die Kurve. Ein Hupen wurde laut. Thiago riss das Lenkrad herum und konnte dem schwerbeladenen LKW nur haarscharf ausweichen. Der LKW schlingerte, doch der Fahrer schaffte es, auf der Straße zu bleiben. Thiago hatte weniger Glück. Der BMW schlitterte und überschlug sich fast, bis Thiago ihn nahe einer Böschung zum Stehen brachte. Sein Herz raste und er wandte wie in Trance den Kopf. Der LKW war bereits um die Biegung verschwunden, das Einzige, was Thiago noch sehen konnte, waren die Reifenspuren am Asphalt. Dass die Sonne mittlerweile untergegangen war, nahm der Junge erst jetzt richtig wahr und schaltete die Scheinwerfer an. Dann versuchte er, den BMW wieder zu starten, doch dieser gab nur ein mitleiderregendes Gurgeln von sich und bewegte sich nicht vom Fleck. Fluchend schlug Thiago gegen das Lenkrad und stieg dann aus. Als er die Motorhaube öffnete, zischte es und heißer Dampf vernebelte ihm die Sicht. Thiagos Miene verfinsterte sich und wieder fluchte er, diesmal auf Rumänisch. Er griff nach seinem Handy, wählte eine Nummer und wartete.

48.Kapitel

Plötzlich vibrierte Lenas Handy. Sie schreckte hoch und Alessandro sah sie fragend an. Lena zuckte mit den Schultern und begann nach ihrem Handy zu suchen. Als sie es gefunden hatte, leuchtete ihr Thiagos Name entgegen. Sorge überkam sie. „Ja?" „Lena?" „Ja?" „Mein Auto ist Schrott." Lena musste sich zusammenreißen, um nicht laut loszulachen. „Perfekt. Und jetzt?", fragte sie. Sie hörte Thiago seufzen. „Gute Frage", sagte er. Alessandro kam hinzu. „Was hat er jetzt wieder kaputt gemacht?", fragte er wohlwissend und Lena reichte ihm wortlos das Handy. „Thiago? Was hast du geschrottet?" „Mein Auto", kam die Antwort und wieder hielt sich Lena vorsichtshalber die Hand vor den Mund, da Thiago wie ein kleines Kind klang, dem man sein Spielzeugauto weggenommen hatte. Alessandro schmunzelte. „Besorg dir ein neues", schlug er vor, dann verfinsterte sich seine Miene. „Das ist jetzt nicht dein Ernst! Du kannst doch nicht… egal. Sieh zu, dass du dir ein Auto zulegst, und zwar schnell!", befahl er und legte dann auf. Er raufte sich die Haare. „Was hat er sich dabei gedacht?", fragte er immer wieder, bis er Lenas fragenden Blick bemerkte. „Dieser Trottel fährt mit über 200 km/h auf einer Landstraße und wundert sich, wenn er um die Kurve fast von einem LKW niedergefahren wird!", erklärte er ihr und Lena schnappte nach Luft. „Hat er nicht…" „Hat er." „Und warum braucht er jetzt ein neues Auto?", fragte Lena und legte den Kopf schief. „Motorschaden", sagte Alessandro und diese Erklärung reichte.

49.Kapitel

Eine einsame Gestalt spazierte an der Landstraße entlang. Weiter hinten konnte man ein rauchendes Auto erkennen, dass schräg in der Böschung stand. Thiago hatte nochmals versucht, den BMW zu starten, was natürlich nicht funktioniert hatte, dafür hatte das Auto den Halt auf dem nassen Gras unter den Reifen verloren und war einige Meter in die Böschung gerutscht. Seitdem ging Thiago die Landstraße entlang, in der Hoffnung, jemand würde vorbeifahren. Er warf einen kurzen Blick auf sein Handy und seine Hoffnung schwand. Es gab nicht besonders viele Leute, die um kurz vor Mitternacht auf einer einsamen Landstraße herumfuhren. Wütend steckte Thiago das Handy weg. Plötzlich fiel ein Lichtkegel auf ihn. Sein Schatten tanzte vor ihm her und als Thiago sich umwandte sah er den weißen Audi. Der Junge reagierte schnell und stellte sich, ohne groß nachzudenken mitten auf die Straße. Der Audi wurde langsamer und kam direkt vor ihm zum Stehen. Thiago umrundete den Wagen und der Fahrer öffnete die Tür. „Was machstn du da?", fragte der Mann mit der schwarzen Sonnenbrille und lachte auf. Thiago realisierte sofort, dass er betrunken war. „Nichts. Ich brauche nur etwas Hilfe", sagte er und der Mann nickte. „In deinem Alder würd ich net allein rum spasiere", sagte er und Thiago zuckte mit den Schultern. „Was anderes bleibt mir wohl nicht übrig", meinte er und wollte sich abwenden, doch der Mann hielt ihn auf. „Warde. Steig ein", lallte er. Thiago hielt inne. „Danke", war das Einzige, was er sagte, und stieg ein. Der Mann fuhr weiter, kam jedoch nicht weit. Eine Viertelstunde später kamen sie an einer Tankstelle vorbei und der Mann parkte daneben. „Warde hier. Komm gleich wieder", ließ er Thiago wissen, der artig nickte und wartete, bis der Mann in der Tankstelle verschwunden war. Dann stieß er die Tür auf und setzte sich hinters Steuer. Der Mann würde nicht einmal mitbekommen, dass sein Audi fehlte. Genau genommen würde er in näherer Zukunft noch nicht einmal mehr wissen, dass er überhaupt ein Auto gehabt hatte. Thiago trat aufs Gaspedal. Bald darauf fuhr er wieder etwas über der Geschwindigkeitsbegrenzung auf der Landstraße.

50.Kapitel

Lena setzte sich verschlafen auf. Sie brauchte etwas, bis ihr wieder einfiel, wo sie war. Alessandro saß ihr gegenüber. „Morgen", sagte er und das erste Mal sah Lena ihn lächeln. Sie erwiderte das Lächeln und sah dann aus dem Fenster. „Wie lange noch?", fragte sie, ohne den Blick von der Landschaft abzuwenden. „Nicht mehr allzu lange. Thiago sollte sich beeilen. Wenn er jetzt noch immer kein Auto hat, dann..." Im selben Moment vibrierte Lenas Handy. Sofort hob sie ab und als erstes hörte sie Thiagos überglückliche Stimme: „Ich hab ein Auto!" Lena lachte erleichtert. „Großartig! Wo bist du momentan?", fragte sie. „Bin grad auf eine Autobahn aufgefahren", ließ Thiago sie wissen. Lena sah Alessandro an. „Er ist eben erst auf eine Autobahn aufgefahren", sagte sie zögernd und Alessandro nickte. „Ich werde ihn orten. Ist zwar riskant, aber so würden wir wissen, wie weit er noch von uns entfernt ist." Lena nickte langsam und erklärte Thiago, was Alessandro vorhatte. Dann zückte dieser sein Handy und tippte geschäftig darauf herum. Lena sah ihm zu, während sie mit Thiago sprach. „Du hättest sterben können", sagte sie leise. Thiago seufzte kurz. „Weißt du, ich hätte nie gedacht, dass du dir jemals so viele Sorgen um mich machen würdest", sagte er dann und Lena lächelte. „Ich auch nicht", gab sie zu, „Aber jetzt ist es so." Kurz herrschte Stille, bis Thiago leise sagte: „Ich liebe dich." Lena wurde warm ums Herz. „Ich dich auch", sagte sie wahrheitsgemäß. In dem Moment stieß Alessandro die Faust in die Luft. „Er ist nicht mehr weit weg!", rief er aus und grinste triumphierend. Lena lächelte und hörte Thiago lachen. „Wir holen dich da raus, versprochen", sagte er und Lena verspürte endlich nach langem wieder einen Funken Hoffnung.

51.Kapitel

Endlich. Thiago war unendlich erleichtert. Plötzlich ertönte ein lauter Motor hinter ihm. Er warf einen Blick in den Rückspiegel und stellte voller Entsetzen fest, dass direkt hinter ihm ein pechschwarzer Mercedes immer näherkam. Dann tauchte weiter hinten ein weiterer auf. Thiagos Herz setzte kurz aus, dann gab er Gas und überholte einen kleinen VW. Er überlegte. Mit dem Audi war er bei Weitem schneller als der Mercedes, aber weit vor ihm konnte er erkennen, dass die Autos allesamt langsamer wurden. Wenn er im Stau stehen würde, wäre da keine Möglichkeit mehr, die Fahrer der Mercedes abzuschütteln. Als Thiago das Tempo noch weiter steigerte, heulte der Motor auf und der Wagen wurde schneller. Die Mercedes entfernten sich und wurden kleiner, aber Thiago wurde nicht langsamer. Vor ihm standen einige Autos bereits, doch Thiago wich ihnen geschickt aus. Plötzlich war einer seiner Verfolger wieder knapp hinter ihm und fuhr neben ihm auf. „Thiago! Fahr langsamer, es hat keinen Sinn!", rief der Beifahrer, während der Fahrer verbissen auf die Straße starrte. Im gleichen Moment fuhr ein Renault direkt vor ihnen nach links. Zwischen ihm und dem Auto auf der linken

Seite konnte noch genau ein Auto nach dem anderen durchfahren. Thiago reagierte schnell und fuhr kurz vor dem Mercedes zwischen den Autos hindurch. Der Fahrer des Mercedes hatte das Problem zu spät gesehen. Er schrie erschrocken auf, als er mit rasender Geschwindigkeit in den Renault krachte. Das Knirschen von Metall jagte Thiago einen Schauer über den Rücken. Links und rechts neben der Straße tat sich auf beiden Seiten Wald auf. Die Autos, die langsam vor Thiago herfuhren, standen schon fast, in weniger als einem Kilometer würde er nicht mehr weiterkommen. Sein Blick fiel auf den Seitenspiegel und Thiago erkannte den zweiten Mercedes, der sich seinen Weg durch die halb stehenden Autos bahnte. Thiago sah keinen anderen Ausweg mehr. Kurzerhand und ohne über die Folgen nachzudenken, riss er das Lenkrad nach rechts und kam von der Straße ab in den Wald.

52. Kapitel

„Verdammt, ich hab ihn verloren!", fluchte Alessandro. Lena sah ihn entsetzt an. „Wo?", fragte sie. Sie standen schon einige Zeit auf der Straße im Stau und bis eben war Thiago nicht weit hinter ihnen gewesen. „Kurz vor der Kurve da hinten", knurrte Alessandro, „Entweder haben sie ihn erwischt, oder der Empfang ist einfach dermaßen schlecht." Lenas Herz setzte kurz aus. „Dann hoffen wir, es liegt am Empfang", sagte sie, glaubte ihren Worten jedoch selbst nicht.

53.Kapitel

Alles schien wie in Zeitlupe abzulaufen. Thiago fuhr direkt in den Wald, wie in Trance wich er den Bäumen aus. Lautes Rufen holte ihn in die Wirklichkeit zurück. „Dieser Idiot! Na los, fahr schon!", schrie jemand außer sich und Thiago sah, wie der schwarze Mercedes wendete und ihm hinterherfuhr. Daraufhin steigerte Thiago wieder das Tempo. Lange lief alles glatt, der Audi war wendiger, als der Mercedes und bald war dieser um einiges hinter Thiago. Der Junge riskierte einen Blick zurück. Der Mercedes war hinter den Bäumen verschwunden, sodass er ihn nicht mehr sehen konnte. Langsam drehte Thiago den Kopf wieder nach vorne und wich im letzten Moment einem Baum aus. Sein Herz raste und er wurde langsamer. Vor ihm wurden die Bäume dichter und Thiago war sich sicher, dass er nicht mehr weit kommen würde. Trotzdem wendete er nicht. Zuerst wich er geschickt aus, doch dann stand vor ihm plötzlich ein hoher Baum. Thiago riss das Lenkrad nach links, verlor die Kontrolle über den Wagen, umrundete das Hindernis und krachte dann in den nächsten Baum.

54.Kapitel

„Der ist weg. Verdammt, der Boss wird uns umbringen!" Der Mann schlug aufs Lenkrad. Sein Komplize saß ruhig neben ihm und dachte nach. „Er kann nicht weit sein. Das ist ein Wald, wo soll er hin? Weiter hinten geht es nicht weiter, dort befindet sich eine Klippe, spätestens da wird er stehen." Der Fahrer runzelte die Stirn, hinterfragte diese Aussage aber nicht, sondern fuhr langsam weiter zwischen den Bäumen hindurch. Plötzlich trat er auf die Bremse und seinen Komplizen auf dem Beifahrersitz warf es nach vorne. „Spinnst du? Was soll das?!", rief er aus, doch der Fahrer sah ihn nicht an, sondern deutete nur wortlos aus dem Fenster. Der andere folgte seinem Blick und erkannte zwischen den Bäumen eine Rauchsäule. Und darunter befand sich ein Auto. „Das ist... das kann nicht sein...", brachte der Fahrer heraus und fuhr näher ran. Es war in der Tat der weiße Audi, mit dem Thiago gefahren war. „Das ist der Audi", sagte der Beifahrer und lächelte. Im selben Moment entzündete sich das Benzin, welches um das Auto bereits auf dem Waldboden geronnen war. Das Benzin fing Feuer und bald brannte das ganze Auto. Die Flammen leckten an der Rinde des Baumes, in den Thiago gekracht war und Funken stoben auf. Dunkler Rauch legte sich über den Wald. Weit weg erklang die Sirene der Feuerwehr. „Der ist tot", befand der Fahrer und sein Komplize nickte. Die Sirenen wurden lauter. „Weg hier", kommandierte er, der Fahrer trat das Gaspedal durch und verschwand im Rauch zwischen den Bäumen.

55.Kapitel

Lena starrte verbissen nach draußen. Vor einigen Minuten waren Sirenen laut geworden und als Lena daraufhin aus dem Fenster gesehen hatte, hatte sie den Waldbrand bemerkt. Jetzt saß sie zitternd im Auto und hoffte, ein Lebenszeichen von Thiago zu sehen. Die Autoschlange setzte sich in Bewegung. Plötzlich fiel Lena ein Auto auf, das aus dem Wald herausfuhr. Hinter ihm brannten die Bäume und Rauch umhüllte es. Der Fahrer manövrierte den Wagen zwischen den Autos hindurch und entfernte sich. Lena konnte den Blick nicht von der Stelle abwenden, an der der schwarze Mercedes den Wald verlassen hatte. Doch Thiagos weißer Audi tauchte nicht auf. Der Wagen, in dem Lena saß, fuhr schneller. Immer noch war da nirgends ein Lebenszeichen von Thiago. Tränen stiegen Lena in die Augen. „Ich kann ihn nicht orten", sagte Alessandro leise und ein leises Schluchzen entfuhr Lena. „Er wird doch nicht...", fing sie an, doch Tränen erstickten ihre Stimme. Alessandro schüttelte den Kopf und sah zu Boden. „Nein. Du glaubst doch nicht... er ist nicht... das Signal wird wahrscheinlich von den Bäumen gestört...", sagte Lena verzweifelt, doch selbst sie schenkte ihren Worten keinen Glauben. Tränen rannen an ihren Wangen hinab und tropfte auf das Leder des Sitzes. Alessandro sah sie an. „Er ist nicht tot", versuchte er das Mädchen aufzuheitern. Lena schüttelte den Kopf. „Woher willst du das wissen?", fragte sie und wandte den Blick ab. Alessandro seufzte. „Ich weiß gar nichts. Aber woher willst du wissen, dass er tot ist?" Damit lehnte er sich zurück und schloss die Augen, während Lena darüber nachdachte.

56.Kapitel

Rauch, wohin er sah. Erkennen konnte er nichts mehr. Thiago hustete. Seine Augen brannten, er konnte sie fast nicht offenhalten. Um sich herum konnte er nichts mehr sehen, der dunkle Rauch nahm ihm die Sicht, stach ihm in die Augen. Links und rechts fielen brennende Äste zu Boden und das trockene Gras fing sofort Feuer. Thiago hatte keine Ahnung, woher er gekommen war, geschweige denn wohin er gehen musste. Egal in welche Richtung er sich wandte, das Einzige, das er sah, waren brennende Bäume und Rauch. Weder hustete Thiago. Mit jedem Atemzug schien sein Hals zu brennen so wie der Wald um ihn herum. Seine Augen tränten und vor ihm verschwamm alles. Blindlings stürzte er durch den Wald, stolperte über Wurzeln und fand sich an der Stelle wieder, an der der Audi in Flammen aufgegangen war. Er brannte lichterloh. Thiago hastete weiter. Nichts als Rauch und Hitze. Und endlich, als er glaubte, es wäre vorbei, sah er Himmel. Ein Stück hellblauen, wolkenlosen Himmel. Thiago wankte darauf zu. Der Wald wurde lichter. An einigen Stellen war der Boden schwarz von Ruß, doch Thiago achtete nicht darauf. Dann sah er die Straße. Die Autos darauf fuhren mittlerweile in mäßigem Tempo weiter und Thiago entdeckte den schwarzen Mercedes, der ihn verfolgt hatte. Sofort ging der Junge in die Knie und duckte sich hinter einen verkohlten Baum. Der Mercedes fuhr vorüber, ohne ihn zu sehen und Thiago atmete auf. Hinter ihm knisterte weiterhin das Feuer, welches sich stetig weiter ausbreitete. Erst als einige Feuerwehrautos unweit von ihm in den Wald fuhren, stand Thiago auf und trat hinaus auf die sonnenbeschienene Straße.

57.Kapitel

Lena wusste, dass Alessandro sie beobachtete, doch sie sah ihn nicht an. Nach wie vor war sie der Meinung, dass Thiago tot war, und nichts würde sie vom Gegenteil überzeugen, wenn sie ihn nicht selbst sah. Ein schwarzer Mercedes schloss zu ihnen auf und Lena duckte sich unwillkürlich. Alessandro nickte dem Fahrer des Autos zu und dieser erwiderte seinen Gruß, dann fuhr er schneller und überholte schließlich den Wagen, in dem Lena und Alessandro saßen. Lena hob den Kopf und Alessandro fing ihren Blick auf. „Er hat dich nicht gesehen", versicherter er und Lena nickte schwach. Auch wenn er sie gesehen hätte, wäre es ihr im Moment egal gewesen. „Du wirst ihn nie wieder sehen. Nie wieder", schoss es ihr durch den Kopf und Tränen stiegen ihr in die Augen. Thiago bedeutete ihr mehr, als sie es ihm gestanden hatte. Als sie sich selbst gestanden hatte. In diesem Moment drangen Töne an ihr Ohr. Bis eben hatte Lena nicht bemerkt, dass der Radio des Autos lief. Als sie genauer hinhörte, erkannte sie das Lied. „So close, no matter how far. Couldn't be much more from the heart…" Gequält schloss Lena die Augen. Dieses Lied erinnerte sie wieder und wieder an alle vergangenen Ereignisse, an Lukas, an Jan. Und an Thiago. Nothing else matters hatte im Radio gespielt, als sie bei ihm zu Hause gewesen war. Nothing else matters war erklungen, als sie die Drohung am Spiegel entdeckt hatte. Nothing else matters verfolgte sie, seit sie Thiago begegnet war. Es war sein Lied, es beschrieb ihn perfekt. Diese Erkenntnis versetzte Lena einen Stich. Sie versuchte, die Worte von Metallica zu ignorieren, nicht auf die Bedeutung zu hören, nicht an Thiago zu denken. Doch nichts dergleichen funktionierte.

58. Kapitel

Die Erleichterung, die Thiago verspürt hatte, als er den Wald verlassen hatte können, verflog augenblicklich. Die Autos fuhren zwar nicht sonderlich schnell, aber der Junge konnte weder den schwarzen Mercedes sehen, der ihn verfolgt hatte, noch den Wagen in dem Lena saß. Angst schnürte Thiago die Kehle zu. Wenn er nicht schnellstens weiterkam, würde sie sterben. Und das würde er sich niemals verzeihen. Dafür war sie ihm viel zu wichtig. Ein Auto wurde langsamer und kam vor ihm zum Stehen. Die Scheibe wurde heruntergelassen, und eine junge Frau sah Thiago freundlich an. „Was stehst du denn auf der Straße?", erkundigte sie sich und lächelte. Thiago überlegte kurz. „Eigentlich sollte mein Vater mich hier abholen, aber der ist mit einer Freundin unterwegs und ich habe es eigentlich ziemlich eilig und bin deshalb einfach hier die Straße entlang...", stammelte er und lächelte charmant. Genau genommen war alles an der Geschichte wahr, nur nicht die ganze Wahrheit. Aber das reichte. Die Frau nickte wohlwissend. „Ja, wenn Männer ein Auge auf jemanden geworfen haben, ist nichts und niemand wichtiger als sie", sagte sie seufzend, „Steig ein." Thiago zog die Beifahrertür auf und ließ sich in den Sitz sinken. Dabei fiel sein Blick, nachdem er die Autotür wieder geschlossen hatte, auf den Seitenspiegel. Ein Junge sah ihn an, das Gesicht schwarz vor Ruß und die Augen leicht rot wegen dem vielen Rauch. Schnell wandte Thiago den Blick ab. Es wunderte ihn, dass die Frau überhaupt angehalten hatte; er selbst wäre bei einer so unheimlich elenden Erscheinung sicher nicht stehengeblieben. „Wohin musst du eigentlich?", unterbrach die Frau seine Gedanken und Thiago setzte unwillkürlich wieder sein umwerfendes Lächeln auf. „Es würde mir schon sehr viel helfen, wenn Sie mich an der Grenze zu Rumänien rauslassen würden", sagte er und die Frau nickte. „Mein Name ist übrigens Maria", meinte sie und sah Thiago von der Seite her an. Er konnte ihr Lächeln sehen. „Thiago", erwiderte er kurz. Dann herrschte Schweigen. Thiago sah die ganze Fahrt über aus dem Fenster und wurde langsam schläfrig. Doch bevor ihm die Augen den Dienst versagten und er einschlief, überholte Maria ein Auto. Der Fahrer hupte wütend und veranlasste Thiago dadurch, den Kopf zu heben. Der Fahrer des schwarzen Mercedes wandte den Kopf und gerade noch rechtzeitig duckte Thiago sich. Der Mann schien ihn nicht gesehen zu haben. Als er wieder schneller fuhr, um Marias Ford hinter sich zu lassen, erhaschte Thiago einen Blick auf die Rückbank des Wagens. Dort saß ein Mädchen, mit dem Rücken zu ihm, den Kopf auf beide Hände gestützt. Etwas weiter hinten erkannte Thiago dann Alessandro. Für einen kurzen Moment trafen sich ihre Blicke. „Lena!", entfuhr es Thiago. Maria sah ihn verwirrt an. „Ich heiß nicht Lena", sagte sie langsam, doch Thiago reagierte nicht. Erst als der schwarze Mercedes sie endgültig überholt hatte, erwachte er aus seiner Schockstarre. „Maria, bitte, es ist wichtig, folgen Sie diesem Auto!", verlangte er mit einer solchen Dringlichkeit in der Stimme, dass Maria nicht hinterfragte, warum, sondern einfach Gas gab. „Aber versuch, unauffällig zu bleiben", bat Thiago, ohne den Blick von dem Mercedes vor ihnen abzuwenden. Sofort ließ sich Maria etwas zurückfallen, nicht viel, nur so viel, dass sie den Wagen noch sehen konnten. „Perfekt", murmelte Thiago zufrieden. Dann sah er Maria an. „Haben Sie ein Handy?", erkundigte er sich und Maria nickte. „In dem Seitenfach da", sagte sie und deutete mit dem Kinn darauf. „Darf ich?", fragte Thiago und wieder nickte Maria. Daraufhin griff Thiago in das Seitenfach und zog das Handy heraus. Er brauchte nicht lang, um seinen Standort abzurufen. „Scheiße", entfuhr es Thiago. Maria drehte den Kopf. „Was ist?" „Schauen Sie auf die Straße", knurrte Thiago, vielleicht eine Spur zu wütend. Sie waren der rumänischen Grenze bereits gefährlich nah, wenn sie sich nicht beeilten, würden die Mitglieder der Mafia es schaffen, Lena nach Rumänien zu verschleppen und dann wäre alles vorbei. Denn in Rumänien kannte Thiago sich zwar aus, aber es war dennoch das Reich seines Vaters... Maria sah verletzt aus, also sagte Thiago beschwichtigend: „Tut mir leid. Aber meine Freundin ist in großer Gefahr und ich liebe sie über alles, aber sie sitzt da vorne in dem Mercedes und kann nicht raus und wenn sie über die Grenze gebracht wird, sehe ich sie nie wieder..." Seine Stimme versagte. Er hörte Maria seufzen. „Das verstehe ich gut. Und du willst sie retten, nicht wahr?" Thiago nickte. „Ja", sagte er und hob den Blick. Maria sah entschlossen aus. „Ich werde dir helfen. So gut ich kann", versprach sie. In dem Moment fuhr ein Auto knapp an ihnen vorbei. Zuerst beachtete Thiago es nicht weiter, doch dann kam ihm eine Idee. „Maria...", sagte er langsam, „fahr schneller. Schau, dass du neben dem Mercedes bleibst und ihm nicht von der Seite weichst", bat er. Maria legte den Kopf schief, doch dann verstand sie. „Das ist lebensgefährlich", befand sie und zögerte. Thiago sah sie an. „Du hast versprochen, dass du mir hilfst", erinnerte Thiago und Maria straffte die Schultern. „Na gut. Aber auf deine Verantwortung." Mit diesem Worten drückte sie das Gaspedal durch und der Abstand zwischen dem Mercedes und dem Ford wurde immer kleiner.

59.Kapitel

Lena hatte bis eben ruhig in dem Auto gesessen und darüber nachgedacht, wie sie nun jemals lebend aus diesem kommen würde, als Alessandro plötzlich ruckartig den Kopf hob und aus dem Fenster sah. Lena folgte seinem Blick, doch das Einzige, das sie sah, war ein roter Ford und dahinter noch ein Auto, dessen Marke das Mädchen nicht erkennen konnte. „Was ist los?", fragte Lena und sah genauer hin, doch der Ford wurde langsamer und verschwand aus ihrem Blickfeld, noch bevor Lena irgendetwas erkennen konnte. Alessandro war wie vom Donner gerührt und brauchte etwas, bis er verstand, wer da im Auto neben ihnen auf dem Beifahrersitz saß. „Alessandro? Hallo?" Lenas Stimme klang verunsichert und nervös, doch der Angesprochene schüttelte nur langsam den Kopf. „Er lebt", hauchte er.

60.Kapitel

„Fahr näher ran", sagte Thiago mit zusammengebissenen Zähnen. Maria manövrierte den Ford knapp neben den Mercedes und versuchte krampfhaft, die Stellung zu halten. „Beeil dich, Thiago, lange wird das so nicht funktionieren!", rief sie. Thiago sah sie noch einmal kurz an. „Wenn Lena und Alessandro hier im Wagen sitzen, trittst du auf die Bremse. Mit etwas Glück fährt zu dieser

Zeit kein Auto hinter uns. Wenn das der Fall ist, drehst du um", befahl er. Marias Augen weiteten sich. „Bitte was? Ich bin doch kein Geisterfahrer, das ist gefährlich...", begann sie, doch Thiago unterbrach sie. „Diese Menschen, die meine Freundin entführt haben, sind noch viel gefährlicher, sie werden dich erschießen, wenn du nicht umdrehst!", erklärte er eindringlich. Maria zitterte leicht, ließ sich aber nichts anmerken. „Gut. Ich werde tun, was du gesagt hast", versprach sie und Thiago nickte dankbar lächelnd. Dann ließ er das Fenster herunter und zwängte sich nach draußen. Wind schlug ihm ins Gesicht und beinahe hätte er das Gleichgewicht verloren und wäre auf die Straße gestürzt. Maria hielt sich tapfer neben dem Mercedes, sodass Thiago an die Fensterscheibe klopfen konnte. Sofort sah er Alessandro, der ihn durch die Scheibe freudestrahlend ansah. Dann kurbelte er das Fenster herunter, doch bevor er etwas sagen konnte, hallte eine wütende Stimme zu ihnen: „Alessandro, mach das Fenster zu, es zieht!" Mit einem Grinsen sah Thiago zu, wie Alessandro langsam das Fenster schloss. „Mach die Tür auf", verlangte Thiago, bevor das Fenster ganz geschlossen war. Er sah den entsetzten Gesichtsausdruck auf Alessandros Gesicht, doch dann wich dieses Entsetzen der Entschlossenheit und er nickte. Thiago stieß sich von der Türe weg, damit Alessandro diese öffnen konnte. Und endlich sah Thiago sie.

61.Kapitel

Lena starrte mit vor Angst geweiteten Augen entsetzt auf Thiago. Die Autotür war nur einen Spalt breit offen und weiter öffnen konnte Alessandro sie nicht, denn auf der anderen Seite knallte sie gegen den Ford. „Verdammt!", fluchte Alessandro, „Das geht so nicht!" Thiago zögerte kurz, dann wandte er sich um. „Maria, fahr weiter lnks." Der Ford entfernte sich einige Meter, hielt aber das Tempo, sodass die beiden Autos weiterhin auf gleicher Höhe fuhren. Alessandro drückte die Tür auf. Thiago sah, wie Lena zitterte. „Ihr müsst springen!", rief er, und sah dabei die Angst und das blanke Entsetzen in ihren Augen. „Spinnst du?!", krächzte sie und schüttelte unwillig den Kopf. „Lena, bitte, es geht nicht anders, Maria kann den Wagen nicht weiter zu euch fahren, ihr **müsst** springen!" Zu seiner Erleichterung sprang Alessandro ihm bei. „Er hat Recht. Wenn du hier wegwillst, musst du springen", sagte er eindringlich, doch Lena zögerte immer noch. In dem Moment erklang ein gereizter Ruf: „Alessandro, hab ich nicht gesagt, du sollst das Fenster schließen? Sonst entkommt dir im besten Fall das Mädchen!" Jemand lachte hämisch und Alessandro sah Lena alarmiert an. „Wenn du jetzt nicht gehst, werden sie dich töten. Nicht gleich, aber später und das ist vielleicht die letzte Chance, ihnen zu entkommen", sagte er, gerade so laut, dass Lena es hören konnte. Langsam nickte sie und Alessandro lächelte. „Du kommst nicht mit, nicht wahr?", fragte sie und sah ihm tieftraurig in die Augen. Schmerz erfüllte ihn, dass sah sie ihm an. „Geh. Sonst ist es zu spät..." „Sie werden dich umbringen,

Alessandro! Bitte, du kannst nicht hierbleiben!",
flehte Lena und Tränen traten ihr in die Augen.
Alessandro schloss für einen kurzen Moment die
Augen. „Ich will, dass das aufhört. Das Töten. Das
Verfolgen und Entführen. Und wenn ich mit euch
gehe, wer denkt dann noch so wie ich?", fragte er
und sah sie wieder an. Lena schüttelte langsam den
Kopf. „Alessandro, sie werden auf dich nicht hören,
sie hören auf niemanden. Bitte, das ist es nicht wert,
dass du nach allem, was du für mich getan hast, jetzt
hier dein Leben lässt!" Alessandro antwortete nicht,
sondern ließ seinen Blick nach draußen schweifen.
Im selben Moment rief Thiago: „Lena, schnell! Sie
haben uns gesehen!"

62. Kapitel

Lenas Herz raste, als sie an den Rand des Autos trat.
Der Fahrer versuchte, dem Ford davon zu fahren,
doch Maria ließ nicht locker und hielt den Wagen
weiterhin auf gleicher Höhe. „Spring!", schrie
Thiago, doch gerade in dem Moment sah der Fahrer
des Mercedes ein, dass er Maria nicht loswurde, in
dem er vor ihr davonfuhr. Deshalb versuchte er, den
Ford abzudrängen. Ein gewaltiger Ruck ging durch
den Wagen, als er hart gegen die Seite des Fords
krachte. Der Abstand zwischen den Autos
vergrößerte sich um ein Vielfaches. Der plötzliche
Ruck hatte Lena von den Beinen gerissen, nur mit
Mühe kam sie wieder hoch. Marias Ford fuhr nun
gute fünf Meter weiter links, springen brauchte Lena

nun gar nicht mehr versuchten. Thiago schien auch so zu denken. „Bleib wo du bist, wir versuchen es noch einmal, aber du musst schnell sein!", schrie er und Lena nickte. Alessandro stand hinter ihr und als der Mercedes ein weiteres Mal gegen den Ford fuhr, fing er sie auf. Im Ford hatte es Thiago gegen die Fensterscheibe geworfen, die war zersprungen und hatte sein Gesicht zerkratzt. Blut rann ihm in die Augen, doch er kümmerte sich nicht weiter darum, sondern ließ Maria wieder bis auf einundhalb Meter an den Mercedes heranfahren. „Jetzt", sagte Alessandro leise und „Jetzt!", schrie Thiago auf der anderen Seite. Und Lena sprang.

63.Kapitel

Alles schien wie in Zeitlupe abzulaufen. Gerade als der Fahrer des Mercedes ein letztes Mal gegen den Ford krachte, streckte Thiago seine Hand aus und ergriff die von Lena. Sie landete sicher auf der Rückbank des Fords und blieb kurz benommen liegen. Thiago vergewisserte sich, dass es ihr gut ging, dann kletterte er nach vorne auf den Beifahrersitz. „Alessandro! Spring!", rief er und starrte verzweifelt nach drüben. Sein Blick traf den von Alessandro, der kaum merklich den Kopf schüttelte. Und Thiago verstand. „Nein!", schrie er und lehnte sich aus dem Fenster. Er bildete sich ein, eine Träne sehen, die Alessandros Wange hinabrann, doch im selben Moment fuhr der Fahrer des Mercedes wieder scharf nach links und Maria musste ausweichen. Thiago sah das große Fragezeichen in ihrem Gesicht. „Bleib dran. Wir dürfen ihn nicht verlieren", sagte Thiago verbissen und abermals fuhr Maria schneller, um den Anschluss nicht zu verlieren. Hinter ihnen tauchte ein weiteres Auto auf und Lena sah durch die Rückscheibe. „Verdammt! Die auch noch!", rief sie aus und Thiago riskierte einen Blick zurück. „Scheiße", murmelte er und wieder sah Maria ihn an. „Weiter?", fragte sie und sie sah Thiago an, wie er mit sich kämpfte. „Thiago, Alessandro wird nicht kommen. Er hat sich entschieden", versuchte Lena ihn dazu zu bewegen, umzudrehen. Im selben Moment fuhr der Mercedes, der gerade noch ein beschauliches Stück hinter ihnen gefahren war, direkt neben ihnen und der Beifahrer zielte mit einer Pistole auf Maria. „Maria! Runter!", schrie Thiago und sofort duckte sich Maria, nahm dabei aber auch unabsichtlich den Fuß vom Gaspedal. Der Wagen verlor an Fahrt. Der Mercedes in dem Alessandro saß fuhr weiter, doch der zweite passte sich an das Tempo von Marias Ford an und wurde langsamer. Wieder legte der Beifahrer die Pistole an und schoss, diesmal verfehlte er Marias Kopf nur knapp. „Thiago, das hat keinen Sinn, sie wird sterben!", schrie Lena verzweifelt. Thiago sah zu Maria, die ängstlich den Kopf eingezogen hatte, den Blick jedoch um jeden Preis nicht von der Straße abwandte. „Thiago!", schrie Lena nochmals, und in diesem Augenblick begriff Thiago. Er streckte die Hand aus, riss das Steuer herum und der Ford änderte seine Richtung. Dies passierte so abrupt, dass der Fahrer des Mercedes keine Zeit hatte, zu reagieren. Thiago hatte den Zeitpunkt gut gewählt. Vor ihnen machte die Straße eine Kurve und verschwand zu seiner linken; dabei wurde sie sehr schmal und nahm dem Mercedes so jegliche Möglichkeit, zu wenden. Langsam fuhr Maria die Straße zurück und blieb erst einige Kilometer weiter stehen.

64.Kapitel

„Wir haben es geschafft!", jubelte Maria. Als sie jedoch die beiden ernsten Gesichter von Lena und Thiago sah, ließ sie die Arme sinken. „Alles in Ordnung?", fragte sie langsam und sah in die Runde. Der Ford parkte an einer abgelegenen Raststätte und Maria sowie Thiago und Lena waren aus dem Wagen gestiegen. Maria hatte an der danebenstehenden Tankstelle Kaffee besorgt und jetzt standen sie da; Lena saß mit gekreuzten Beinen auf der Rückbank des offenen Fords, Maria stand vor ihr und Thiago hockte auf der Motorhaube. „Warum macht ihr solche Gesichter?", erkundigte sich Maria, doch noch im selben Moment ging ihr ein Licht auf. „Oh. Ist es wegen diesem Alessandro?", fragte sie kleinlaut und sah zu Boden. Lena ballte die Faust. „Sie werden ihn töten. Ohne mit der Wimper zu zucken. Und wir stehen da und trinken Kaffee." Thiago hob den Blick und sah sie an. „Er hat es so gewollt. Wir können nichts tun", sagte er, „Nicht mehr." Tränen traten Lena in die

Augen und sie schüttelte den Kopf. „Sag das nicht..." „Aber es ist so, Lena. Es wäre töricht und dumm, ihn jetzt zu befreien zu versuchen!", sagte Thiago und seufzte. Doch Lena gab nicht nach. „Aber er wird sterben! Wir **müssen** doch etwas tun können!" Verzweifelt sah sie Maria an, doch diese hob nur hilflos die Schultern. Thiago sprang von der Motorhaube. „Lena, dass wir unser Leben geben, um seines zu retten, hätte er nicht gewollt." Mit diesen Worten küsste er sie sanft, dann drehte er sich um, und steuerte die nächste Mülltonne an, um seinen Kaffeebecher wegzuwerfen. Lena sah ihm nach, ihre Wangen hatten einen leichten Rotton angenommen. Maria grinste. „Junge Liebe ist so schön...", seufzte sie und Lena huschte unwillkürlich ein Lächeln über die Lippen. „Er ist wie ein Bruder für mich. Er passt auf mich auf und ich versuche, auf ihn aufzupassen", meinte sie. Maria sah sie von der Seite her an. „Aber tief im Inneren weißt du, dass er dir mehr bedeutet", sagte sie sanft, „Vielleicht solltest du einmal anfangen, deinen Gefühlen zu vertrauen." Mit diesen Worten nahm sie ihr den leeren Kaffeebecher aus der Hand und schlug denselben Weg ein, den Thiago eben zurückkam. Beim Vorbeigehen lächelte sie ihn ermunternd an. Als Thiago bei Lena ankam, hatte Maria die Mülltonne nicht einmal annähernd erreicht. Sie warf einen Blick über ihre Schulter und nickte Lena grinsend zu. Diese richtete ihren Blick auf eine Parkbank, auf der niemand saß. „Wie ein Bruder also", ertönte eine ruhige Stimme neben ihr, dennoch sah sie nicht auf. Ihr Herz schlug sofort höher, als sie Thiagos Finger wahrnahm, der ihr eine Haarsträhne hinter die Ohren strich. Sie zwang sich, ruhig zu atmen. „Das war nicht unser erster Kuss, Lena. Nach all dem bin ich nun also dein Bruder?", murmelte er und Lena stockte der Atem. „Ich... Thiago, alles, was du für mich getan hast... du hast mich vor dem Tod gerettet, und zwar mehr ls einmal. Aber ich... muss dir sagen, dass ich mir mit meinen Gefühlen für dich nicht im Klaren bin. Ich weiß nicht, ob du mir mehr bedeutest als ein großer Bruder, oder ob es nur das ist...", antwortete sie langsam und hörte Thiago seufzen. „Für mich bist du nicht die kleine Schwester, auf die es aufzupassen gilt. Aber lass dir Zeit. Mich wirst du ohnehin nicht mehr so schnell los. Ich will nur dass du weißt, wie viel du mir wert bist", schloss er und drehte Lena zu ihm um. Sie sah ihm in die unergründlichen Augen und verlor sich darin. „Und... was bin ich dir wert?", fragte sie zögerlich. Thiago lächelte und blickte nach oben. „Mehr als mein Leben", sagte er und sah sie wieder an. Lena fühlte sich, als hätte jemand Schmetterlinge in ihrem Bauch freigelassen, doch sie zwang sich, es nicht zu zeigen. Jeder Kuss zwischen ihr und Thiago löste in ihr ein solches Gefühl aus, doch tief in Lena sagte ihr eine Stimme, dass es nicht richtig war. Nicht, nachdem sie Lukas Herz besaß. Oder besessen hatte. Auch wenn er nicht mehr war, war es Lena, als dass sie überall vorwurfsvolle Blicke erntete, wenn sie Thiago so nahe war. Und das, obwohl Lukas nicht mehr auf dieser Welt wandelte. Gerade als Thiago sich abermals vorbeugte, um Lena zu küssen, kam

Maria zurück. Sofort tauchte Lena unter Thiagos Armen hindurch und lehnte sich an die mittlerweile geschlossene Autotür. „So, und was jetzt? Soll ich euch irgendwo absetzen oder was habt ihr vor?", erkundigte sich Maria und sah zuerst Thiago, dann Lena an. Diese mied den Blickkontakt. Sie spürte Thiagos Blick auf sich ruhen, bis dieser sagte: „Es wäre nett, wenn du uns zum nächsten Flughafen bringen könntest." Sein Blick fiel auf die Sonne, die gerade wieder unterging. „Aber nicht mehr heute. Wir übernachten hier", entschied er. Lena sah ihn nicht an, Wut durchzuckte ihren Körper. Thiago wusste genau, wohin sie wollte und er wusste genauso gut, wie er sie davon abhalten konnte. Doch das würde sie nicht zulassen. Lena hob den Kopf und fing Marias Blick auf. „Es tut mir leid, ehrlich", sagte diese, „aber ich kann nicht bis morgen warten. Ich habe selbst noch einiges zu tun und das kann ich nicht noch länger hinauszögern." Sie sah Lena entschuldigend an, welche verständnisvoll nickte. „Schon gut. Danke. Ohne dich wäre ich jetzt nicht hier", sagte sie und Maria lächelte. Lena erwiderte das Lächeln. Als sie Thiago einen kurzen Blick zuwarf sah sie den Ärger in seinen Augen. Trotzdem sagte er nichts, sondern nickte nur kurz und wandte sich dann ab. Lena blieb noch kurz bei Maria. „Danke. Wirklich", sagte sie noch einmal, als diese die Autotür öffnete. Sie hielt inne und ein schwaches Lächeln huschte über ihr Gesicht. „Selbstverständlich. Falls ihr je wieder Hilfe brauchen solltet..." Sie reichte Lena einen zusammengefalteten Zettel, schenkte ihr noch ein letztes aufmunterndes „Wir sehen uns" und startete dann den Wagen. Lena sah zu, wie sie den Ford perfekt manövrierte und dann auf die Autobahn auffuhr. Nach wenigen Sekunden war das Auto um die Kurve verschwunden und mit ihm das Licht der Sonne.

65. Kapitel

Lena schlief sehr unruhig. Immer wieder wachte sie auf und sah sich alarmiert um. Neben ihr lag Thiago, welcher fest schlief, ansonsten war um die Raststätte herum niemand mehr zu sehen. Trotzdem wurde Lena das ungute Gefühl nicht los, dass sie nicht allein waren. Leise stand sie auf. Dadurch dass außer ihnen niemand mehr unterwegs war, war es stockdunkel und Lena konnte kaum etwas sehen. Dennoch bahnte sie sich ihren Weg über den immer noch warmen Asphalt der Raststätte. Vor ihr erkannte sie ein Auto. Sie sah über die Schulter zurück, um sicherzugehen, dass Thiago noch schlief. Wenn er jetzt aufwachen würde, konnte Lena nichts mehr für Alessandro tun. Sie schlich weiter auf das Auto zu. Es stand völlig verwahrlost am Rand des Waldes und hatte etwas Unheimliches an sich. Dennoch näherte sich Lena dem Wagen und umrundete ihn, sodass sie an der Fahrerseite ankam. Die Scheiben des dunkel wirkenden Mercedes waren bereits zerschlagen worden, jedoch nicht von außen; die Scherben lagen auf dem Boden. Lena zögerte kurz, dann griff sie langsam an die

Innenseite der Tür und öffnete sie. Sie knarzte ein wenig, das eigentlich leise Geräusch hallte unnatürlich laut über den leeren Parkplatz der Raststätte. Lena zuckte zusammen, zog die Autotür dann aber ganz auf und ließ sich auf den Fahrersitz sinken. In dem Moment fiel ihr auf, dass sie den Wagen gar nicht starten konnte, da sie keinen Autoschlüssel besaß. Lena fluchte, dann fiel ihr Blick auf das Zündschloss. Ein uralter leicht verbogener Schlüssel steckte darin, an dem ein verfranztes Band hing. Lena war zwar überrascht, verstand aber die Lage sofort und zog die Autotür so leise wie möglich hinter ihr zu. Dann drehte sie den Schlüssel.

66.Kapitel

Eine Gestalt stand unscheinbar und in der Dunkelheit nicht zu erkennen hinter einem Baum. Ihr Blick war durchgehend nicht von dem Mercedes gewichen, nun beobachtete sie, wie Lena die Autotür desselben schloss. Als der Motor aufheulte, zückte die fremde Person ein Handy und murmelte leise: „Ea va veni."

67.Kapitel

Das plötzliche Heulen des Motors riss Thiago aus dem Schlaf. Sofort saß er kerzengerade da und bemerkte, dass Lena nicht mehr neben ihm lag. Das Licht der Scheinwerfer blendete ihn und er musste den Blick abwenden, sodass er nicht sah, wie Lena aufs Gaspedal trat und den Wagen abrupt wendete. Thiago hob den Blick und sprang auf, sobald er die Augen wieder offenhalten konnte. Für den Bruchteil einer Sekunde sah er Lena genau an, sie formte mit den Lippen ein stummes „Es tut mir leid", dann beschleunigte sie und Thiago starrte ihr fassungslos nach. Nach ein paar Sekunden der Schockierung kam Leben in ihn und er stürzte auf die Straße. Die Rücklichter des Mercedes waren das Einzige, das er noch sehen konnte, doch von der anderen Seite aus kam ein weiteres Auto auf ihn zu. „Dann noch einmal", murmelte Thiago und begann zu winken. Das Auto wurde langsamer und entpuppte sich als ein schneeweißer Jaguar. Erleichterung durchströmte Thiago, als der Mann am Steuer die Beifahrertür aufstieß. „Alles klar bei dir? Es ist schon ziemlich spät...", befand er und Thiago nickte. „Jemand hat mein Auto gestohlen", log er, „Ich hab grade geschlafen, als dieser Idiot damit weggefahren ist." Der Mann musterte ihn eingehend, dann seufzte er kopfschüttelnd und sagte: „Die Jugend heutzutage. Aber ich hab heute keinen Stress, also..." „Danke", sagte Thiago erleichtert, öffnete die Beifahrertür und ließ sich auf den freien Sitz fallen. Kaum hatte er die Tür wieder geschlossen, fuhr der Wagen los. Der Jaguar war um Ecken schneller als der alte Mercedes in dem Lena saß, und schon bald tauchte dieser weit vor ihnen auf. „DAS ist dein Auto?", fragte der Mann entsetzt, „Junge, kauf dir doch gleich ein neues, dieses... Ding da hat den Namen Auto gar nicht mehr verdient!" Thiago unterdrückte ein Lachen. „Aber es fährt doch, oder?", sagte er dann und lächelte charmant. Der Mann schüttelte fassungslos den Kopf und murmelte: „Nur weil es fährt, heißt das noch lange nicht, dass es gut ist." Grinsend wandte Thiago den Kopf ab und starrte auf die Straße, sein Lächeln gefror. In Gedanken malte er sich aus, was Lena widerfahren würde, wenn sie es bis nach Rumänien schaffen würde. Jede Möglichkeit, die sich auftat, endete mit ihrem Tod. Thiago schüttelte den Kopf, um die grauenhaften Bilder aus seinem Kopf zu bekommen. Mittlerweile war der Mercedes nicht mehr weit von ihnen entfernt und der Abstand zwischen den beiden Autos wurde immer kleiner. „Und wie genau hast du vor, dein... Auto... zurückzuholen? Wenn der Typ da ewig lang in dem Tempo weiterfährt, wirst du ihn nicht anhalten können", befand der Mann und sah Thiago kurz an. Dieser zuckte mit den Schultern. „Ist ja nicht das erste Mal, dass jemand mein Auto mitgehen lässt, ich weiß schon, was ich tue", sagte er und richtete seinen Blick auf die rot leuchtenden Rücklichter des Mercedes, „Fahren Sie einfach so nah ran, wie es geht." Der Mann zögerte, doch dann fuhr er schneller, bis sich die beiden Wagen beinahe berührten. Thiago straffte die Schultern. „So. Vielen Dank, dass ich bei Ihnen mitfahren durfte, ich werde Sie nun verlassen." Er wollte die Tür öffnen, doch der Mann protestierte. „Junge, das kann ich nicht verantworten!" Thiago hielt inne und sah ihn an. „Müssen Sie ja auch nicht. Sie tragen für mich doch keine Verantwortung", sagte er und setzte wieder ein entwaffnendes Lächeln auf. Dem Mann war anzusehen, wie sehr er mit sich rang, bis er schließlich nachgab. „Na gut. Aber wenn du dich verletzt oder ähnliches passiert..." „Jaja, dann können Sie tun, als hätten Sie mich noch nie im Leben gesehen. Darf ich jetzt diese Tür öffnen?", unterbrach Thiago ihn, die Ungeduld in seiner Stimme war unüberhörbar. Einen letzten kurzen Moment zögerte der Mann, dann nickte er langsam und Thiago öffnete die Autotür.

68.Kapitel

Im Rückspiegel tauchte ein weißer Jaguar auf. Lena war so auf die Straße fokussiert, dass sie ihn erst sah, als er direkt zu ihrem Mercedes aufschloss. Sie warf einen kurzen Blick über die Schulter, konnte jedoch den Fahrer nicht erkennen. Dieser ließ aber nicht von ihrem Auto ab. Lena kniff misstrauisch die Augen zusammen. Nach einem Auto der Mafia sah der Jaguar wirklich nicht aus, das grelle Weiß war viel zu auffällig, aber warum sollte sie jemand, der sie nicht kannte, verfolgen? Lena fuhr schneller, doch der Jaguar passte sich an ihr Tempo an, was ihr Misstrauen steigerte. Plötzlich fiel der fremde Wagen zurück, die Scheinwerfer wurden kleiner, bis Lena um die Kurve bog und ihn nicht mehr sehen konnte.

69.Kapitel

Thiago sah dem Jaguar nach, bis er verschwunden war. Zu seinem Glück wurde auch Lena langsamer, was es Thiago leichter machte, das Gleichgewicht zu bewahren. Der Junge konnte die Augen kaum offenhalten, der Fahrtwind zwang ihn, sie halb zu schließen. Weit konnte er nicht sehen, deshalb sah er die scharfe Kurve zu spät. Er rutschte ab, seine Hände griffen ins Leere und er drohte vom Dach des Autos zu fallen.

70. Kapitel

Etwas schlug gegen das Fenster. Lena zuckte zusammen und wäre um ein Haar von der Straße abgekommen. Der Wagen schlingerte, doch sie konnte ihn auf der Straße halten. Sie wandte den Kopf und trotz der Dunkelheit erkannte sie einen Schuh. Lena kniff die Augen zusammen, doch der Schuh verschwand nicht. Es dauerte etwas, bis Lena eine ungefähre Ahnung hatte, zu wem dieser Schuh gehören könnte, und die Erkenntnis traf sie wie ein Schlag. Sofort ließ sie das Fenster herunter und Thiago ließ sich ins Innere des Autos gleiten. Lena vermied es, ihn anzusehen. „Was willst du hier?", fragte sie, ohne den Blick von der Straße zu wenden. Sie spürte Thiagos Blick auf sich ruhen, reagierte darauf aber nicht. „Du hast nicht die geringste Ahnung, worauf du dich hier einlässt, Lena!", sagte er und die Ruhe in seiner Stimme ließ Lena schaudern. „Ach wirklich?", fragte sie kühl, „Ich freue mich, dich enttäuschen zu müssen." Thiago seufzte. „Lena, hör mir zu, das ist gefährlich. Vielleicht gefährlicher, als ich es annehme. Du wirst sterben", sagte er und nun konnte Lena nicht anders, als ihm in die Augen zu schauen. Thiagos Blick war erfüllt von Sorge und Angst um sie, doch Lena hatte ihre Entscheidung bereits getroffen. „Wenn ich es nicht tue, wird wieder jemand sterben. Und ich möchte nicht zur Verantwortung gezogen werden", erklärte sie und versuchte, die aufkommende Wut zu unterdrücken. „Dir wirft niemand vor, an Alessandros Tod schuld zu sein!", rief Thiago, der ebenfalls langsam die Beherrschung verlor. „Doch, natürlich! *Ich* werde es mir nie verzeihen können, verstehst du das nicht?", fragte Lena und sah wieder auf die Straße. Thiago sah sie fassungslos an. „Lena, du kanntest ihn nicht. Zumindest nicht gut, du weißt nicht, wer er ist!", sagte er. „Ich kannte ihn gut genug, um zu wissen, dass er es nicht verdient hatte, zu sterben!", rief Lena aus und bevor Thiago ihr ins Wort fallen konnte, fuhr sie fort: „Du kannst mich begleiten, wenn du willst, aber wenn du es nicht tust, werde ich trotzdem nach Rumänien fahren." Daraufhin sagte längere Zeit keiner der beiden mehr etwas; Lena versuchte, sich auf die Straße zu konzentrieren, Thiago sah aus dem Fenster. Langsam färbte sich der Horizont rot. „Lena, bitte", brach Thiago das Schweigen, „Wenn du hierbei draufgehst, war alles andere umsonst." Lena schüttelte den Kopf. „Nichts ist umsonst", sagte sie leise. Thiago seufzte. „Na gut. Ich werde mit dir kommen. Aber nur, weil ich will, dass du dieses gottverdammte Land wieder lebend verlässt. Und wenn ich nicht auf dich aufpasse und dir helfe, tut es niemand." Dieser Satz saß tief. Lena nickte langsam, sagte aber nichts mehr. Thiago hatte recht. Es gab außer ihm niemanden mehr, der sie noch hätte unterstützen können.

71.Kapitel

Thiago beobachtete Lena die ganze Fahrt über. Er konnte einfach nicht glauben, dass sie das wirklich durchziehen wollte. Er konnte es nicht glauben und er wollte es nicht. Es gab zwar eine Chance, dass sie Rumänien lebendig wieder verließen, doch diese war sehr gering. Er sah das Mädchen von der Seite her an. Lena wirkte todmüde. Thiago lachte in sich hinein. Dabei war sie selbst schuld. Trotzdem sagte er: „Bei der nächsten Raststätte tauschen wir." Lena sah ihn immer noch nicht an, doch sie nickte. Dies versetzte Thiago einen Stich. Sie hatten einander so nahegestanden, was war daraus geworden? Und der Einzige, der jegliche Schuld trug, war sein Vater. Nur durch ihn war er dabei, Lena zu verlieren. Thiago schloss die Augen. Als er sie wieder öffnete, fuhr Lena gerade von der Autobahn ab und parkte etwas abseits einer kleinen Tankstelle. Thiago wartete auf ihre Reaktion, doch sie rührte sich nicht. Er wusste, was sie ihm vermitteln wollte. Sie vertraute ihm nicht. Sie hatte Angst, er würde sie nicht mehr einsteigen lassen, wenn sie jetzt ausstieg. Thiago seufzte, dann öffnete er seinerseits die Autotür und erhob sich. Lena folgte seinem

Beispiel, umrundete schnellen Schrittes das Auto und ließ sich noch vor Thiago wieder nieder. Der Junge konnte sich ein Lächeln nicht verkneifen. Natürlich hätte er Lena nicht einfach hier stehen gelassen, das wäre das Letzte gewesen, das er getan hätte. Während er den Mercedes wieder zurück auf die Autobahn lenkte, spürte er Lenas Blick auf sich ruhen. Sie sagte zwar nichts, doch Thiago konnte sich ausmalen, was sie dachte. Er saß am Steuer. Er konnte die Richtung bestimmen. Er könnte umdrehen und Lena würde ihn nicht aufhalten können. Trotzdem fühlte sich genau das falsch an. Er folgte dem Straßenverlauf in Richtung rumänischer Grenze. Lena atmete auf. „Was hast du denn gedacht?", fragte Thiago leise. Er warf ihr einen kurzen Blick zu und sah ihr für den Bruchteil einer Sekunde genau in die Augen. Schnell wandte er sich wieder der Straße zu. Lena drehte den Kopf ebenfalls und blickte wieder aus dem Fenster. „Dass du umdrehst." Nichts anderes hatte Thiago erwartet zu hören, trotzdem traf ihn dieser Satz. Ihr Vertrauen zu ihm war stark geschädigt und er fragte sich, ob es je wieder so sein würde zwischen ihnen, wie es am Anfang gewesen war.

72.Kapitel

Kurz vor der Grenze zu Rumänien fuhr Thiago von der Autobahn ab. Lena sah dem Straßenschild nach, das den Grenzübergang markierte und begriff, was Thiago gerade getan hatte. „Was tust du?", fragte sie und konnte die Verzweiflung in ihrer Stimme nicht verbergen. Thiago sah weiterhin konzentriert auf die Straße. „Wir können nicht einfach ohne Weiteres nach Rumänien fahren. Lena, in diesem Land stehen an allen Ecken Angehörige der Mafia, die suchen nach dir!", erklärte er und Lena sah ihn fassungslos an. „Ich dachte, wir stehen das durch. Gemeinsam, egal was passiert...", brachte sie heraus. Thiago verdrehte die Augen. „Das ist auch immer noch so, glaub mir. Aber so wie du jetzt aussiehst, kannst du nicht einfach in das Staatsgebiet meines Vaters fahren, das grenzt an Selbstmord." Lena brauchte noch etwas, bis sie verstand, worauf er hinauswollte. „Aber was ist mit dir? Dich kennt da doch wirklich jeder!", gab sie zu bedenken und Thiago nickte. „Sollte auch so sein. Sonst kommen wir nirgendwo durch", entgegnete er, „Es ist zwar riskant, aber ich werde bleiben, wie ich bin, so kommen wir viel weiter." Langsam nickte Lena und verfiel wieder in unergründliches Schweigen.

73.Kapitel

Ungläubig starrte Lena auf das Mädchen, dass sie aus dem Spiegel heraus ansah. Hinter ihr trat Thiago näher. „Lena?", fragte er und sie glaubte, einen unsicheren Unterton in seiner Stimme zu hören. Sie wandte sich ihm zu. „Ja?" Thiago sah sie von oben bis unten an und schüttelte, nicht minder ungläubig als es Lena selbst war, den Kopf. „Das... wow", brachte er heraus und grinste. Lena sah wieder in den Spiegel. Die kurzen Haare fühlten sich ungewohnt an, die Locken waren verschwunden und das Rot, das Lenas Haare davor gehabt hatten, war einem dunklen Braun gewichen. Lena wusste nicht, was sie davon halten sollte. Einerseits sah sie nach dieser Veränderung wirklich schön aus, andererseits war das nicht sie. Unwillkürlich fuhr sie sich durch die Haare. Thiago räusperte sich leise. „Also. Ab jetzt heißt du Lisa, bist 19 Jahre alt und kommst aus Österreich." Er reichte ihr einen Pass. Lena nahm ihn entgegen und sah Thiago an. „Danke. Für alles", sagte sie langsam und Thiago lächelte. „Wir treffen uns draußen." Mit diesen Worten verschwand er und Lena sah zum ersten Mal auf den Pass. Das Passfoto war aufgenommen worden, bevor sie sich selbst im Spiegel gesehen hatte. Das Lächeln in ihrem Gesicht wirkte frei und ungezwungen – ganz anders als sie sich in diesem Moment fühlte. Zweifel beschlichen Lena. War es eine gute Idee, jetzt nach Rumänien zu fahren? Die Menschen dort würden doch sofort erkennen, dass sie das Mädchen war, das von der Mafia gesucht wurde, allein schon aufgrund der Tatsache, dass sie mit Thiago unterwegs war. Lena schüttelte den Kopf. Ihr Schicksal war ohnehin schon besiegelt gewesen, seit sie Thiago begegnet war, war es dann nicht schon egal, ob sie jetzt in Rumänien ihr Leben ließ, oder später von einem Angehörigen der Mafia zur Strecke gebracht wurde? Die Zweifel wichen der Entschlossenheit. Lena steckte den gefälschten Pass in ihre Tasche und trat schnellen Schrittes hinaus auf die Straße.

74. Kapitel

Thiago hatte ganze Arbeit geleistet. Nicht einmal der Mercedes war wiederzuerkennen. Ob es immer noch derselbe war, in den Lena bei der Raststätte gestiegen war, oder ob Thiago einen neuen „ausgeliehen" hatte, hinterfragte Lena erst gar nicht. Ihr Herz pochte, als sie ins Auto stieg. Thiago sah sie an. „Alles gut?", fragte er. Lena erwiderte seinen Blick. „Ja. Ich denke schon." Thiago seufzte. „Lena, du musst das nicht tun...", fing er an, doch er unterbrach sich selbst. Er wusste, dass der Satz umsonst wäre. Also startete er den Mercedes und fuhr ihn wieder auf die Autobahn. Keiner von beiden sprach ein Wort, bis sie die Grenze zu Rumänien erreichten. Die Autos vor ihnen wurden langsamer und auch Thiago drosselte das Tempo. Lena lief es kalt über den Rücken, als sie das Straßenschild sah, dass die Grenze kennzeichnete. Der Mercedes kam zum Stehen und nur gelegentlich fuhren sie langsam auf die Grenzkontrolle zu. Als Lena einen Blick nach hinten warf, erblickte sie eine ganze Reihe von Autos, die schon kilometerweit hinter ihnen standen. Wieder rollte der Mercedes einige Meter weiter, um abermals stehen zu bleiben. Viele Minuten verstrichen, bis Thiago neben der Grenzkontrolle ankam. „Schau ihn nicht an", befahl Thiago Lena leise, die sofort den Kopf drehte und aus dem Fenster sah. Thiago hingegen ließ die Scheibe herunter. Ein kurzer Blickkontakt genügte und der Kontrolleur ließ ihn mit einem kurzen

Nicken passieren. Lena wollte sich umdrehen, doch Thiago murmelte, ohne sie anzusehen: „Dreh dich nicht um." Lena zögerte nicht lange und blickte vorne wieder nach draußen auf die Straße. Ohne ein Wort fuhr Thiago weiter, bis sie nach Bukarest kamen. Lenas Augen weiteten sich vor Staunen. Sie hatte sich Rumänien dunkel und alles andere als einladend vorgestellt, doch der Anblick, der sich ihr jetzt bot, überzeugte sie vom Gegenteil. Überall auf den Straßen boten Händler ihre Waren an, bunte Fahnen wehten im lauen Wind und Gelächter tönte durch die Gassen. Lenas Blick huschte zu Thiago. Ein Lächeln breitete sich auf dessen Gesicht aus und seine Augen glänzten. „Ich hätte nicht gedacht, dass Rumänien so schön ist", sagte Lena und lächelte ebenfalls. Thiago sah sie an, sein Lächeln schwand. „Rumänien ist zu Tags ein sehr schönes Land. Aber nachts ist es das genaue Gegenteil davon." Lena senkte den Blick. Sie hatte Thiago nicht kränken wollen, es tat gut zu sehen, dass er lächelte, doch jetzt waren seine Gesichtszüge wieder hart und unergründlich. Keiner traute sich etwas zu sagen und sie verfielen in eisiges Schweigen. Und im Radio spielte Nothing else matters.

75.Kapitel

Die Sonne sank schon wieder hinter den Dächern der Häuser und färbte diese blutrot. Dieses Bild jagte Lena, ohne dass sie wusste, warum, einen kalten Schauer über den Rücken. Thiago murmelte leise vor sich hin und blickte angestrengt aus dem Fenster auf die Straßen von Bukarest, die sich allmählich leerten. Nicht selten sahen Leute mit einer Mischung aus Überraschung und Misstrauen auf das Auto, das im Schritttempo an ihnen vorüber rollte und jedes Mal, wenn Lena Blicke auf sich spürte, senkte sie den Kopf und versuchte, keinen Blickkontakt aufzubauen. Wenn niemand zu ihnen sah, blickte sie aber aus dem Fenster, betrachtete die Häuser, beobachtete die Leute. In solchen Augenblicken war ihr nicht bewusst, wie auffällig sie eigentlich war. Die drei Männer, die, vollkommen in schwarz gekleidet, an einer Hausmauer im Schatten der untergehenden Sonne standen und den Mercedes nicht aus den Augen ließen, sah sie deshalb nicht. Auch Thiago bemerkte sie zu spät. „Runter" kommandierte er und er selbst bog in die nächste Seitenstraße ab. Sofort senkte Lena den Kopf, doch das war längst überflüssig. Für einen kurzen Moment sah sie einem der drei genau in die Augen und sogar hinter der pechschwarzen Sonnenbrille konnte Lena das feindselige Glitzern darin ausmachen. Die letzten Sonnenstrahlen fielen auf die Straße und die Pistole mit dem silbernen Rohr blitzte kurz auf. Lena fröstelte. „Hat er dich gesehen?", raunte Thiago ihr zu, ohne den Blick von der Straße abzuwenden. Lena antwortete nicht. Ihr Blick hing weiterhin an den drei Männern, die sich, wie auf Kommando, plötzlich zerstreuten. „Lena?", erklang Thiagos Stimme, diesmal eindringlicher, „Haben sie dich gesehen?" Langsam richtete Lena sich auf und drehte den Kopf. Ein Blick in ihre schreckgeweiteten Augen genügte. „Scheiße", fluchte Thiago und obwohl Lena genau wusste, was er jetzt sagen würde, fragte sie: „Wieso? Wer waren diese Männer?" Thiagos Blick verfinsterte sich noch mehr. „Willst du nicht wissen." Er sah seitlich aus dem Fenster. „Sie werden sich aufteilen und versuchen, uns in einer Seitengasse zu stellen." „Woher wussten die überhaupt, dass ich in diesem Auto sitze?", fragte Lena weiter. Thiago sah sie kurz an. „Ich hatte gehofft, dass sie es nicht so schnell herausbekommen. Aber dass sie es irgendwann durchschauen würden, war von Anfang an klar." Daraufhin war es still. Die Bewohner der Stadt waren längst in ihren Häusern verschwunden, die Straßen wirkten wie ausgestorben. Zwischen den Häusern tauchte plötzlich ein Auto auf, das Blau war selbst in der aufkommenden Dunkelheit noch gut zu erkennen. Lenas Herz setzte kurz aus. „Thiago?", fragte sie langsam. „Lena?", kam es zurück, er hatte den Wagen noch nicht gesehen. Wieder blickte Lena zum Fenster hinaus. „Ist ein Jaguar schneller als ein Mercedes?" Thiago stutzte. „Ja", sagte er langsam, „Wieso?" Lena brauchte ihm nicht zu antworten. Im selben Moment heulte der Motor des Jaguars auf und ehe sie sich versahen, hatte dessen Fahrer ihn zwischen den Häusern durchmanövriert und fuhr nun gute 20 Meter hinter ihnen. Doch der Abstand hielt nicht lange. Ohne ein Wort beschleunigte Thiago wieder, Lena sah aus dem Fenster zurück. „Er wird uns einholen, der ist viel schneller als wir!" „Das werden wir noch sehen", bemerkte Thiago trocken und mit zusammengebissenen Zähnen. Vor ihnen ragte eine Hausmauer auf. „Tiago?", rief Lena, die Angst in ihrer Stimme war nicht zu überhören. Thiago wurde nicht langsamer, im Gegenteil. Mit Höllentempo raste der Mercedes auf die Mauer zu. „Thiago!" Diesmal schrie Lena regelrecht und hielt sich die Hände vor die Augen. Eine Sekunde, bevor der Wagen in die Wand krachen konnte, riss Thiago das Lenkrad herum. Haarscharf fuhr er an der Mauer entlang und bog schließlich in eine Seitengasse. Doch der Plan ging nicht auf. Der Fahrer im Jaguar wendete rechtzeitig und folgte Thiago Beispiel. Dieser sah in den Rückspiegel. „Na gut, er kann doch fahren", murmelte er, „Mal sehen, wie er *darauf* reagiert." Doch bevor er irgendetwas tun konnte, fuhr vor ihnen ein tiefschwarzer Mustang von rechts in die Gasse. Sofort trat Thiago auf die Bremse und der Mercedes kam schlitternd zum Stehen. Hinter ihnen stellte der Fahrer des Jaguars sein Auto genau so, dass sich Thiago und Lena keine Möglichkeit mehr bot, zu entkommen. Der Fahrer im Jaguar stieg aus. „Er wird uns befehlen, auszusteigen", raunte Thiago, „und wir werden ihm den Gefallen tun." Lena wollte protestieren, doch Thiago ließ sie nicht zu Wort kommen. „Lena, hör mir zu, sich denen jetzt zu widersetzen bedeutet Selbstmord." Er sah kurz nach draußen. „Wenn ich es dir sage, dann wirst du laufen. Egal wohin, einfach so weit wie möglich weg von hier!" Seine Stimme war so eindringlich und voller Ernst, dass Lena sich nicht traute, zu widersprechen. „Wenn du weit genug weg bist, suchst du Schutz in einem

Haus, hast du verstanden?" „Was ist mit dir?", fragte Lena, „Ich kann dich nicht zurücklassen!" Thiago sah an ihr vorbei. „Du wirst müssen." Im selben Moment donnerte jemand gegen die Fensterscheibe und Lena zuckte zusammen. „Aussteigen!", brüllte der Mann draußen und blickte finster ins Innere des Autos. Lena mied seinen Blick und sah stattdessen zu Thiago. Dieser seufzte und Lena konnte die Angst in seinen Augen sehen, als er langsam die Autotür öffnete. Doch diese Angst war Lena gewidmet. Um sein eigenes Leben machte er sich keine Sorgen, aber Lena war ihm wichtig. Diese wartete, war unfähig sich zu rühren, bis von außen die Beifahrertür aufgerissen wurde. Bevor Lena auch nur den Kopf wenden konnte, wurde sie unsanft aus dem Mercedes gezogen. Der Wind, der durch die längst verlassenen Gassen von Bukarest blies, war eisig und Lena zitterte. Daraufhin war Gelächter zuhören. „Das ist aber nicht die Kleine, die wir *ihm* bringen sollen", murmelte der Mann, der Lena aus dem Wagen gezogen hatte und nun dicht hinter ihr stand. Als Lena einen Blick in den Seitenspiegel des stehenden Autos warf, sah sie die Pistole, die der Mann locker in seiner Hand hielt; das Rohr war auf Lena gerichtet. Sie schluckte. Thiago stand finster zu Boden blickend einige Meter rechts von ihr. Als er Lenas Blick auf sich spürte, sah er sie kurz an. Die Tränen in seinen Augen spiegelten den Mond, der matt über den Dächern von Bukarest leuchtete. „Sieh mich an!" Lenas Kopf wurde gedreht, sodass sie den Mann, dem der Jaguar gehörte, in die Augen sehen musste. Er musterte sie eingehend, während Lena versuchte, seinem Blick auszuweichen. Nach einigen Minuten, die sich für Lena endlos anfühlten, sagte der Mann: „Eine gewisse Ähnlichkeit besteht." Er hob den Kopf und sah in Richtung des anderen Mannes, der vorher den Mustang gefahren hatte und bei Thiago stand. Dieser suchte Lenas Blick. Als sie ihn ansah, nickte er hastig und Lena verstand. Bevor der Mann reagieren konnte, trat sie ihm so fest sie konnte gegen sein Schienbein. Der Mann schrie auf, ließ sie los und für einen kurzen Moment stand Lena, unfähig sich zu rühren, da und sah Thiago an. „Lauf! Zur Hölle, Lisa, lauf doch!", schrie dieser unter Tränen und plötzlich kam Leben in Lena. Sie wirbelte herum und rannte, wusste nicht wohin. Sie hörte laute Schritte, die ihr folgten, aber bald verklungen. Doch Lena blieb nicht stehen, auch nicht, als sie die anderen bereits weit hinter sich gelassen hatte.

76. Kapitel

„Lisa also..." Der Mann lachte leise. Thiago sah nicht auf. Er würde nichts sagen, er wusste, dass es ein großer Fehler wäre. Er kannte diese Leute. Sein Vater hatte zwei seiner engsten Vertrauten geschickt, Lena hier und jetzt abzufangen war wohl sehr wichtig gewesen. Der Mann hob Thiagos Kinn, was ihn zwang, ihn anzusehen. „Wer zum Teufel war dieses Mädchen?", knurrte er, doch Thiago schwieg. Ein höhnisches Grinsen breitete sich auf dem Gesicht des Mannes aus und er hob seine Pistole. „Thiago, es macht keinen Sinn! Ich frage dich noch einmal: Wer war dieses Mädchen?", fauchte er, doch der Junge antwortete immer noch nicht, obwohl sein Herz so laut pochte, dass er glaubte, selbst der Mann könne es noch hören. Trotzdem gab er nicht klein bei. Der Mann knurrte wieder. „Na schön, wie du willst. Dein Vater wird dich schon zum Reden bringen. Und bis dahin..." Die Tür des Mustangs öffnete sich langsam. Ein hagerer Mann stieg aus dem Wagen, mit einem teuflischen Lächeln auf den Lippen, das seinem Aussehen etwas Wirres, fast Verrücktes verlieh. Er wandte den Kopf zu Thiago und sein Grinsen wurde breiter. „Und? Hat Lena ihren Bruder gebührend verabschiedet?"

77.Kapitel

Lenas Lungen brannten. Immer wieder sah sie panisch über die Schulter, um sich zu vergewissern, dass ihr niemand gefolgt war. Nach Luft ringend wurde sie langsamer. Sie hatte keine Ahnung, wo sie war, hilflos drehte sie sich im Kreis, was jedoch nur dazu führte, dass sie nun nicht einmal mehr wusste, aus welcher Richtung sie gekommen war. In der Ferne ertönte ein Motor, das Geräusch zerriss die unheimliche Stille in den Gassen so plötzlich, dass Lena zusammenzuckte und unwillkürlich wieder anfing zu laufen. Ohne jede Orientierung lief sie durch die Gassen der Stadt, nur weg von dem

Knattern des Motors, das mit großer Wahrscheinlichkeit zu dem Jaguar gehörte, den eben der Mann fuhr, der sie an Thiagos Vater ausliefern wollte. Das Geräusch verklang allmählich und ein stechender Schmerz, der sich in ihrer Seite bemerkbar machte, veranlasste Lena dazu, langsamer zu werden. Schließlich blieb sie stehen. Das Einzige, das zu hören war, war ihr eigener Atem, der schnell und hektisch ging, sodass man die Panik, die sich in Lena aufstaute, daraus erschließen konnte. Die Angst, die Lena in ihrem Bann hielt, war unerträglich und das Mädchen schreckte vor jedem noch so unscheinbaren Geräusch zurück, das unnatürlich laut von den kalten Mauern aus Stein der Häuser widerhallte. Irgendwann aber nahm sie die Geräusche um sich herum gar nicht mehr richtig wahr, sondern war nur noch damit beschäftigt zu überlegen, was sie nun anstellen sollte. Ohne Thiago bestand nicht einmal der Hauch einer Chance, dass sie Alessandro jemals auch nur wiedersehen würde. Und einfach zurück nach Deutschland fahren war auch ohne jeglichen Sinn, da die Mafia sie früher oder später finden und töten würde. Sie musste die Sache wohl oder übel ein für alle Mal beenden, entweder das Leben von Thiagos Vater oder ihr eigenes. Doch ohne Thiago fühlte Lena sich hilflos und allein. Sie bog um die nächste Ecke, ohne darauf zu achten, wohin sie überhaupt ging, folgte Lena der Straße. Sie war so in Gedanken versunken, dass sie die Schritte, die ihr folgten, viel zu spät hörte und die Person, die ihr hinterherschlich, erst viel zu spät bemerkte. Hinter

Lena begann eine Straßenlaterne flackernd zu leuchten. Der Schein fiel auf die rissigen Wände der Häuser und ließen diese gespenstisch wirken. Lena schauderte, doch nicht wegen der unheimlichen Stimmung. Durch das Licht der Laterne fiel plötzlich ein Schatten auf sie, der Schatten einer Person, die sie nur allzu gut kannte. Im selben Moment spürte sie eine Hand, die sich schwer auf ihre Schulter legte und jemand murmelte dicht neben ihrem Ohr: „So sieht man sich wieder, Lena. Oder sollte ich eher sagen: Lisa, das Mädchen, das niemand kennt, sondern nur plötzlich, wie aus heiterem Himmel mit Thiago durch Rumänien fährt?" Der Mann hinter ihr lachte kalt und Lena war wie erstarrt; unfähig sich zu rühren stand sie da, als der Psychopath nach ihrer Hand griff. „Komm, ich bringe dich nach Hause", hauchte er und lachte wieder. Im letzten Moment realisierte Lena, was hier eigentlich passierte und riss sich los. Dabei dreht sie sich um stand dem Mann gegenüber. Entsetzen machte sich in ihr breit. Er sah um einiges furchterregender aus, als sie sich vorgestellt hatte. Die pechschwarze Hose war verstaubt und an einigen Stellen zerrissen. Das Hemd, das er trug, war irgendwann einmal weiß gewesen; jetzt war es von einem dunklen Grau mit roten Flecken, die auf all die Taten hinwiesen, die er schon begannen hatte. Und das wirre Grinsen, das sein Gesicht verunstaltete, machte sein Auftreten nicht besser. „Wieso Lena?", fragte er und kam wieder auf sie zu, „Wieso machst du dir das Leben so schwer?" Er legte den Kopf schief und Lena wich ein paar

Schritte von ihm zurück. Als er das bemerkte, verschwand das verrückte Grinsen und machte Platz für einen Hauch von Verständnis. „Du musst das nicht tun, Lena. Gib auf. Ohne Thiago überlebst du die Nacht nicht. Du stirbst, ob du es durch meine Hand tust oder durch *seine* spielt keine Rolle mehr!" Er blieb stehen, fokussierte Lena, musterte sie eingehend. Kurz zog Lena in Erwägung, seinen Worten Glauben zu schenken. Die Art, wie er sie gesagt hatte, war unerwartet sanft gewesen, doch sofort fanden Lenas Gedanken zurück zu Thiago. „Niemals" wisperte sie und ohne zu warten, drehte sie sich um und rannte weg. Das Gesicht des Psychopathen war wie Eis als er leise sagte: „Dann lauf. Lauf, kleines Mädchen, du hast 10 Sekunden."

78.Kapitel

Thiago hielt den Kopf gesenkt, während er hinter den beiden Männern herging. Hinter ihm war weit und breit niemand zu sehen, doch Thiago wusste, dass es trotzdem dumm gewesen wäre, jetzt wegzulaufen. Die Wachen hätten ihn sofort erschossen, und Thiago war sich außerdem sicher, dass irgendwo hinter ihm in der Dunkelheit Anhänger seines Vaters nur darauf warteten, dass er einen tödlichen Fehler zu begann. Langsam ging die Sonne wieder auf, sie färbte die Dächer feuerrot und tauchte die Stadt in einen leichten goldenen Schimmer. Unter anderen Umständen hätte Thiago Freude verspürt angesichts der Schönheit, die

Rumänien ihm bot. Aber es gab keine anderen Umstände. Thiago war auf sich allein gestellt, obwohl das eigentlich nie ein Problem gewesen war. Ein kleiner Unterschied machte ihn unsicher, nur ein einziger, aber fataler Unterschied. Unter anderen Umständen würde eine Mafia hinter ihm stehen. Unter diesen Umständen stand er gegen sie. Er merkte selbst nicht, dass er langsamer wurde. Der Abstand zwischen ihm und den Männern wurde größer. 2 Meter. 3 Meter. Thiago sah kurz auf. Seine Eskorte war bereit über 5 Meter von ihm entfernt. Sollte er abdrehen und laufen? Wie lange würde es dauern, bis sie bemerkten, dass er fehlte? Und wie lange würden sie brauchen, um ihn wieder aufzuspüren? Plötzlich spürte Thiago den Lauf einer Pistole in seinem Rücken. „Denk nicht einmal dran", knurrte man ihm ins Ohr und er wurde weitergestoßen. Geistesabwesend stolperte Thiago den Weg entlang. Vor ihm tauchte ein Haus auf, das im Vergleich zu den anderen sehr groß war. Das Dach war, wie zu erwarten, rot, aber die Wände waren dunkler als die der übrigen Häuser, Fenster gab es keine. Die Eingangstür war aus Metall und hing schwer in ihren Angeln. Eben diese Tür wurde just in diesem Moment geöffnet und ein Mann, gefolgt von zwei weiteren, erschien im Rahmen. Er war nicht viel größer als Thiago selbst, wirkte durch die beiden Männer an seiner Seite aber viel bedrohlicher. Seine Lippen verzogen sich zu einem hämischen Lächeln als er sagte: „Willkommen zu Hause, mein Sohn."

79. Kapitel

Vor einigen Stunden hatte Lena sich noch sehnlichst gewünscht, dass es endlich hell wurde. Jetzt, als die Sonne etwas unterhalb der Dächer der kleineren Häuser stand, fühlte sie sich seltsam schutzlos. Immer noch ohne Orientierung irrte sie durch die Straßen, bis sie plötzlich wieder Schritte hörte. Panisch sah Lena sich um, suchte nach einem Versteck - jetzt zu laufen war sinnlos. Lena drehte sich im Kreis, stieß unabsichtlich gegen eine Vase, die neben einer Tür stand. Diese schwankte und fiel dann zu Boden. Scherben ergossen sich über die Pflastersteine. Lena hielt inne, wagte nicht zu atmen. Die Schritte kamen näher. Die Angst lähmte das Mädchen, es war unfähig sich zu rühren. Da fiel Lena eine Nische ins Auge, die gerade groß genug war, um sich darin zu verstecken. Sie lief darauf zu und drückte sich hinein. Den Atem anhaltend verharrte sie dort und wagte nicht, sich auch nur den kleinsten Zentimeter zu rühren. Die schweren Schritte des Psychopathen verklangen und nur gelegentlich hörte man ihn einen Schritt tun. Er lief nicht mehr. Er wartete. Und worauf wusste Lena genau. „Lena, was willst du damit bezwecken? Ich werde dich finden, du hast allein keine Chance, mir in Rumänien zu entkommen! Thiago mag dich beschützt haben, aber er ist nicht hier, er wird bald genauso tot sein, wie du, wenn du nicht zulässt, dass ich dich jetzt finde!", hallte seine Stimme durch die Gasse. Lenas Herz pochte, wie verrückt und sie hoffte instinktiv, dass er es nicht hörte, denn plötzlich war es so still, als wären sie auf einem Friedhof. Nicht einmal sein Atmen konnte Lena hören. Es blieb totenstill, bis der Psychopath leise sagte: „Wenn du jetzt rauskommst, wenn du dein Leben jetzt in meine Hände legen würdest, dann werde ich barmherzig sein. Ich werde dir keine Qualen bereiten. Du wirst nichts spüren, vertrau mir. Das ist deine letzte Chance, dein Joker. Spiel ihn nicht falsch, Lena. Sei nicht dumm." Kurz spielte Lena mit dem Gedanken, einfach aufzugeben, ihr Leben „in seine Hände legen". Doch sie tat es nicht, sondern blieb, wo sie war, bis er wieder sprach, seine Stimme verriet Lena, dass er schon viel näher war, als sie gehofft hatte. „Du bist dir dem Ernst der Lage nicht bewusst, nicht wahr? Du weißt nicht, was Schmerzen sind. Ich will es dir zeigen." Lena betete, er möge sie nicht sehen. Wieder Schritte; langsam, wartend. Ihr Herz raste, sie wusste, wenn er sie jetzt sehen würde, würde er sie töten, ohne mit der Wimper zu zucken und es würde ihm egal sein. Er hatte kein Herz für ein Mädchen wie sie, er hatte kein Mitleid, verspürte keine Barmherzigkeit, würde sie nicht leben lassen. Er würde ihr Schmerzen bereiten, sodass sie schreien würde, und wenn er es nicht hier in der Gasse tat, würde er sie an einen anderen Ort bringen, von dem niemand wusste, außer er und an dem sie niemals jemand finden würde, auch wenn sie noch so schrie. „Ich habe durchaus Geduld, Lena. Ein Mensch wie ich braucht eine Menge davon. Das ist ein Vorteil für dich, aber der Nachteil ist dafür umso größer, wenn du meine Geduld verspielst. Ich gebe dir 5 Sekunden. Wenn du mir bis dahin nicht vor die Augen trittst, werde ich dich so lange suchen, bis du nicht mehr weißt, wohin du gehen sollst, bis du nicht mehr weißt, ob es sich noch lohnt, vor mir davon zu laufen. Aber Lena, stell dir doch einmal folgende Frage: Hat es sich *jemals* gelohnt, vor mir wegzulaufen, sich vor mir zu verstecken, mit mir zu spielen? Oder war es von Anfang an nichts anderes als ein fataler Fehler?" Stille. Lenas Gedanken rasten. Sie drehte langsam den Kopf, sah aber keine Möglichkeit, dem wahnsinnigen Mann zu entkommen. „Fünf", sagte dieser genau in diesem Moment und das Wort hallte leise aber mit Nachklang durch die Gasse. „Du hast meine Geduld verspielt." Lenas Herz setze kurz aus. Dann ging alles ganz schnell. Schritte wurden laut, die sich langsam, aber zielsicher auf sie zubewegten. Lena selbst konnte nicht reagieren, war wie gelähmt und plötzlich sah sie das Gesicht des Mannes, nur Zentimeter von dem ihren entfernt, das zu einem grotesken Grinsen verzogen war. Als er die Hand nach ihr ausstreckte, kniff Lena unwillkürlich die Augen zusammen. Sie wusste, dass jeder Widerstand zwecklos war. Eine Träne rollte an ihrer Wange hinab und das letzte das sie hörte war das höhnische Lachen des Mannes, bevor sie durch einen Schlag an den Kopf das Bewusstsein verlor.

80.Kapitel

Thiago stand neben dem Fenster und hatte den Blick nach draußen gerichtet. Die Sonne wanderte immer höher und er fragte sich, wie weit Lena gekommen war, wenn sie es geschafft hatte, zu entkommen. *Ob sie es überhaupt geschafft hatte.* Schritte hallten durch den Gang, jemand kam auf ihn zu. Thiago drehte den Kopf nicht. Seit er das Haus seines Vaters betreten hatte, hatte er ihn nicht mehr zu Gesicht bekommen. Es war ihm zwar gesagt worden, dass sein Vater ihn sehen wollen würde und mit ihm zu reden hatte, aber bislang hatte Thiago noch niemand gesagt, dass sein Vater ihn bereits erwartete. Jemand blieb neben ihm stehen. Immer noch wandte sich Thiago nicht um, er wartete. In seiner Kindheit war ihm beigebracht worden, dass er nicht zu sprechen hatte, bevor er aufgefordert wurde. Und diese Sitten hatte er bis jetzt nicht abgelegt, zumindest nicht im Kreise seiner Familie. Die Familie stand bei der Mafia an erster Stelle, wer seine Familie verriet, hatte das Leben nicht weiter verdient. So hatte man es Thiago erklärt. Der Junge neben ihm seufzte. Er war nicht viel älter als Thiago selbst, vielleicht zwei, drei Jahre. Mit Matteo hatte sich Thiago immer verstanden, bis zu dem Punkt, an dem es zu einer Auseinandersetzung zwischen den beiden gekommen war. Damals hatte Thiago den Auftrag erhalten, ein junges Mädchen zu töten, das die Familie im Stich gelassen und ihren Vater bei der Polizei gemeldet hatte. Diesem war nichts geschehen, da die Polizisten unter dessen Einfluss gestanden hatten. Aber als Thiago das Mädchen danach ausfindig gemacht hatte und sie zu töten versuchte, war Matteo dazwischengetreten. Zu dieser Zeit hatte Thiago Matteos Handeln als schwach empfunden. Jetzt befand er sich in der haargenau gleichen Situation, wie sein Cousin damals. „Er erwartet dich", sagte Matteo leise und endlich drehte Thiago sich um. Sein Cousin hielt den Blick gesenkt, mied den Thiagos, doch so konnte dieser die schwarze Träne sehen. Das Tattoo an seiner Wange war nicht größer als eine richtige Träne, bedeutete aber keineswegs Trauer. Diese tiefschwarze Träne stand für die Tatsache, dass er jemanden getötet hatte. Und eben diese Tatsache versetzte Thiago einen Stich. Er konnte sich denken, wer dafür sein Leben gelassen hatte. „Wie lang ist es her?", fragte er, ohne auf Matteos Aussage einzugehen. Sein Cousin hob den Kopf. „Du solltest wirklich gehen. Er wartet nicht gerne", antwortete er und versuchte, Thiago nicht in die Augen zu sehen. Dieser seufzte. „Er hat dich gezwungen, nicht wahr? Weil du mich daran gehindert hast, sie umzubringen." „Thiago hör auf." „Du hättest es geschehen lassen sollen!", rief Thiago aus, senkte dann aber die Stimme, „du hättest mich machen lassen sollen. Dann müsstest du jetzt nicht die Last tragen, die Gewissheit, dass du sie getötet hast!" Er merkte, wie Matteo anfing zu zittern. Thiago senkte den Kopf. „Na gut. Es lässt sich ohnehin nicht mehr rückgängig machen." Mit diesem Worten ließ er Matteo stehen und folgte dem Korridor einige Schritte. „Ein halbes Jahr." Thiago blieb stehen und drehte langsam den Kopf. Sein Cousin sah aus dem Fenster und schien in Erinnerungen versunken, sein

Gesicht schmerzverzerrt. Thiago wartete und sagte nichts. Matteos Augen wurden glasig, füllten sich mit Tränen, die er mit Mühe zu verbergen versuchte. Thiago sah sie trotzdem. „Sie war alles für mich. Sie hat meinem Leben einen Sinn gegeben. Sie..." Seine Stimme verlor sich und er sah Thiago an. „Sie hätte nie sterben dürfen. Egal durch wessen Hand", flüsterte er. Thiago blieb noch einen Moment, wo er war, dann trat er zu seinem Cousin und umarmte ihn, als Geste dafür, dass es ihm leidtat. Nach einem Augenblick der Ewigkeit sagte Matteo leise: „Geh jetzt. Er ist sehr ungeduldig." Nach diesen Worten löste er sich von Thiago, und ohne noch etwas zu sagen ging er schnellen Schrittes davon. Thiago sah, wie die Tür langsam zufiel. Und endlich, nach mehr als einem halben Jahr, verstand er seinen Cousin.

81.Kapitel

Es dauerte nicht lange, bis Thiago sich in dem riesigen Anwesen seines Vaters wieder zurrechtfand. Früher hatte er jeden Winkel, jede noch so verborgene Ecke gekannt und auch jetzt fand er mühelos den Weg bis zu einer unscheinbaren alten Holztür. Thiago schluckte. Er wusste nicht genau, warum sein Vater ihn hatte rufen lassen, aber er hatte eine Vermutung. Seine Hand zitterte, als er die halb verrostete Türschnalle hinunterdrückte und langsam die Tür öffnete. Der dahinterliegende, fast vollkommen schwarze Gang war Thiago erschreckend vertraut. Mit jedem Schritt, den er auf die Tür am anderen Ende des Korridors zutrat, wurde er langsamer. Sein Vater würde ihn zu Lena befragen. Thiago hatte sein Gesicht vor Augen, die Brauen hochgezogen, seine Miene so unergründlich und kalt, wie sie es immer gewesen war, der skeptische Blick, der ihm versicherte, dass sein Vater ihm nicht glaubte, egal was er sagte. Er würde enttäuscht von ihm sein. Er hätte Lena töten sollen. Sie zu töten, als sie noch nichts wusste, keinen Verdacht gehegt hatte, wäre das einzig Richtige gewesen. Aber Liebe war bekanntlich stärker als alles andere. Das hatte Thiago gelernt. Und das würde sein Vater ihm nicht verzeihen, denn ein Verstoß gegen die Regeln, die in der Familie einer Mafia galten, war nicht zu verzeihen. Thiago stand nun vor der Tür, die, im Gegensatz zu der vorherigen, wunderschön und ohne den geringsten Makel war und deren Türschnalle selbst in der Dunkelheit des Ganges noch matt leuchtete. Er hob die Hand, um durch ein höfliches Anklopfen seine Anwesenheit zu signalisieren, hielt dann aber inne. Und wenn sein Verstoß nun so groß war, dass sein Vater ihn nicht mehr als würdig erachtete zu leben? Wenn er ihn, ohne mit der Wimper zu zucken einfach kurzerhand töten würde? Und dass, obwohl er sein Sohn war? Bei diesem Gedanken rann es Thiago eiskalt den Rücken hinunter. Trotzdem klopfte er schließlich sachte an die Tür. Ein heiseres „Herein" veranlasste ihn dazu, die Tür zu öffnen. Der dahinterliegende Raum wurde von einer schwachen Lampe erleuchtet, die das Zimmer gerade so beleuchtete, dass man nicht erkennen konnte, wer hinter dem großen Schreibtisch am hinteren Ende des Raumes saß. Man konnte es erraten. Oder man wusste es. Mit gesenktem Kopf trat Thiago ein und schloss leise die Tür hinter sich. Es herrschte eisige Stille, Thiago wusste, er durfte das Gespräch nicht beginnen. Es war ihm nicht erlaubt. Eine Zeit lang brach niemand das Schweigen und Thiago sah nicht auf. Solange sein Vater ihn nicht dazu auffordern würde, würde er es auch nicht tun. „Mein Sohn", erklang in dem Moment dessen rauchige Stimme und passend dazu stieg Thiago der beißende Geruch von Zigarettenrauch in die Nase. Er hörte, wie ein Sessel knarzte, sein Vater musste aufgestanden sein; seine Schritte klangen durch den Teppichboden zwar nur gedämpft, waren aber dennoch zu hören. Thiago wurde umrundet, er blickte nicht auf. Ein leises Lachen, dann blieb sein Vater direkt vor ihm stehen. „Wofür, mein Sohn? Sag mir, wofür war das gut?" Thiago schwieg eisern, er wusste nicht, was er sagen sollte, ob es schlauer wäre, seinem Vater die Wahrheit zu sagen und dafür zu sterben, oder ihn anzulügen, nur um am Leben zu bleiben. Er hörte seinen Vater seufzen. „Sieh mich an", sagte er leise und Thiago tat ihm den Gefallen. Nicht weil er es wollte, sondern weil es klang wie eine Bitte und nicht wie ein Befehl. Das Gesicht seines Vaters verzog sich zu einem Lächeln, in dem Thiago tatsächlich einen Anflug von Erleichterung erkennen konnte. Warum, konnte er sich selbst nicht erklären. „Du hast lange durchgehalten", stellte er fest und Thiago nickte langsam. Der Blick seines

Vaters schweifte an ihm vorbei, hinaus aus einem kleinen Fenster. „Gleich wie sie." Dieser Satz traf Thiago. Augenblicklich spannte er sich an, was sein Vater bemerkte. „Ah, sie bedeutet dir also wirklich etwas? Nun gut, sonst wäre sie nicht mehr am Leben", sagte er und sah Thiago wieder in die Augen. „Aber ich frage dich, mein Sohn: Ist sie das wert? Dass du deine gesamte Familie im Stich lässt und sie, noch schlimmer, so sehr in Gefahr bringst, nur wegen eines Mädchens?" Er verstummte und wartete kurz. „Bist du willig, mir zu antworten?", fragte er dann und sah Thiago forschend an. Dieser zwang sich, ruhig zu atmen, bevor er sagte: „Sie ist mir wichtig Vater. Sie ist..." „...eine Gefahr für die Familie", beendete sein Vater seinen Satz. Augenblicklich verstummte Thiago und sah zu Boden. Wieder umrundete sein Vater ihn. „Ich sehe die Liebe in deinen Augen, du hast wahrlich ein gutes Herz mein Sohn. Aber du kennst die Regeln." Thiago nickte. Er wusste was jetzt kommen würde, er hatte oft genug zugesehen, was sein Vater mit den Leuten tat, die der Familie schadeten. Auch jetzt sah Thiago, ohne sich zu rühren, zu, wie er nach einem Revolver griff. Der Lauf derselben glänzte silbern, als Thiagos Vater den Revolver in der Hand drehte. Dann schritt er auf seinen Sohn zu, der immer noch bewegungslos dastand und es nicht wagte, ihm in die Augen zu sehen. Sein Vater hob den Revolver. „Es tut mir leid. Tief in mir sagt mir eine Stimme, dass es nicht richtig ist, meinen Sohn zu töten. Aber die Familie steht über allem", flüsterte er und Thiago glaubte, eine echte Träne neben der schwarzen, als Tattoo sichtbaren, zu sehen. Der Lauf der Pistole lag kalt an Thiagos Schläfe, der langsam die Augen schloss. Sein Schicksal war besiegelt, niemand würde es mitbekommen, was sich hier unter den Straßen von Rumänien abgespielt hatte. Thiago wartete auf den Schuss. Er dachte an Lena, dachte daran, wie sie lachte, ihn anlächelte und wie ihre Augen glänzten, wenn sie das tat. Thiago wartete auf die Erlösung. Er konnte es nicht ertragen mit der Wahrheit leben zu müssen, Lenas Leben zerstört zu haben. Vielleicht hatte sie schon längst keines mehr. Thiago wartete darauf, dass das elende Weglaufen ein Ende fand. Er wartete auf das Ende.

82.Kapitel

Matteo hörte den Schuss, obwohl er sehr weit von dem Ort entfernt war, an dem sich Thiago zur gleichen Zeit aufhielt. Oder aufgehalten hatte. Das Wissen, dass sein Onkel gerade seinen Cousin getötet hatte, versetzte Matteo einen schmerzhaften Stich. Er selbst hätte nie gedacht, dass er jemals wieder einen derart schlimmen Verlust miterleben musste, seit er gezwungen worden war, seine Freundin umzubringen. Er hatte sich damals geschworen, sich nie wieder jemandem anzuvertrauen, denn wenn er sich jemandem anvertraute, musste er diesem *wirklich* vertrauen können und wenn dem so war, musste diese Person Matteo sehr wichtig sein. Und wenn das wirklich der Fall sein sollte und er diese Person dann verlieren würde, wäre er selbst wieder an einem Tiefpunkt. Eine Träne rann an seiner Wange herab. Thiago hatte er vertraut. Und jetzt? Ein weiteres Mal hatte Matteo nun einen wichtigen Menschen in seinem Leben verloren. Das war für ihn der Beweis, dass das Leben einfacher war, wenn man es allein bestritt. Nie wieder würde er sich jemandem anvertrauen. Niemals. In einem dunklen Raum, der einst hell erleuchtet gewesen war, als seine Freundin noch gelebt hatte, kauerte sich Matteo auf das Bett und gab sich seinen Gefühlen hin.

83.Kapitel

Lena wusste nicht, wo sie war. Sie traute sich aber auch nicht, nachzusehen. Mit geschlossenen Augen saß sie auf einen Stuhl gebunden da und lauschte. Keine Atemzüge, keine Schritte. Nichts. Was Lena nicht wusste, war, dass sich tatsächlich noch jemand in diesem Raum befand, in dem sie glaubte, ganz allein zu sein. Aber derjenige war bewusstlos. Normalerweise müsste Lena dessen Atem hören, doch dieser war so schwach, dass sie es nicht realisierte. Lange saß sie da, ohne die Augen auch nur einen Spalt breit zu öffnen, bis sie sich sicher war, allein zu sein. Langsam und vorsichtig öffnete sie blinzelnd die Augen. Zuerst sah sie nichts, es dauerte eine Weile, bis sich ihre Augen an die Dunkelheit gewöhnten. Der höllische Schmerz, der sich auf einmal in ihrem Kopf ausbreitete, ließ Lena zusammenzucken. Der Schlag gegen ihre Schläfe war wohl härter gewesen, als sie es mitbekommen hatte. Wo war sie? Und was war passiert? Das Letzte, das Lena in den Sinn kam, war Thiagos verzweifeltes Rufen, dass sie laufen sollte. Wie weit war sie danach gekommen? Und wieso war sie jetzt hier? Lena versuchte sich zu konzentrieren. Und mit einem Mal überkamen sie die Erinnerungen so plötzlich, dass sie nach Luft schnappte. Die dunklen Gassen, der Psychopath, die erdrückende Angst und dann der Schlag auf den Kopf. Mittlerweile hatten sich Lenas Augen an die Dunkelheit, die in dem Raum vorherrschte, gewöhnt. Das Zimmer war fast vollkommen leer, nur in einer Ecke stand ein uralt wirkender Tisch und daneben ein nicht besser aussehender Stuhl. Ansonsten war nichts in dem Raum. Die unheimliche Stille wurde durch kein einziges Geräusch unterbrochen und Lena schauderte. Ein leises Stöhnen ließ sie zusammenzucken. Ihr Kopf fuhr herum, in die Richtung, aus der sie das Geräusch vermutete und wenn ihre Hände nicht hinter der Rückenlehne des Stuhls zusammengebunden wären, hätte sie sich eine Hand vor Entsetzen vor den Mund geschlagen: In der gegenüberliegenden Ecke lag ein Mensch, der genau in diesem Moment wieder zu sich kam. Als er sich aufrichtete, konnte Lena selbst im Dunklen des Raumes die langgezogene Wunde erkennen, die sich von einer Schulter quer über seine Brust zog. Es dürfte noch nicht lange her sein, dass man sie ihm verpasst hatte, das Blut war noch nicht geronnen, sondern glänzte noch leicht. Lena konnte den

Schmerz sehen, der sich in seinen Augen widerspiegelte. Der Mann brauchte etwas, bis er verstand, wer da auf dem Stuhl vor ihm saß. „Lena", sagte Alessandro und atmete schwer, „Ich hatte gehofft, dich hier nicht anzutreffen."

84. Kapitel

Thiago blinzelte. Die Pistole, die sein Vater vorhin noch an seine Schläfe gehalten hatte, rauchte leicht. Der Schuss hatte ein schwarzes Loch in der Mauer bewirkt, aber ansonsten... „Warum hast du nicht auf mich geschossen?", flüsterte Thiago, wusste, er hätte nicht sprechen dürfen, doch es war ihm egal. Er war dem Tod so nahe gewesen, dass es ihn wunderte, dass er noch lebte. Sein Vater schüttelte den Kopf. „Das schlimmste Verbrechen, dass ein Mann begehen kann, ist, sich gegen seine Familie zu stellen", sagte er leise, schloss die Augen, „und du bist Teil meiner Familie." Dieser Satz jagte Thiago einen Schauer über den Rücken. Sein Vater hatte auf eine Weise recht, die ihm nicht gefiel. Er würde eine Entscheidung treffen müssen und egal wie diese ausfiel, es würde mindestens eine Person geben, die starb, und das auf beiden Seiten. Und Thiagos Vater wusste das besser als alle anderen. „Ich gebe dir eine zweite Chance. Wenn du jene nicht anzunehmen weißt, bist du unserer Familie nicht würdig, mein Sohn", sprach er weiter und Thiago sah ihn an. Sein Vater legte ihm eine Hand auf die Schulter. „Entscheide weise, für wen du dich entscheidest." Mit diesen Worten führte er seinen Sohn aus dem Raum, den Gang zurück, nur um dann rechts in den nächsten Raum zu verschwinden.

85. Kapitel

„Alessandro, ich dachte du bist tot", sagte Lena, während dieser so gut es ging, versuchte, ihre Fesseln zu lösen. „Man stellt sich nicht gegen seine Familie", antwortete Alessandro verbissen und warf die Fesseln zu Boden. Als er versuchte aufzustehen, sank er stöhnend wieder zurück. Sofort war Lena bei ihm und half ihm, sich an die Wand zu lehnen. „Wie lange bist du schon hier?", fragte sie und betrachtete die Wunde. Alessandro lachte auf. „Weißt du, **er** ist nicht dumm. Nachdem wir hier angekommen sind und er mitbekommen hat, dass ich dir zur Flucht verholfen haben musste..." Mitten im Satz brach er ab. Lena wusste, was er sagen wollte, auch ohne, dass er den Satz vollendet hatte. Daraufhin folgte Schweigen. Lena wusste nicht, was sie sagen sollte und Alessandro sah gedankenverloren vor sich auf den Boden. Nach einer Weile fragte er, ohne sie anzusehen: „Wo ist Thiago?" Lena seufzte unwillkürlich und Tränen stiegen ihr in die Augen. Verschwommen nahm sie wahr, dass Alessandro sie von der Seite her ansah. „Ich verstehe. Du brauchst mir nicht zu antworten." Damit verfielen sie wieder in ein Schweigen, das erst gebrochen wurde, als hinter ihnen im Schloss der Tür ein Schlüssel rasselte. Erschrocken sprang Lena auf, Alessandro sah gehetzt durch den Raum. „Setz dich zurück auf den Stuhl!", kommandierte er und Lena brauchte nicht nachzufragen, warum, sie tat es einfach. Eine Sekunde, nachdem sie wieder saß, wurde die Tür aufgestoßen. Grelles Licht fiel in den bis dahin stockdunklen Raum und zwang Lena, die Augen zu schließen. Sie hörte, wie Alessandro nach Luft schnappte, dann schloss sich die Tür wieder. Trotzdem wusste Lena, dass sich nun noch jemand im Raum befand. Dieser Jemand bewegte sich nun leise und mit Bedacht gewählten Schritten auf Lena zu. Ihre Gedanken rasten. Sollte sie aufspringen? Die Tür war kein zweites Mal abgesperrt worden, das hätte sie gehört. Alessandro schien ihre Unschlüssigkeit zu bemerken, aber er traute sich nicht, etwas zu sagen. Derjenige, der eben den Raum betreten hatte, stand nun vor ihr und im Zwielicht versuchte Lena, ihn zu erkennen. Seine dunkelblonden Haare wirkte in dem Raum noch dunkler als sie es ohnehin schon waren und seine Augen wirkten ebenso dunkel wie leblos. Lena kannte den Jungen nicht. Er war etwa im gleichen Alter wie Thiago und es bestand eine gewisse Ähnlichkeit zwischen den beiden, trotzdem konnte sie sich nicht erinnern, ihn je gesehen zu haben. Und sie wusste auch nicht, auf wessen Seite er stand. Alessandro hatte sich erhoben und kam auf die beiden zu, gerade als Lena den Entschluss gefasst hatte, einfach wegzulaufen. „Lena, nicht. Warte." Lena stutzte. Alessandro schien den Jungen zu kennen, was Lena, wenn sie darüber nachdachte, nicht wunderte. Der Junge sah Alessandro an und nickte. Dann wollte er Lena von den Fesseln befreien, nur um festzustellen, dass sie längst nicht mehr an den Stuhl gebunden war. Der Junge sah Alessandro an und flüsterte ihm etwas zu, das Lena selbst in der ansonst herrschenden Stille nicht verstand. Sie stand zögernd auf. Alessandros Blick verfinsterte sich, soweit das noch möglich war. Das erweckte Lenas Skepsis. „Alessandro? Was ist los?", fragte sie, doch er antwortete nicht, schüttelte nur bedächtig den Kopf. Lena hob die Brauen. Sie wollte wissen was los war, was so Schlimmes passiert war, sodass man es ihr nicht sagen konnte. „Alessandro, bitte!", sagte sie noch einmal, doch anstelle von diesem antwortete der Junge: „Thiago ist tot." „Matteo!", rief Alessandro aus und sah ihn an. Matteos Augen blitzten. „Besser, dass sie es von mir erfährt, als von **ihm**!", entgegnete er und sah zu Lena, bemerkte die Tränen, die ihr in die Augen stiegen. „Danke, Matteo, großartige Leistung", sagte Alessandro, seine Stimme triefte vor Sarkasmus. Langsam sank Lena zurück auf den Stuhl. Dass Thiago tot war, wollte sie nicht wahrhaben. Eine Träne rann an ihrer Wange hinunter und sie schloss die Augen. Dass Matteo beruhigend auf sie einredete, realisierte sie gar nicht richtig. Erst als dieser alarmiert aufblickte und Alessandro ansah, kam Lena zurück in die Wirklichkeit. „Wir habe nicht mehr lange, *er* wird nicht ewig auf sich warten lassen. *Er* wird kommen, um dich zu töten", sagte Matteo an Lena gewandt, „oder schlimmeres." Wie in Trance stand Lena auf, Matteo musste sie stützen, damit sie nicht in sich zusammensank. Alessandro jedoch blieb sitzen. Lena drehte den Kopf. „Alessandro? Komm weiter, wir habe nicht viel Zeit!" Doch Alessandro schüttelte nur den Kopf. „Ich würde euch zur Last fallen", sagte er und seine Stimme brach. Als Lena protestieren wollte, ließ er sie nicht zu Wort kommen: „Lena, sieh mich doch an! Ich kann kaum gehen, man würde euch sehen, wenn ich bei euch bleibe!" Matteo sagte nichts, er wusste, dass sein Vater nicht mehr vom Gegenteil zu überzeugen war. Doch Lena gab nicht auf. „Es würde funktionieren, wir werden einen Weg finden, dich lebend hier rauszubringen..." Alessandro hustete und sah sie mit glasigen Augen an. „Lena, sei nicht so naiv." Im selben Moment wurden Schritte laut und Matteo zog Lena am Ärmel. „Wir müssen gehen." Als sie sich nicht bewegte, umrundete er sie, sodass er ihr die Sicht auf Alessandro versperrte und sie ihn ansehen musste. „Hör mir zu: Wenn du dich um alle Menschen um dich herum sorgst, wirst du nicht lange überleben. Glaub mir, ich spreche aus Erfahrung, ich habe meine Freundin an die Mafia verloren, und ich will nicht, dass irgendjemandem das gleiche Schicksal widerfährt wie mir. Aber wenn du der Meinung bist, allen helfen zu müssen, dann bitte. Ich werde dich nicht daran hindern. Aber ich will, dass du weißt, dass sich nicht immer jeder helfen lassen wird und dass das auch nicht immer so funktioniert wie du es dir vorstellst." Matteos Blick huschte zu seinem Vater. Alessandro lächelte ihn dankbar und gerührt an. Matteo sah wieder auf Lena. Diese hatte wieder Tränen in den Augen, nickte aber, ohne noch etwas zu sagen. Matteo warf seinem Vater ein letztes Mal einen kurzen Blick zu, dann stieß er die Tür auf, die nicht einmal knarrte und verschwand mit Lena aus dem Raum; Alessandro blieb allein zurück.

86.Kapitel

Draußen vor der Tür zog Matteo Lena sofort hinter die nächstbeste große Pflanze, die neben einem Fenster stand. Wer nur Sekunden später an diesem Fenster vorüberging konnte Lena nicht erkennen, aber sie wusste, dass es wohl besser war, dass sie denjenigen nicht gesehen hatte. Die Tür, aus der sie gerade gekommen waren, wurde aufgestoßen und mindestens drei Personen betraten den Raum. Lena hockte weiterhin hinter der Pflanze und wartete, doch Matteo wisperte ihr ins Ohr: „Komm weiter. Das willst du nicht hören." Zögernd erhob sich Lena und folgte Matteo, ohne den Blick von der Tür abzuwenden. Als Matteo das bemerkte, wollte er etwas sagen, doch dazu kam es nicht mehr. Ein qualvoller Schrei hallte im selben Moment durch das Haus, so markerschütternd, dass sich Lena augenblicklich die Ohren zuhielt. Matteo zog sie weiter, der Schrei verklang, nur um einige Augenblicke später wieder einzusetzen. Tränen füllten Lenas Augen, denn sie wusste, dass für Alessandro jegliche Hilfe zu spät käme.

87.Kapitel

Alessandro keuchte. Der Schmerz war unbeschreiblich groß, die Wunde wieder aufgesprungen, Blut tropfte in unregelmäßigem Abstand auf den Boden. Er zitterte, hielt den Kopf gesenkt. Aus dem Augenwinkel sah er Thiago, der mit leerem Blick neben seinem Vater stand und es nicht wagte, Einspruch zu erheben. Sein Vater kam auf Alessandro zu, bedeutete dem anderen Mann, der mit einem Messer neben ihm stand, auf die Seite zu treten. Vor Alessandro kniete er sich nieder. „Ich frage dich noch einmal: Wo ist sie? Und wie ist sie hier rausgekommen?", raunte er und seine Stimme war bedrohlich ruhig. Alessandro schüttelte den Kopf. „Ich weiß es nicht, ich habe nicht mitbekommen, dass sie jemals den Raum verlassen hat..." „Lügner!", fauchte der andere Mann und machte wieder einen Schritt auf Alessandro zu, doch Thiagos Vater hob die Hand, woraufhin der andere stehen blieb. Dann hob er eine Pistole. „Ich gebe dir noch einige Minuten Zeit, wenn du dann nicht bereit bist, mir eine Antwort zu geben..." Er entsicherte die Pistole und richtete sie auf Alessandro. Er aber blieb bei seiner Meinung. „Ich habe nicht bemerkt, dass sie verschwunden ist", beteuerte er und sah den Mafiaboss an. Dieser verdrehte die Augen und verstärkte den Druck der Pistole an Alessandros Stirn. Ein letztes Mal sah dieser zu Thiago, der mit sich zu kämpfen schien. Dann schloss er die Augen. Er hatte immer gewusst, dass er, wenn er Lena half, dafür bezahlen würde. Und er hatte gewusst, wie hoch der Preis war. „Du hattes deine Chance", hörte Alessandro dicht neben seinem Ohr, doch der

Schuss kam nicht. Stattdessen rief Thiago: „Nein! Ein Mann stellt sich nicht gegen seine Familie!" Alessandro öffnete die Augen. Thiago stand mit blitzenden Augen vor ihm und sah seinen Vater an, der die Pistole aber nicht senkte. Thiagos Blick huschte zu Alessandro. „Er ist dein Bruder", sagte er mit Nachdruck und da endlich ließ sein Vater die Pistole sinken. „Du bist wahrhaftig mein Sohn", murmelte er und sah dann wieder Alessandro an. „Steh auf!", befahl er und Alessandro konnte in seinen Augen sehen, dass es ihm schwerfiel, ihn am Leben zu lassen. Aber da war noch etwas anderes, das Alessandro stutzen ließ. Im Blick seines Bruders war ein seltsames Funkeln, welches ihm einen Schauer über den Rücken jagte. Er ließ es sich aber nicht anmerken, befolgte die Anweisung und stand auf. Sofort fand sich Thiago neben ihm ein, da der andere Mann, der sich mit ihnen im Raum befand, einen drohenden Schritt auf Alessandro zugemacht hatte. Sein Vater hob zwar die Brauen, sagte aber nichts, sondern wandte sich an seinen Bruder. „Was deine Aussage angeht, schenke ich dir keinen Glauben, Alessandro. Aber du bekommst die Chance, mich von deiner Ansicht zu überzeugen." Mit einem Nicken deutete er auf Thiago, der daraufhin kaum merklich zusammenzuckte. „Du wirst das Mädchen mit Thiago verfolgen. Wenn ihr wirklich zu eurer Familie steht, so wie ihr es zu behaupten mögt, dann werdet ihr sie zu mir bringen", schloss der Mafiaboss sein Anliegen und sah Alessandro direkt in die Augen. „Und denk nicht einmal darüber nach, ohne sie zurückzukommen, hast du verstanden? Sonst bist du es, der erfahren wird, wie es ist, zu sterben", sagte er und seine Stimme ließ Alessandro schaudern. Er nickte, sah Thiago an. Dieser erwiderte seinen Blick nicht, starrte nur stur geradeaus, bis sein Vater sich ihm zuwandte. „Mein Sohn, das gleiche gilt für dich. Es tut mir leid, aber ich habe fair zu sein", erklärte er und Thiago konnte Trauer in seiner Stimme hören. Mit einem mulmigen Gefühl im Magen antwortete er: „Ich werde dich nicht enttäuschen Vater. Nicht noch einmal." Als Antwort nickte der Führer der Mafia und bedeutete dem anderen Mann, ihm zu folgen. Bevor er den Raum verließ, wandte er sich noch einmal zu Thiago um. „Und eins noch: Ich habe viel mehr Vertrauen in dich als in meinen Bruder. Wenn er sich also gegen dich stellen sollte, wirst du ihn vom Gegenteil überzeugen und wenn nötig kann er durchaus durch eine andere Hand sterben, nicht zwingend durch meine. Hast du verstanden?", fragte er und diesmal war da keine freundliche Höflichkeit, es war keine einfache Bitte; es war ein Befehl gewesen, den nicht nur Thiago ohne weitere Erklärungen verstand. Alessandro zitterte, als der Blick seines Bruders ihn noch einmal streifte. Es war ihm bewusst, dass der Verrat, den er gegenüber seinem Bruder begannen hatte, tiefer saß, als er es wahrhaben wollte. Ein letzter Blickkontakt, dann verließ der Mafiaboss und der andere den Raum, die Tür schloss sich. Bevor Thiago etwas sagen konnte, kam Alessandro auf ihn zu und umarmte ihn. „Wir dachten du wärst tot", hauchte er und Thiago musste schmunzeln. „Ja, ich auch", erwiderte er. Alessandro ließ ihn los. „Wieso hat er dich am Leben gelassen?", fragte er und runzelte die Stirn. Thiago seufzte. „Ehrlich gesagt glaube ich, dass er Lena tot sehen will." Alessandro nickte. „Und dann hat er dir ein schreckliches Ultimatum gestellt, nicht wahr?" „Entweder sie oder die Familie, ja." Alessandro raufte sich die Haare. „Und wofür wirst du dich entscheiden?", fragte er vorsichtig und sah seinen Neffen von der Seite her an. Dieser atmete tief durch. „Ich liebe sie. Ich könnte sie nie töten", war das Einzige, das er sagte, dann verließ er den Raum. Alessandro folgte. Er wusste, dass sich Thiago bewusst war, für wessen Seite er sich entschied. Doch wofür würde sich Alessandro selbst entscheiden?

88.Kapitel

Matteo hatte Lena auf dem schnellsten Weg aus dem Haus gebracht und nun gingen sie, einige Kilometer weiter, durch die Gassen der Stadt, ohne ein Wort zu reden. Das Schweigen lag schwer in der Luft, doch Lena wagte nicht, es zu brechen. Alessandro lebte vermutlich nicht mehr, Thiago sowieso nicht. Matteo hatte gerade zwei wichtige Menschen in seinem Leben verloren, genau wie Lena selbst. Er würde nicht sprechen wollen, und sie verstand das. Doch zu ihrer Überraschung fragte Matteo plötzlich: „Hast du Alessandro gut gekannt?" Seine Stimme klang traurig und er sah sie nicht an, sondern starrte nur verbissen auf die gepflasterte Straße. Lena wusste zuerst nicht, was sie sagen sollte, wählte ihre Worte mit Bedacht. „Ich... also ehrlich gesagt nein. Er... ohne ihn würde ich wahrscheinlich nicht mehr leben. Hätte er mich nicht gehen lassen..., wenn er mich einfach ignoriert hätte, mir nicht geholfen hätte... dann würde er noch leben. Besser er als ich", fügte sie leise hinzu und verstummte. Matteo seufzte. „Du hattest Glück. Du kanntest ihn länger als ich. Er ist war Vater, ja, das schon. Aber ich kannte ihn kaum." Als Lena den Kopf drehte und ihn ansah, bemerkte sie eine Träne. „Warum nicht?", fragte sie vorsichtig. Dass Matteo seinen eigenen Vater fast nicht gekannt hatte, verstand sie nicht; nicht in diesem Zusammenhang. Matteo atmete tief durch. „Ich... er hatte viel zu tun. Immer. Sein Bruder... also Thiagos Vater, hat ihn immer für waghalsige Aufträge ausgesandt, er kann froh sein, dass er nicht schon viel früher gestorben ist." In seiner Stimme schwang ein wütender Unterton mit, so hart, dass Lena zusammenzuckte, es sich aber nicht anmerken ließ. Sie wartete. Es faszinierte sie, wie sich eine Familie, ein Clan wie dieser am Leben hielt. „Er hatte nie Zeit. Wie auch, wenn er sich den Befehlen seines Bruders widersetzt hätte, wäre er sofort getötet worden." Endlich sah Matteo Lena an. „Weißt du, das Leben einer Mafia ist gnadenlos. *Er* lässt dich nicht entscheiden, ob du dabei sein willst oder nicht; *er* gibt dir bloß die Wahl zwischen Leben und Tod." Lena schauderte unwillkürlich. Matteo merkte es und seufzte. „Tut mir leid. Ich weiß, wie schwer es zurzeit für dich ist. Aber solange ich lebe, verspreche ich dir, auf dich aufzupassen. Und wenn ich bei dem Versuch umkomme. Das bin ich Thiago schuldig." Mit jedem Wort war Matteo leiser geworden, die letzten hatte er nur noch geflüstert und doch hatte Lena sie gehört. Wieder stiegen ihr Tränen in die Augen, sie rollten an ihren Wangen hinab und Lena machte sich nicht einmal die Mühe, sie zu verbergen, geschweige denn wegzuwischen. Die Erinnerung an Thiago saß tief, die Trauer jedoch würde vermutlich nie vergehen. Lena spürte, wie Matteo sie in den Arm nahm. Und trotz der Lage, in der sie sich befand, fühlte sich Lena geborgen und geschützt.

89. Kapitel

Thiago verließ das Anwesen, dicht gefolgt von Alessandro. Dieser sah sich immer wieder nervös um, als fürchtete er, verfolgt zu werden. Thiago wurde nicht langsamer, ohne sein Tempo zu verändern durchquerte er den riesigen Garten, der zum Haus gehörte, und verließ auch diesen bald darauf. Alessandro war zwar einige Meter zurückgefallen, doch das kümmerte Thiago wenig. Das Einzige, das ihm in diesem Augenblick wichtig war, war, Lena zu finden, sie zu umarmen und zu küssen und nie wieder allein zu lassen. Nach den Anwesen von Thiagos Vater erstreckte sich ein Stück Wald vor ihnen und Erinnerungen kamen in Thiago hoch. Er versuchte, sie zu verdrängen, sich zu konzentrieren, doch vergebens. Im nächsten

Moment fand er sich auf einer Lichtung wieder, einer geschichtsträchtigen Lichtung, deren Geschichte nie passieren hätte dürfen. Vor sich sah Thiago ein Mädchen, das jetzt, da Thiago genauer hinsah, Lena erschreckend ähnlichsah. Neben ihm trat Matteo näher. Thiago stiegen Tränen in die Augen. In Matteos Hand blitzte die Klinge eines Messers auf und er ging langsam auf das Mädchen zu. Dann blieb er plötzlich stehen. Das Mädchen drehte den Kopf. „Matteo! Thiago... er... er wollte... warum?", rief es und fiel ihrem Freund um den Hals. Dieser blieb angespannt. Auch in seinen Augen konnte Thiago Tränen erkennen. Als Matteo nicht reagierte, fragte das Mädchen: „Matteo? Was ist los?" Der Junge hob das Messer. Seine Freundin drehte sich um, schrie. Auch Thiago schrie. Er schrie seinen Cousin an, er solle das Mädchen in Ruhe lassen, sich für sie einsetzen, sie nicht töten, doch Matteo hörte ihn nicht. Wie denn auch? „Thiago?" „Nein! Matteo, lass nicht zu, dass du deine Freundin tötest!", schrie Thiago verzweifelt. Das Bild mit seinem Cousin und dessen Freundin wurde unscharf, verblasste langsam. „Matteo! Hörst du? Lass das nicht zu!" „Thiago!" Das Bild verschwand vollends. Thiago stand nun bewegungslos und mit Tränen in den Augen auf der Lichtung, Alessandros Hand ruhte auf seiner Schulter. „Thiago?", fragte er abermals, „alles in Ordnung?" Thiago schüttelte langsam den Kopf, begriff, dass außer ihm und Alessandro niemand auf der Lichtung war. „Er hätte sie nicht töten dürfen", hauchte er kaum hörbar und atmete tief durch. Alessandro brauchte nicht nachzufragen. Er nickte bloß und zog Thiago weiter, weg von der Lichtung, weg von den schrecklichen Erinnerungen an Matteo und dessen Freundin. Ja, Thiago war damals dabei gewesen. Auch wenn Matteo es ihm untersagt hatte, er hatte es nicht ausgehalten, zu Hause zu warten. Vielleicht war es ein Fehler gewesen. Von Thiago. Dass Matteo einen Fehler gemacht hatte, wusste er mit Sicherheit. Aber man konnte es nicht rückgängig machen. Nichts würde sie jemals wieder zurückbringen, ganz gleich was man tat. Und damit sich dieses Schauspiel nicht wiederholte, riss sich Thiago zusammen. Er musste Lena finden, bevor es sein Vater tat.

90.Kapitel

„Verdammt noch mal, warum hebt er nicht ab?" Alessandro sah auf. Thiago hatte abermals versucht, Matteo zu erreichen, doch ohne Erfolg. Wenn Thiago gewusst hätte, dass Matteos Handy zu dieser Zeit im Flur draußen vor dem Raum lag, in dem Lena und Alessandro gefangen gewesen waren, hätte er nicht nochmals versucht, Matteo anzurufen. Doch er wusste es nicht. Alessandro seufzte. „Hoffentlich ist ihnen nichts passiert..." „Sag das nicht", knurrte Thiago und legte wiederum auf. Sein Onkel nickte und eine unheimliche Stille legte sich über sie. Sie waren immer noch nicht aus dem Wald herausgekommen und mittlerweile stand die Sonne wieder sehr tief am Himmel, nur noch einzelne Sonnenstrahlen fielen durch das dichte Laub der

Bäume. Der Wind ließ die Blätter rascheln und der kühle Luftstoß ließ Thiago frösteln. Bald würde die Sonne vollends verschwunden sein, und dann würde es schier unmöglich sein, Lena und Matteo zu finden. Auch Alessandro schien dies zu berücksichtigen, denn er sagte: „Lass uns weitergehen. Es wird bald dunkel." Wortlos setzte sich Thiago in Bewegung. Eins war ihm bewusst, er würde nicht ruhen, bevor er Lena nicht gefunden hatte, und wenn es noch so dunkel und kalt war und aussichtslos schien, dass er sie jemals wieder sah. Er würde sie finden. Koste es was es wolle.

91.Kapitel

Er hielt inne. Hatte *er* nicht eben ein Lied vernommen? Oder war *er* so verbissen, Lena zu finden und zu töten, dass *er* nun anfing zu halluzinieren? Langsam wandte *er* den Kopf wieder aus dem Fenster. Draußen sah *er* im Schein der untergehenden Sonne Thiago und Alessandro, die eben zwischen den Bäumen verschwanden. Gerade als *er* von dem Fenster abließ, hörte *er* es wieder. „So close, no matter how far", hallte es leise durch den Gang. *Er* kniff die Augen zusammen, folgte dem Gang. Eigentlich hatte *er* das Anwesen verlassen wollen, doch jetzt ging *er* genau in die entgegengesetzte Richtung der Eingangshalle. Das Lied hielt an. Diesmal klang es lauter. *Er* kam auf Matteos Zimmer zu. „Couldn't be much more from the heart." *Er* stieß die Tür auf. Der Raum war dunkel, er lag an der Nordseite des Hauses, kein Wunder also, dass hier kein Licht hinkam. *Er* sah sich um. Es dauerte etwas, bis sich *seine* Augen an die Dunkelheit gewöhnten. Als *er* den Lichtschalter betätigte, ertönte ein leises Summen, doch heller wurde es nicht; die Lampe musste kaputt sein. „Forever trusting who you are." *Sein* Blick fiel auf das Bett, das zu *seiner* Rechten stand. Auf dem verstaubten Bettbezug lag ein Handy. *Er* ging vorsichtig näher, streckte *seine* Hand danach aus. *Er* spürte das Vibrieren, das von dem Handy ausging, als *er* es ergriff und umdrehte. Das Display war nun die einzige Lichtquelle im Raum, doch das war *ihm* nun nicht wichtig. „And nothing else matters", drang der Klingelton zu *ihm*. Dann verschwand Thiagos Name vom Display und das Zimmer lag wieder in völliger Dunkelheit. Wäre es heller gewesen, hätte man das triumphierende Lächeln gesehen, das auf *seinen* Lippen lag.

92. Kapitel

Lena zitterte. Es war eiskalt. Matteo hatte ihr zwar seine Jacke gegeben, aber fiel wärmer war ihr dadurch nicht. Zum einen war es mitten in der Nacht und zum anderen hatte es vor einer Viertelstunde angefangen zu regnen. Mittlerweile nieselte es nur noch, aber Lenas Kleidung war nass und der kalte Wind, der durch die Bäume blies, machte es nicht besser. Vorsichtig drehte Lena den Kopf. Matteo saß neben ihr, die Augen geschlossen, an den

Baumstamm gelehnt und schien zu schlafen. Lena wusste es besser. Sein Atem ging viel zu unregelmäßig, als dass er wirklich schlafen würde. In Wirklichkeit war er aufmerksam und ständig in Alarmbereitschaft, achtete auf jedes noch so unscheinbare Geräusch, lauschte. Eigentlich hätte sich Lena unsicher und schutzlos fühlen sollen. Immerhin saß sie mitten in Rumänien nachts unter einem Baum und wurde von einer Mafia verfolgt. Großartige Voraussetzungen für ein wehrloses Mädchen wie sie. Sie seufzte. Daraufhin spitzte Matteo die Ohren und öffnete die Augen. „Alles in Ordnung?", fragte er im Flüsterton und Lena versuchte ein Lächeln. „Soweit das möglich ist", antwortete sie und richtete ihren Blick in die Ferne. Matteo sah sie von der Seite her an. „Bist du... ich meine... vermisst du ihn?" Lena atmete scharf ein und Matteo senkte betroffen den Blick. „Tut mir leid, du musst nicht... ich wollte nicht..." „Ist schon ok." Lena seufzte wieder. „Ja. Ich vermisse ihn. Weißt du, es ist ein schreckliches Gefühl zu wissen, dass er tot ist. Und Alessandro auch." Nun war es an Lena, wissend dass sie die letzten Worte nicht hätte sagen sollen, den Blick zu senken. Diese wortlose Geste nahm Matteo als Entschuldigung. Er selbst ging nicht mehr darauf ein, sondern schloss wieder die Augen. „Du solltest auch versuchen zu schlafen", riet er Lena, ohne sie anzusehen. Diese wandte sich ihm zu. „Ich kann nicht. Die Nacht so ungeschützt in Rumänien zu verbringen...", hauchte sie. Zu ihrer Überraschung lächelte Matteo. „Versuch es. Ich passe auf dich auf", versprach er, woraufhin Lena die Augen schloss. „Und wer passt auf dich auf?", murmelte sie und unterdrückte ein Gähnen. Matteos Lächeln gefror. „Die Nacht, wenn man so will", antwortete er.

93.Kapitel

Thiago fühlte sich beobachtet. Immer wieder sah er sich um, nur um festzustellen, dass hinter ihm nichts war, außer den hohen Bäumen, die im Wind knarrten und ächzten unter dem Gewicht der nassen Blätter. Neben ihm ging Alessandro, der wieder und wieder gähnte und die Augen halb geschlossen hielt; Thiago wunderte sich, dass sein Onkel überhaupt noch gehen konnte. Er selbst wäre ja auch gerne einfach ohne Weiteres irgendwo stehen geblieben, um dort die restliche Nacht zu verbringen, doch er wusste, dass er sich, wenn er Lena so schnell wie möglich finden wollte, nicht Schlafenlegen konnte. Er machte sich Sorgen. Und diese Sorgen trieben ihn weiter. Alessandro folgte ihm bis aus einen Meter Abstand. Bis jetzt hatte er nicht viel gesagt, doch nun murmelte er leise: „Thiago, es bringt sich nichts, hier um Dunkeln herumzuirren. Bestenfalls übersiehst du sie." Thiago hörte nur halb zu. Mit zusammengekniffenen Augen starrte er ihn die Dunkelheit, achtete auf jedes Geräusch. „Thiago?", fragte Alessandro, in seiner Stimme schwang ein nervöser Unterton mit, „Ist da jemand?" Thiago versuchte, etwas zu erkennen. Er hätte schwören können, dass sich die Äste des Busches eben bewegt hätten... Es hätte gleich gut der Wind sein können, der durch die Blätter pfiff, nur leider wehte kein Wind. „Thiago?" Thiago löste den Blick von der Stelle, an der er gerade jemanden vermutet hatte, und sah seinen Onkel an. „Du hast recht. Es hilft uns nichts, wenn wir nicht sehen, wohin wir überhaupt gehen." Die Erleichterung war Alessandro ins Gesicht geschrieben. „Wir übernachten bei meiner Mutter", verkündete er. Dabei klang seine Stimme merkwürdig rau und verhältnismäßig laut. Eigentlich müsste seine Mutter Thiagos Oma sein. Doch da deren Mann nicht nur ein Kind mit Alessandros Mutter, sondern auch ein weiteres mit Thiagos leiblichen Großmutter gezeugt hatte, war Alessandros Mutter in keiner Weise mit Thiago verwandt. Zumindest nicht blutsverwandt. Sie hatte sich entschieden, dass sie nichts mit der Mafia von Thiagos Vater zu tun haben wollte, was vielleicht daran lag, dass eben diese vom Sohn ihres Mannes geführt wurde. Und dieser Sohn stammte aus einer Affäre von ihrem Mann und einer völlig unbekannten anderen Frau. Vielleicht hegte sie deshalb einen solchen Hass ihm gegenüber... „Ok." Thiago nickte und folgte seinem Onkel, der mit eingezogenen Schultern und gesenktem Blick vor ihm herging.

94.Kapitel

Er wagte nicht zu atmen. War er gesehen worden? *Er* würde ihn töten, wenn er diesen Auftrag nicht auszuführen wusste. Doch Thiago sah ihn nicht. „Ok" vernahm er von dem Jungen, dann entfernten sich Schritte. Er verharrte bewegungslos. Ja, das konnte er. Es war nicht das erste Mal, dass er den Auftrag erhalten hatte, Thiago zu beschatten. Er wusste, worauf er zu achten hatte. Er hatte jahrelange Übung hinter sich. Doch Thiago war überaus vorsichtig geworden, seit er ein Auge auf Lena haben musste. Von Anfang an hätte *ihm* bewusst sein müssen, was für ein Fehler es sein konnte, wenn *er* Thiago nach Deutschland schickte. Es war *seine* Schuld, dass *sein* Sohn nun gegen *ihn* spielte. Es war still. Unheimlich still. Dann wagte er sich aus seinem Versteck.

95.Kapitel

Alessandros Mutter war dermaßen komisch, dass Thiago die ganze Nacht allein verbrachte, während sich Alessandro mit ihr unterhielt und lauthals lachte. In Gedanken war er bei Lena. Vielleicht lebte sie gar nicht mehr. Thiago hatte große Angst um sie. Immerhin war Rumänien sehr gefährlich, um nicht zu sagen tödlich, und sie war ganz allein da draußen irgendwo in diesem gottverdammten Land und er war hier bei einer schusseligen kleinen Frau und deren Sohn, der mittlerweile so schien, als hätte er jegliche Unterstützung an Thiago bereits aufgegeben. Ganz allein war Lena zwar nicht, aber Thiago hatte gesehen, wie sein Cousin, ohne mit der Wimper zu zucken, ein Mädchen ermordet hatte;

seiner Familie zuliebe und Thiago zweifelte nicht daran, dass Matteo davor zurückschrecken würde, es wieder zu tun. Der Junge sah auf. Gegenüber von dem uralten Bett hing ein fast vollkommen verstaubter Spiegel. Thiago blickte seinem Spiegelbild in die Augen, sah dessen Gesicht. Keine schwarze Träne als Tattoo, nein, das nicht. Aber dort, wo zu viele seiner Verwandten das Abbild der Träne trugen, rollte nun eine echte an Thiagos Wange hinab. Er wischte sie weg. Er würde keine Schwäche zeigen. Er würde Lena finden. Er würde ihr zur Flucht verhelfen und dann seinen Vater davon überzeugen, sie einfach ziehen zu lassen, da sie in einem anderen Land nicht mehr viel Schaden anrichten konnte. Sein Vater würde ihm ziemlich sicher keinen Glauben schenken, doch das war ihm egal. Versuchen würde er es trotzdem. Solange es eine Möglichkeit gab, Lena zu retten, würde er sie nicht unversucht lassen. Mit diesem Gedanken und Lenas Lachen, das in seinem Kopf widerhallte, fiel Thiago in einen unruhigen Schlaf.

96.Kapitel

Mitten in der Nacht wurde Thiago von Stimmen geweckt. Er blinzelte verschlafen und richtete sich mühsam auf. Der Mond schien durch die Löcher im Vorhang, der das große Fenster verdeckte und erhellte den Raum ein wenig. Thiago gähnte. Langsam gewöhnten sich seine Augen an das schummrige Licht und wieder fiel sein Blick auf den

Spiegel. Sich selbst sah er diesmal nicht, dafür blitzte der Mond darin auf und blendete Thiago für einen kurzen Moment. Er neigte den Kopf und das Licht verschwand aus seinem Blickfeld. Dann hielt Thiago inne. Die Stimmen waren verklungen und kurz dachte er, er hätte sie sich nur eingebildet. Doch dann setzten sie wieder ein. „Du musst es ihm sagen!" „Bist du nun völlig übergeschnappt? Ich werde ihm nie wieder in die Augen sehen können!" Dann war es wieder still. Thiago hielt den Atem an. Alessandros Stimme war unverkennbar. „Aber Alessandro, willst du wirklich, dass das passiert? Du könntest ihn nicht tot sehen." Diese Stimme gehörte Alessandros Mutter. Thiago wusste, dass sie über ihn redeten. Wieder seufzte Alessandro. „Besser er als ich", sagte er und Thiagos Herz setzte kurz aus. Im Nebenraum hörte er Alessandros Mutter nach Luft schnappen. „Du bist ein Narr, Alessandro! Du würdest deinen eigenen Neffen einfach... das kannst du unmöglich... das ist nicht richtig..." „Sag du mir nicht, was richtig ist und was nicht!", unterbrach Alessandro die Frau. Thiago zögerte kurz, schob dann aber seine Tür langsam auf und spähte auf den Gang hinaus. Dieser war leer. „Alessandro, hör mir doch zu! Er ist dein Neffe, du kannst nicht einfach sein Leben zerstören, nur weil..." „MEIN Leben war perfekt. Ich bin nicht derjenige, der etwas zerstört!", fauchte Alessandro und Thiago zuckte zusammen. Er näherte sich dem Raum, aus dem die Stimmen zu ihm drangen. Plötzlich war es vollkommen still und man hörte nichts mehr, nicht einmal einen Atemzug. „Du würdest ihn nicht töten können. Belüg dich nicht selbst", sagte Alessandros Mutter. Daraufhin wieder Stille. Die Tür stand einen Spalt breit offen, Thiago schlich noch näher und spähte durch diesen Spalt in den dahinterliegenden Raum. Vor Entsetzen hätte er fast aufgeschrien. Alessandro stand da, die Hand erhoben, in der er den Revolver hielt und zielte auf seine Mutter, die mit tränenden Augen in der Mitte des Zimmers stand. „Du würdest nicht schießen. Das würdest du nicht", brachte sie heraus, doch der unsichere Unterton in ihrer Stimme war nicht zu überhören. Alessandros Stimme war gefährlich ruhig, als er wieder sprach. „Sagt wer?" Sie zuckte zusammen, hielt den Kopf jedoch erhoben. „Ich. Als deine Mutter." Thiago meinte, Alessandro zögern zu sehen, doch nicht für lange. „Ich kann nicht zulassen, dass du ihn warnst. Er darf nicht wissen, dass ich nicht mit ihm sondern gegen ihn spiele. Aber lass dir gesagt sein, es ist nur zu unserem Besten..." „Zu DEINEM Besten! Nicht zu unserem! Du hast dich verändert Alessandro. Du bist hart geworden. Und kalt. Und jetzt schreckst du nicht einmal mehr davor zurück, deinen eigenen Neffen zu töten, du selbstverliebter, egoistischer..." Der Schuss kam, bevor sie auch nur schreien konnte. Thiago schnappte nach Luft. Langsam sank Alessandros Mutter in sich zusammen und blieb am Boden liegen. Blut färbte ihr weißes Nachthemd rot, genau dort, wo die Kugel sie getroffen hatte. Das Entsetzen über ihren Sohn stand ihr immer noch ins Gesicht geschrieben, selbst wenn das Leben langsam aus ihr wich und in die Nacht entflog.

Thiago stand noch kurz vor der Tür, sein Blick hing an dem toten Körper der Frau, dann stürzte er davon.

97.Kapitel

Es war das erste Mal, dass Lena den Sonnenaufgang in Rumänien sah und ihn richtig wahrnahm. Bis jetzt hatte sie ihn nie ansehen können, ohne auf der Flucht zu sein. Genau genommen war sie auch jetzt auf der Flucht, aber trotzdem nahm sie ihn wahr. Warum, wusste sie nicht. Aber er war schön. „Schon wach?", fragte Matteo und unterbrach damit die Stille, die bis eben über der Stadt gelegen hatte. Lena seufzte. „Ich habe nie wirklich geschlafen", gestand sie. Matteo schüttelte den Kopf, sagte aber nichts. Damit gewann die Stille wieder die Oberhand. „Und was machen wir jetzt?", fragte Lena dann plötzlich, da sie sich unwohl fühlte. Matteo sah sich um. „Ehrlich gesagt, weiß ich das nicht. Ich hatte die Idee, dich irgendwie über die Grenze zu bringen, aber das wird sie nicht aufhalten..." Lena nickte. Tatsächlich würde Thiagos Vater nicht davor zurückschrecken, ihr in ein anderes Land zu folgen, es wäre sowieso nicht das erste Mal. Erinnerungen an die Flucht aus Deutschland kamen in Lena hoch und wieder wurde ihr schmerzlich bewusst, wie sehr sie Thiago vermisste. Und auf der anderen Seite wusste Lena nicht, wohin sie gehen sollte, wenn sie erst einmal wieder zu Hause war. Schließlich war ihre Mutter tot, Jan ebenfalls und Lukas war auch umgebracht worden. Ohne dass sie es merkte, füllten sich Lenas

Augen mit Tränen. Sie bemerkte, wie Matteo sie von der Seite her ansah. „Alles in Ordnung?", fragte er, doch Lena war unfähig zu reagieren. „Lena?" Matteos Stimme klang nun dringlicher und daraufhin sah Lena ihn an. „Vielleicht... vielleicht bringt es sich einfach nichts mehr", hauchte sie. Matteo kniff die Augen zusammen. „Wie meinst du das? Was bringt sich nichts mehr?" Lenas Blick schweifte wieder in die Ferne. „Vor *ihm* davonzulaufen." Stille. Das Einzige, das nun noch zu hören war, war Matteos unregelmäßiges Atmen. „Sag das nicht", brachte er dann heraus. „Wieso? Es stimmt doch. *Er* wird mich finden. Egal wo ich bin. Und wenn *er* mich findet, findet *er* dich und *er* wird uns beide töten", widersprach Lena, woraufhin Matteo seufzte. „Schau dir an, wie weit wir gekommen sind. Du hast bis hierher überlebt, jetzt aufzugeben wäre sinnlos." „Thiagos Tod war auch sinnlos!", rief Lena aus. Eine Träne rollte an ihrer Wange hinab, „Es hat keinen Sinn mehr, Matteo, versteh es doch!" Matteo wartete. Nun mit Lena zu diskutieren wäre ohne Erfolgt gewesen, und das war ihm klar. Er wusste, dass er sie davon abbringen musste, dass sie aufgab. Das wäre ihr Tod. „Thiago wollte dich beschützen, er hat sich für dich geopfert. Sein Tod war nicht sinnlos, also lass ihn nicht sinnlos werden!", sagte Matteo schließlich und wandte sich dann ab. Es war ihm bewusst, dass er diesen Satz ziemlich hart gesagt hatte, aber anders hätte dieser seine Wirkung nicht erzielt. Und in dem Fall war das wichtig. Er hörte, wie Lena nach Luft schnappte. Sie hatte nicht erwartet, dass Matteo etwas Derartiges sagen würde. Matteo sah sie nicht an, ließ sie in Ruhe nachdenken. Es dauerte etwas, bis Lena wieder sprach und dabei klang ihre Stimme leise und kraftlos. „Dann hoffe ich mal, dass du einen Plan hast, damit ein weiterer Tod nicht für sinnlos gehalten werden kann."

98.Kapitel

Thiago stöhnte auf. Sein Knöchel schmerzte. Seitdem er das Haus verlassen hatte, indem er aus dem Fenster im ersten Stock geklettert war, fühlte sich sein Fuß an, als würde jemand ein Messer ganz langsam durch ihn durchschieben. Das Auftreten bereitete ihm Schmerzen. Trotzdem humpelte er durch die Straßen. Die Hoffnung, Lena in dem Gewirr aus Gassen und Seitenstraßen zu finden, schwand und war allmählich kleiner als die Angst, von Alessandro gefunden zu werden. Thiago hatte zwar realisiert, dass sein Onkel ihn töten wollte, aber wahrhaben wollte er es nicht. Der Kiesweg knirschte, als würde jemand über ihn gehen. Doch Thiago stand ruhig an einer Hausmauer im Schatten. Alarmiert blickte er sich um. Mittlerweile war die Sonne schon über die Dächer der Häuser gestiegen und die Bewohner von Bukarest kamen heraus auf die Straßen. Vielleicht schenkte Thiago den Schritten, die ihn schon seit einiger Zeit verfolgten, keine Beachtung, oder aber er wollte es einfach nicht. Vielleicht war es ihm bereits egal. Jedenfalls kam er zu dem Entschluss, dass er Lena hier nicht finden würde. Er stieß sich von der Hausmauer ab und tauchte in die Menschenmenge ein. Er war es gewohnt, in den Straßen Rumäniens zu verschwinden, er hatte seine Jugend damit verbracht. Oft hatten er und Matteo von dem Haus seines Vaters aus im Umkreis von weniger als 1km verstecken gespielt. Dadurch kannte Thiago die Gassen besser als irgendjemand anders. Da fiel sein Blick auf einen Mann, der ihm auf eine unheimliche Art und Weise bekannt vorkam. Er schien Thiago zu beobachten, obwohl dieser durch die schwarze Sonnenbrille nicht einmal sehen konnte, ob er ihn überhaupt ansah. Ein Schauer jagte Thiagos Rücken hinunter und er wandte sich langsam ab. Er bemerkte, dass er zitterte und versuchte, sich selbst zu beruhigen, atmete tief durch. Als er nochmals kurz den Kopf drehte, war der Mann verschwunden. „Mensch Thiago! Es gibt so viele Menschen in diesem verdammten Land, warum sollte dieser Mann genau dich beobachten?", murmelte Thiago mehr zu sich selbst und ging, in Gedanken versunkten, weiter. Weit kam er nicht. Eine Menschenmenge versperrte ihm plötzlich den Weg. Es war zwar normal, dass sich tagsüber viele Leute auf den Straßen aufhielten, aber dass so viele auf so plötzliche Art und Weise auf einer Stelle standen, war Thiago noch nicht untergekommen. Der Junge überlegte, die Menge zu umrunden, indem er über die Dächer kletterte, als ihn auf einmal eine Frau ansprach. „Warst du es?" Ihre Stimme klang kalt und rau und so rauchig, dass Thiago die Frage beinahe nicht verstanden hätte. Ihre Haare waren von einem hellen Grau und ihre Augen waren nicht minder aschfahl als es ihre Haut war. Nur das wütende Blitzen darin verlieh ihr etwas Unheimliches, beinahe Furchterregendes. Thiago wich unwillkürlich einen Schritt zurück. „Was soll ich gewesen sein?", fragte er betont vorsichtig und blickte sich kurz und hektisch um. Die Frau hob die Hand. „Das war ein Geständnis!" Sie taumelte weiter auf ihn zu, so weit, dass Thiago ihren faulen Atem riechen konnte. „Mörder!", fauchte sie ihm ins Gesicht und bevor er reagieren konnte, fuhr sie ihm mit der Hand über das Gesicht. Ob Thiago geschrien hatte, wusste er nicht mehr. Jedoch waren ihre Fingernägel derart scharf, dass sie ihm in die Haut schnitten. „Anders hast du es nicht verdient! Du bist ein gottverdammter Mörder, nichts anderes!", wütete die Frau weiter und Thiago wich wiederum einen weiteren Schritt zurück. Blut rann ihm in die Augen. Trotzdem blinzelte er es einfach weg, er musste einen klaren Kopf bewahren. Diese Frau war verrückt, er hatte nichts getan, wofür er zur Rechenschaft gezogen werden musste. Als sie ein weiteres Mal ausholte, sprang Thiago zur Seite, ergriff die Regenrinne eines Hauses und zog sich behände nach oben. Unten hörte er die Frau fluchen, doch er schenkte ihr keine Beachtung mehr, sondern lief über das Schrägdach weiter. Dann hielt er inne und spähte über die Dachkante nach unten. Von oben war es ihm ein Leichtes, den gesamten Schauplatz zu überblicken, auch wenn er sich nun wünschte, es nicht getan zu haben. Der kleine Hauptplatz war ein einziges Schlachtfeld. Überall an den Steinen des Gehweges klebte Blut, war in den Abfluss geronnen und hatte Hausmauern bespritzt. Doch das war bei Weitem nicht das Schlimmste. Auf den blutverschmierten Pflastersteinen lag der Körper eines Menschen; still und regungslos. Es war ein Mädchen. Thiagos Herz setzte aus und er wäre beinahe vom Dach gefallen. Die Haare des Opfers waren zwar mit Blut beschmiert, dennoch blitzte das dunkle Braun der Haare noch durch die roten Flecken hindurch. Auch die Gesichtszüge und sogar die Augenfarbe des Mädchens glichen Lena fast aufs Haar. Thiago schossen die Tränen in die Augen und sofort kletterte er über denselben Weg, den er heraufgekommen war, wieder nach unten. Die Tränen erschwerten ihm die Sicht, doch er blinzelte sie weg. Er drängte sich durch die Menschen, vorbei an der alten Frau von vorhin, achtete nicht darauf, dass er in Blutlachen stieg. Erst als er sich der Leiche näherte vielen ihm die kleinen, aber entscheidenden Unterschiede auf. Eine Brille lag mit zersprungenen Gläsern neben dem Mädchen am Boden und die Haare fielen ihr in einem Pony in die Stirn – nur durch das Blut klebten sie ihr nun seitlich am Kopf. Thiago atmete aus. Er bedauerte einerseits, dass dieses Mädchen gestorben war, aber andererseits war er einfach nur erleichtert, dass es sich bei ihr nicht um Lena handelte. Der Junge erhob sich wieder langsam, nachdem er sich vorher neben das Mädchen gehockt hatte. Er wollte gerade wieder umdrehen und gehen, als ihm etwas auffiel. Ein kleiner Zettel Pergament, wie man es aus alten Ritterfilmen kennt, lag neben der Toten, darauf eine weiße Rose, die mit vom Blut roten Spritzern übersät war. Thiago wunderte sich zwar, warum den Zettel noch niemand gesehen oder geborgen hatte, trotzdem hatte er einen schrecklichen Verdacht. Wie in Trance griff er nach dem Pergamentpapier.

Kommt dir das nicht bekannt vor? Diese Augen? Diese Haare? Hätte Lena sein können, nicht wahr? Ich dürfte es eigentlich nicht sagen, aber ich für meinen Teil finde jedoch, dass das ganze Spiel weitaus mehr Spaß macht, wenn du weißt, was auf dich zukommt. Das Einzige, was ich will, ist, dieses Mädchen tot zu sehen, und so wie ich dieses Mädchen vor deinen Füßen getötet habe, werde ich auch nicht zögern, Lena zu töten. Aber das weißt du. Das ist nichts Neues. Aber du kannst dir nicht vorstellen, wie dieses Mädchen vor dir geschrien hat, sich gewunden hat, mich angefleht hat, es gehen zu lassen und gefragt hat, was es getan hätte. Weißt du, und das ist das Lustige an der Sache ist: Sie hat gar nichts getan. Aber nur eine einzige falsche Idee könnte eine Idee sein, die zum Tod führt. Kennst du das nicht auch? Und Thiago, was für dich noch relevant ist: Ich würde nicht zurückschrecken, nach Lena auch dich schreien zu hören. Schließlich bist du auf dem besten Weg, deine gesamte Familie zu hintergehen – falls du das nicht schon längst getan hast!

Wut kochte in Thiago hoch. Das war doch krank. Er wusste genau, wer ihm diese Nachricht hinterlassen hatte und warum. Dieser psychopathische Mann auf der Seite seines Vaters würde in der Tat nicht ruhen, bevor er Lena gefunden und getötet hatte. Und wenn Thiago sie nun weitersuchte, wäre das sein Todesurteil. Doch in ihm regte sich etwas, das er schon längere Zeit nicht verspürt hatte: Hoffnung. Wenn der Psychopath diese Nachricht hinterlassen hatte, nachdem er das Mädchen umgebracht hatte, dann bedeutete das, dass er Lena noch nicht gefunden hatte, sonst hätte er sich nicht die Mühe gemacht, Thiago die Nachricht überhaupt zukommen zulassen. Der Junge schluckte. Er hatte immer gewusst, dass der Moment kommen würde, an dem er sich zwischen seiner Familie und Lena entscheiden musste, aber dass es so schwer und gleichzeitig schmerzlich sein würde, hatte er nicht erwartet. Thiago straffte die Schultern und knüllte das Pergament zusammen, bevor er es einsteckte. Er würde Lena nicht aufgeben. Niemals. Entschlossen stieg er über den toten Körper des Mädchens und über die Rose, die nach wie vor blutgetränkt neben ihr lag.

99. Kapitel

Lena folgte Matteo mit gesenktem Blick. Mittlerweile hatten sie den Wald verlassen und seither hatte das Mädchen vollends die Orientierung verloren. Matteo dagegen fand sich in den engen

Gassen tadellos zurecht und führte Lena zielsicher hindurch. Spätestens an dieser Stelle hätte sie dem Jungen ohne Weiteres vertrauen müssen... Die Sonne stand tief am Himmel und die Häuser warfen bereits lange Schatten, trotzdem waren noch erstaunlich viele Menschen auf den Straßen unterwegs. Unter anderen Umständen hätte sich Lena wahrscheinlich weiter umgesehen und vielleicht sogar Neugierde verspürt, doch nun fühlte sie sich beobachtet und zog unwillkürlich jedes Mal, wenn sie an einer Gruppe von Leuten vorbeikamen, den Kopf ein. Auch Matteo wirkte unruhig. Immer wieder sah er sich nervös um, als vermutete er, verfolgt zu werden. Lena ging es nicht anders. Ständig glaubte sie, eine Gestalt im Schatten eines Hauses stehen zu sehen, aber immer, wenn sie blinzelte und noch einmal genauer hinsah, war diese verschwunden. Lena hatte Matteo ein paar Mal darauf aufmerksam gemacht, hatte es aber irgendwann aufgegeben, da keiner von beiden etwas im Schatten ausmachen konnte. Die Sonne sank stetig tiefer und langsam wurde es dunkel. Matteo warf einen prüfenden Blick gen Westen. „Lange haben wir nicht mehr", entschied er, „Wir sollten zusehen, dass wir eine Bleibe für die Nacht finden." Lena nickte nur, zu müde, um zu antworten, und sie gingen schweigend weiter, bis Matteo mit einem Mal scharf abbog und Lena abrupt mit sich zog. Diese wollte gerade protestieren, doch Matteo legte ihr eine Hand auf den Mund und wies lautlos in die Richtung, aus der sie gekommen waren. Dort fuhr just in dem Moment ein Auto in Schritttempo an der

Seitengasse vorüber, in der Matteo und Lena standen. Durch die verdunkelten Scheiben des ebenso dunkel gefärbten Mercedes konnte sie zwar nicht erkennen, wer im Wagen saß, doch allein die Marke desselben sagte einiges. Für einen Augenblick fürchtete Lena, das Auto würde anhalten und sie und Matteo entdecken, doch sie hatten Glück: Wenn auch nur langsam rollte der Mercedes an der Gasse vorbei, ohne sie auch nur eines Blickes zu würdigen. „Du kannst wieder atmen", sagte Matteo einige Minuten darauf dicht neben Lenas Ohr und diese bemerkte, dass sie die ganze Zeit über unbeabsichtigt die Luft angehalten hatte. Sie atmete hörbar aus und sog dann die kalte Luft ein, die die Nacht mit sich brachte. Ihr Herz raste immer noch und sie zwang sich ruhig ein- und auszuatmen. Beruhigend legte Matteo ihr eine Hand auf die Schulter, dann trat er ans Ende der Gasse und warf vorsichtig einen Blick um die Ecke. Nach einigen Augenblicken, die Lena schier endlos vorkamen, gab er dann die Entwarnung. Lenas Beine fühlten sich an, als wäre sie eben aus einer Achterbahn, unsicher torkelte sie auf Matteo zu und musste sich an seiner Schulter halten, um nicht umzufallen. „Ruhig, Lena. Alles gut", murmelte Matteo und stützte sie, bis sie wieder einigermaßen allein stehen konnte. Der Junge musterte sie aufmerksam. „Du siehst aus, als hätte dich jemand überfahren", befand er und Lena nickte schwach. „So fühle ich mich auch", gestand sie. Daraufhin huschte ein Lächeln über Matteos Gesicht und er führte das Mädchen aus der Gasse. Mittlerweile war die Sonne vollends hinter den Häusern der Stadt verschwunden und die Dunkelheit brach nun langsam über Bukarest herein. Ein kalter Wind pfiff durch die Gassen und Lena fröstelte, woraufhin Matteo ihr wortlos seine Jacke reichte. Mit einem dankbaren Nicken nahm das Mädchen sie entgegen und wurde augenblicklich in Wärme gehüllt. Matteo griff nach ihrer Hand. „Bleib dicht bei mir. Wie dir vermutlich bewusst ist, kann Rumänien nachts sehr gefährlich sein." Lena nickte nur und musste schlucken. Sie dachte daran zurück, als sie allein und hilflos durch die Straßen geirrt war, sah den psychisch kranken Mann vor sich, der sie schließlich in einer Sackgasse stellte, fühlte die Angst, die sich wie eine erdrückende Decke über sie legte. Wieder zitterte Lena, doch diesmal war nicht die beißende Kälte daran schuld. Sie ließ sich von Matteo weiterziehen, ohne zu wissen wohin und sah dadurch die Leute nicht, die versteckt zwischen den Häusern verteilt standen und sie und Matteo nicht eine einzige Sekunde aus den Augen ließen.

100.Kapitel

Frustriert trat Thiago gegen einen losen Stein. Er flog einige Meter und als er am Boden aufkam, hallte das Geräusch schauerlich von den ausgestorbenen Straßen wider. Über ihm ging ein Licht auf und eine Frau schrie, er solle nicht so einen Lärm machen. Doch als sie sich aus dem Fenster beugte, um zu sehen, wer derjenige war, der mitten in der Nacht plötzlich einen solchen Lärm veranstaltete, hatte sich Thiago längst in den Zwischenraum zweier Häuser gedrückt, sodass die wütende Frau ihn nicht sehen konnte. Kurz bevor sich das Fenster wieder schloss, verließ der Junge dann wieder sein Versteck und folgte weiter der Gasse. Seine Hoffnung war kurz vor dem Nullpunkt. Vermutlich würde er Lena nie wieder sehen. Wenn er Pech hatte, war sie schon längst tot und seine Suche umsonst. Thiago hatte nur noch eine letzte Idee, und wenn diese ebenfalls scheiterte... Sein Blick huschte über die Straßenschilder, bis hin zum jeweiligen Namen der einzelnen Gassen. Dann begann er zu laufen. Seine Schritte hallten noch lauter durch die Straßen als der Stein, nach dem er getreten hatte, aber das war ihm egal. Über ihm gingen Lichter an, doch die wütenden Rufe, die darauf folgten, ignorierte Thiago gekonnt. Dadurch hörte er jedoch auch nicht, dass seine Schritte nicht die einzigen waren, die man durch die Nacht schallen hörte. Wie von selbst trugen Thiagos Füße ihn durch die Dunkelheit, zielsicher folgte er den Schildern und Wegbeschreibungen. Bis er endlich zu Hause ankam. Das Haus vor ihm war uralt und halb zerfallen, die Fassade konnte man fast nicht mehr als Fassade durchgehen lassen, geschweige denn vom Dach. Dass es jemals einen Garten gegeben hatte, den man hatte betreten können, wussten nur Thiago und Sarah. Der Junge trat an die Stelle, an der die Haustür hätte sein sollen und trat über die Schwelle ins Haus. Spinnenweben bedeckten den Boden, Staub rieselte von der Decke.

Thiago wanderte an einer langen Galerie vorüber, die auch schon bessere Tage gesehen hatte: Die meisten Bilderrahmen waren zerbrochen und das Glas wies an einigen Stellen Sprünge auf. „You belong here", las Thiago von dem einzigen Bild, das noch in einem einigermaßen guten Zustand war und gab ein ironisches Lachen von sich. An dieses Bild erinnerte er sich noch gut. Er hatte es zusammen mit Sarah gestaltet und vor sich sah er verschwommen, wie er dem Mädchen das Bild überreichte. Es versuchte, dasselbe an der Galerie anzubringen, doch sie war zu klein. Thiago lächelte, dann verschwand die Erinnerung. Die kleine Wackelkopffigur in Form eines Dackels neben dem Bild war von einer dicken Staubschicht bedeckt, auch er barg Kindheitserinnerungen, die Thiago noch zu genau kannte. Er schüttelte den Kopf. Deswegen war er nicht hier. Er ging weiter, bis er in einen verdunkelten Raum gelangte. Die Vorhänge waren zerrissen, trotzdem war es düster in dem Zimmer, doch Thiago vermutete, dass es, wenn die Sonne scheinen würde, viel heller wäre, auch wenn die Vorhänge zugezogen waren. Ansonsten sah der Raum aus, wie jeder andere in dem Haus: Verstaubte Kissen lagen auf dem Bett, an den Bettpfosten befanden sich Risse und das ganze Gestell sah aus, als würde es jeden Moment zusammenbrechen. Und direkt vor dem Bett saß, auf einem nicht minder staubigen Teppich, Sarah, die trüben Augen ins Nichts gerichtet und die Hände kraftlos am Boden. Thiago trat näher. „Schwester", begrüßte er sie und auf den Klang seiner Stimme hin hob sie den Kopf und ihre milchig weißen Augen sahen ihn traurig an. „Du bist gekommen", krächzte sie und klang dabei mehr wie eine uralte Frau als eine 17-Jährige, „Nach so langer Zeit." Thiago ließ sich vor ihr nieder. „Natürlich" erwiderte er und spürte einen Stich im Herzen. Er hatte seine Schwester ewig nicht gesehen, sie hier sitzen gelassen, als sein Vater ihn zu sich geholt hatte. Ja, sein Vater war schuld, dass Sarah nun so war, wie Thiago sie nun vorfand: Einsam, verlassen und gefühlslos. Er merkte, dass sie ihn immer noch ansah und erwiderte ihren Blick. Ein leises Lächeln breitete sich auf ihrem Gesicht aus, und für einen kurzen Moment glaubte Thiago, einen Funken Hoffnung in ihren Augen zu sehen. „Ich sehe, dass es dir leidtut", meinte sie und auch ihre Stimme klang dabei sanfter, „Weißt du, ich habe dich immer wie einen Bruder geliebt. Ich habe niemals auch nur eine Entscheidung von dir in Frage gestellt oder an die gezweifelt. Aber es gab eine Zeit, in der ich an meiner Selbst Zweifel hegte." Sie verstummte und sah zu Boden. Thiago wagte nicht, das Schweigen zu brechen, obwohl er selbst wusste, dass die Zeit drängte. „Ich hatte gehofft, dass du zurückkehren würdest, Bruder. Ich wusste, du würdest dich an mich erinnern. Ich habe gewartet. Sehr viele Jahre. Vielleicht zu viele Jahre." Ihre Miene verfinsterte sich, „Aber was soll ich tun, wenn unser lieber Vater mich einfach nicht anerkennen wollte?" Nun trat ein gefährliches Funkeln in ihre Augen, wodurch sie unheimlich wirkte und Thiago schreckte zurück. Auch der Klang ihrer Stimme hatte sich verändert, er war jetzt weder sanft noch krächzend oder gebrechlich, er war nun zornig. Thiago konnte die Wut förmlich spüren, die von Sarah ausging und das erschreckte ihn. Er kannte seine Schwester als ein liebendes und rücksichtsvolles Mädchen, nicht als rachedurstige Frau. Diese Erkenntnis traf ihn wie ein Schlag. „Sarah", begann er langsam und vorsichtig, „ich brauche deine Hilfe." Ihr Kopf fuhr herum. „Ach ja? Hast du jemals daran gedacht, dass *ich* auch Hilfe gebraucht hätte?" Sie wartete nicht auf eine Antwort „Es gab immer nur dich! Thiago hier, Thiago da, immer nur du! Unser Vater... nein, *dein* Vater hatte nur dich im Kopf! Ich war ihm egal. Und jetzt kommst du zu mir zurückgekrochen, hilflos und verzweifelt, und erwartest, dass ich als deine rechte Hand agiere?" Sie lachte freudlos auf, dann erhob sie sich und überragte Thiago somit. Mit finsterer Miene und hasserfülltem Blick starrte sie auf ihn hinab. „Ganz sicher nicht. Wieso sollte ich für dich da sein, wenn du es nicht für mich warst?", fauchte sie und spuckte vor ihm aus. Mit einem Ruck war Thiago auf den Beinen. „Du hast keinen blassen Schimmer, worum es hier geht, Sarah!", fuhr er sie an und seine Schwester taumelte ein paar Schritte zurück, fing sich aber gleich wieder. „Nein? Weiß ich nicht? Dann nur zu. Schlag mich. Lass mich zurück. Du siehst ja selbst, wozu das das letzte Mal geführt hat!" Getroffen senkte Thiago den Kopf. „Ich weiß, dass es ein Fehler war, mach es mir nicht noch schwerer, als es mir ohnehin schon ist", sagte er, wurde jedoch von Sarah unterbrochen. „Du solltest einfach einmal fühlen, wie ich mich gefühlt habe, als du mich verlassen hast! Du hast keine Ahnung..." Wieder verstummte sie, aber nicht aus Trauer. Thiago sah, wie sehr sie zitterte, als sie versuchte, ihre Wut zu unterdrücken. Sanft berührte er sie am Arm. „Sarah, es tut mir leid", flüsterte er, doch sie entzog sich ihm. „Das hilft mir jetzt nicht mehr." „Lass es raus", riet Thiago ihr und wollte sich dann abwenden. Sarahs Schlag traf ihn so unvermittelt, dass er zurücktaumelte. „Au", kam es von beiden gleichzeitig und sie sahen sich an. „Guter Schlag", sagte Thiago und rieb sich das Kinn. Sarah schüttelte ihre Hand aus, das Gesicht schmerzverzerrt. „Harter Kiefer", gab sie bekannt, dann fing sie sich wieder. „Geh einfach. Du machst alles kaputt. Mein Leben, meine Existenz, einfach alles." „Deine Hand." Sarah verdrehte nur die Augen, aber Thiago konnte schwören, ein belustigtes Lächeln über ihr Gesicht huschen gesehen zu haben. „Ich brauche nur eine Möglichkeit zu telefonieren", sagte er und sah seine Schwester flehend an, „Sarah, bitte, es geht um Leben und Tod und jede Sekunde könnte ihre letzte sein!" Sarah hob eine Braue. „Es geht um ein Mädchen?", fragte sie skeptisch. Thiago nickte nur. Nach einiger Zeit seufzte Sarah und fluchte. „Verdammt! Da drüben steht ein Telefon. Viel Glück, es ist uralt und ich kann dir nicht garantieren, dass es überhaupt noch funktioniert." Mit diesen Worten drehte sie sich um und verschwand aus dem Raum. Thiago sah ihr nach. Er fühlte Reue. Seine Schwester tat ihm leid, vor allem deswegen, weil kein einziges Wort aus ihrem Mund gelogen war. Er war tatsächlich schuld daran, dass sie kein anständiges Leben führen konnte. Vorsichtig stieg er über die verstaubten Kartons, die überall im Zimmer verteilt lagen. Einige waren offen. Thiagos Blick fiel auf Zeugnisse, Urkunden und alte Familienfotos. Sein Herz wurde schwer und auch wenn er wenig Zeit hatte, bückte er sich und zog einige der Bilder aus einer der Schachteln. Es zeigte seinen Vater. Er lächelte. Neben ihm stand Sarah, die Haare kunstvoll hochgesteckt und ebenfalls mit einem Lächeln auf den Lippen. Kein Hass, kein Neid, keine Wut war in ihrem Blick, sie wirkte fröhlich und unbeschwert. Zur Linken seines Vaters fand Thiago sich selbst. Auch er machte einen freundlichen Eindruck und grinste ihn aus dem Bild heraus an. Als Thiago genauer hinsah, bemerkte er, dass sich sein Vater auf dem Bild etwas mehr zu ihm gedreht hatte und auch sein Gesicht hatte er mehr seinem Sohn zugewandt als seiner Tochter. Thiagos Gewissensbisse wurden stärker und er spürte, dass ihm eine Träne an der Wange hinabrann. Sofort legte er das Foto weg und stand wieder auf. Dann ging er zielsicher auf das Telefon zu und wählte eine Nummer.

101.Kapitel

Matteo saß ruhig auf dem Bett, hatte die Beine angezogen und starrte aus dem Fenster. Neben ihm rührte sich Lena, ihr Kopf kippte zur Seite und lehnte dann auf seiner Schulter. Matteo lächelte. Für

Lena empfand er zwar keine Liebe, dafür jedoch einen gewissen Beschützerinstinkt. Warum konnte nicht einmal er selbst sicher sagen, aber er war in jedem Fall sehr stark. Das Zimmer, in dem sie saßen, war ziemlich alt und mit großer Wahrscheinlichkeit schon seit Jahren nicht mehr genutzt worden, kein Wunder, dass der Besitzer des Hauses, Lena und Matteo umsonst in dem Raum übernachten ließ. Matteo seufzte. Er hatte für Lena so ziemlich alles aufs Spiel gesetzt und was nun? Sie konnten nicht bis in alle Ewigkeit durch die Straßen von Rumänien ziehen, in der Hoffnung, dass sie irgendwie überlebten. Sie konnten auch nicht warten, bis Thiago sich meldete, denn dieser lebte ziemlich sicher nicht mehr. Und lebend aus Rumänien verschwinden? Das brauchten sie nicht einmal versuchen, zu 100% standen Leute seines Onkels an den Grenzen, die sie entweder sofort töten oder wieder zum Mafiaboss zurückbringen würden. In jedem Fall würden sie sterben, egal was sie versuchten. Matteo überlegte bereits, wieder zu seinem Onkel zurückzukehren, doch so weit kam es nicht.

102. Kapitel

Etwas vibrierte neben Lena und störte dadurch ihren Schlaf. Blinzelnd öffnete sie die Augen. Es dauerte etwas, bis sie begriff, was sie da aus dem Schlaf gerissen hatte. Matteo griff zum Handy. Augenblicklich war Lena hellwach und setzte sich auf. Fragend sah sie Matteo an, dessen Gesicht keine Regung zeigte. Er zeigte wortlos auf das Handy, auf dem eine unbekannte Nummer aufleuchtete. Angst kroch Lena den Rücken hoch und ließ sie schaudern. Wer auch immer da anrief, die Chance war sehr hoch, dass dieser Jemand nichts Gutes im Schilde führte. Matteo fing Lenas Blick auf. Er dachte das Gleiche und wartete nun, was Lena dazu sagte. Sie zuckte mit den Schultern, als Zeichen, dass sie sich nicht sicher war. Dann hielt sie inne. Es war ohnehin zwecklos, ewig davonzulaufen, oder etwa nicht? Es gab nichts mehr, wofür es sich zu kämpfen lohnte, Lena rannte nur davon, aus Angst vor einem qualvollen Tod. Matteo schien ihre Gedanken zu erraten und im selben Moment nickte Lena kaum merklich. Und Matteo hob ab. „Hallo?", sagte er und seine Stimme klang ungewöhnlich rau. Er stand auf und fing an, im Zimmer auf und ab zu gehen. Gebannt beobachtete Lena ihn. Sie verstand kein Wort, von dem, was Matteo sagte und seine Miene verriet nicht das geringste. Dann, nach schier endlos langer Zeit, kam er zu ihr und hielt ihr das Telefon, ohne etwas zu sagen, hin. Lenas Hand zitterte, als sie danach griff und sich das Handy ans Ohr hielt. „Hallo?", fragte sie zögernd und ihr Herz raste.

103.Kapitel

„Hallo?" Dieses einzige zögerliche, vorsichtig ausgesprochene Wort genügte ihm. Lena lebte. „Lena?" Am anderen Ende der Leitung hörte er das

Mädchen hörbar ausatmen und lachen. „Thiago! Ich dachte, du wärst... du würdest nicht mehr... du lebst!" Tränen der Freude und der Rührung stiegen Thiago in die Augen und er brachte ein Lachen zustande. „Ja. Ja das tue ich und Gott verdammt noch mal, du auch! Du kannst dir nicht vorstellen welche Sorgen ich mir... Lena, wo seid ihr?", unterbrach er sich selbst und wurde mit einem Schlag ernst. Dann hörte er plötzlich Matteos Stimme. „Wir sind über Nacht in einem Zimmer im Westen der Stadt untergetaucht. Wenn du kurz wartest, kann ich dir die genaue Adresse nennen", sagte er und als Thiago ihm zustimmte, dauerte es nur Sekunden, bis sein Cousin ihm die Hausnummer und den Namen der Straße nennen konnte. Thiago atmete hörbar ein. „Ich bin gegen Morgen bei euch. Rührt euch nur nicht vom Fleck, habt ihr verstanden?", verlangte er und verlieh seiner Stimme etwas Schärfe, nur so viel, dass keiner mehr wagte, zu widersprechen. Kurz darauf legte Thiago auf. Er verließ das Haus, ohne sich noch einmal umzusehen und folgte der Straße den Weg zurück, den er gekommen war. Seine Schätzung traf es ziemlich genau. Kurz vorm Morgengrauen erreichte er den Ort, an dem sich Lena und Matteo nach dessen Angaben befanden. Die Tür war nicht verschlossen, also betrat Thiago, ohne groß nachzudenken, das Haus. Lange brauchte er nicht zu suchen. Unter der Tür eines Zimmers drang ein Lichtschein hervor. Thiago hielt kurz inne, dann öffnete er die Tür. Warme, stickige Luft schlug ihm entgegen und kurz war er vom Licht der Neonlampe über ihm an der Decke geblendet. Als er sich nach einigen Augenblicken an das grelle Licht gewöhnt hatte, sah er Lena vor sich. Sie wirkte mitgenommen, ihre braun gefärbten Haare nahmen allmählich wieder ihren üblichen Rotton an und standen in alle Richtungen ab. Ihr Gesicht war verdreckt und sie sah müde aus. Trotzdem leuchteten ihre Augen, als sie auf Thiago zukam und ihm um den Hals fiel. Dieser ließ es zu, ohne ein Wort zu sagen. Matteo trat zu den beiden und sie ließen voneinander ab. Matteo sah ihn Lenas glückliches Gesicht. „Er lebt", stellte er fest und musterte Thiago eindringlich. Dieser rang sich ein Lächeln ab. „Kann ich nur zurückgeben." Auch auf Matteos Gesicht breitete sich ein Grinsen aus. Thiago umarmte ihn brüderlich. „Danke. Für alles", murmelte er und spürte, dass Matteo lachte. „Hättest du für mich genauso getan", sagte er und ließ Thiago los. Ein Blick zu Lena ließ Thiago wissen, dass sie Tränen in den Augen hatte. „Du kannst dir nicht vorstellen, wie erleichtert ich bin, dass es dir gut geht", sagte er mit einem Lächeln in der Stimme. Sie nickte. „Doch. Das kann ich. Geht mir genauso." Als Matteo sich plötzlich räusperte, fuhr Lenas Kopf herum. Der Junge stand am Fenster und starrte nach draußen. Sein Gesicht war aschfahl und in seinen Augen spiegelte sich blankes Entsetzen. Thiago reagierte schnell. Sofort stand er neben seinem Cousin und warf ebenfalls einen Blick nach draußen. Unten vor dem Haus hielt ein Auto. Thiagos Herz setzte kurz aus und ihm wurde heiß und kalt zugleich. Hinter ihm spürte er, wie Lena nach seiner

Hand griff. „Wie haben sie uns gefunden?", wisperte sie und Thiago schüttelte sprachlos den Kopf. Matteo war derjenige, der sich als erster aus seiner Schockstarre löste. „Sie müssen dich die ganze Zeit über verfolgt haben", sagte er an Thiago gewandt, der immer noch wie in Trance auf den Parkplatz vor dem Haus blickte. Erst als Matteo eindringlich seinen Namen rief, kam er in die Realität zurück. Er sah sich im Raum um. Matteo folgte seinem Blick, der an einem hölzernen Stuhl hängen blieb. Thiago sah seinen Cousin aus dem Augenwinkel nicken und zeitgleich stürzten sie auf das Möbelstück zu. Gemeinsam platzierten sie es direkt vor der Tür und blockierten somit die Türklinke. Schon waren am Gang Schritte zu hören. Lena, die die ganze Zeit über neben dem Fenster verweilt hatte, wollte nun etwas sagen, doch Thiago legte sich den Finger an die Lippen und symbolisierte ihr dadurch, leise zu sein. Lenas Mund schloss sich wieder, doch Thiago waren die Tränen nicht entgangen, die sie jetzt in den Augen hatte und diesmal weinte sie sicher nicht vor Freude. Poltern. Aufgeregte Schreie. Thiago spürte, wie Matteo sich neben ihm versteifte. Er musste die Stimmen erkannt haben, doch Thiago kam nicht dazu, nachzufragen. Die Schritte kamen näher, hielten vor der Tür. Keiner wagte zu atmen, Thiago glaubte sogar, sein eigenes Herz würde so schnell schlagen, dass die anderen es bereits hören könnten. Jemand hämmerte von außen an die Tür, so plötzlich, dass Thiago zusammenzuckte und Lena sich entsetzt die Hände vor den Mund schlug. „Thiago, es ist vorbei! Du hattest die Chance, sie zu beschützen!", drang eine der Stimmen dumpf von der anderen Seite zu ihnen, gefolgt von einem irren Lachen. Und da erkannte Thiago, wer da vor der Tür stand. „Gib auf! Es ist doch sinnlos, Kleiner!" Dieser Satz trug dazu bei, dass Lena sich angsterfüllt an Thiago klammerte. Über diesen Mann konnte man einen ganzen Horrorfilm drehen, den sich niemals jemand anschauen würde, weil er derart blutrünstig und unheimlich wäre. „Mach die Tür auf. Sie hat ohnehin keine Wahl mehr, Thiago! Dieses verdammte Haus wird das Letzte sein, das ihr zu Gesicht bekommt!" Lena schluchzte und schloss die Augen; Tränen rannen an ihrer Wange hinab. „Ihr habt drei Sekunden, wenn die Tür bis dahin nicht offen ist, werden wir dafür sorgen, dass sie es ist!" Lena schüttelte den Kopf und vergrub ihr Gesicht in Thiagos Pullover. Dieser wechselte einen schnellen Blick mit Matteo. „Eins!" Dieser erwiderte den Augenkontakt und beide sahen zum Fenster. „Zwei!" Thiago nickte, gleichzeitig mit Matteo. „Drei!" Jemand trat gegen die Tür, so unverhofft, dass Lena aufschrie. Das Holz splitterte. „Lena, wenn ich es dir sage, wirst du springen", sagte Thiago, doch Lena war wie erstarrt: Mit schreckgeweiteten Augen starrte sie auf die Tür, gegen die die beiden Männer immer wieder traten. „Lena!" Verzweifelt rüttelte Thiago das Mädchen an der Schulter, und endlich sah Lena ihn an. „Du wirst springen, egal, was jetzt passiert, ja?" Lena sah ihn, ohne etwas zu sagen an. „Hast du mich verstanden?", fauchte Thiago und Lena nickte. Matteo hatte inzwischen das Fenster geöffnet und

Thiago zog Lena dorthin. Er setzte sich aufs Fensterbrett. „Ich springe zuerst. Lena, ich fange dich auf, vertrau mir!", sagte er noch, sah an Lena vorbei in Matteos regloses Gesicht. Dann holte er tief Luft und ließ sich fallen.

104.Kapitel

Lena saß auf dem Fensterbrett und sah entsetzt nach unten. Thiago lag neben der Straße im Gras und rührte sich nicht. Sie spürte Matteo neben sich, nahm ihn aber nicht wahr. Waren sie nun so weit gekommen, nur damit Lena zusehen konnte, wie Thiago starb? Wieder schossen ihr Tränen in die Augen und vor ihr verschwamm alles.

105.Kapitel

Schmerzen. Nichts als Schmerzen. Und Dunkelheit. Mehr empfand Thiago nicht. Das Einzige, das ihn noch schmunzeln ließ, war das, was er hörte. In seinen Ohren hallte Lenas Lachen, so unbeschwert, wie am Anfang, ohne Zweifel oder Angst, jemand, der es nicht hören sollte, könnte es hören. Dieses Lachen brachte ihn zurück auf die Erde. Der Schmerz in seinem Bein war unbeschreiblich, er brannte wie Feuer und stach gleichzeitig, als würde ihm jemand ein Dutzend Schwerter durch das Bein stechen. Trotzdem zwang er sich, die Augen zu öffnen. Und endlich sah er Licht.

106.Kapitel

Matteo stupste Lena in die Seite, sodass sie die Augen wieder öffnete. Unten regte sich Thiago, setzte sich auf, blickte Lena direkt an. Triumphierend stieß diese die Faust in die Luft. Das erneut einsetzende Geräusch von splitterndem Holz ließ sie zusammenfahren. Die Tür brach und um ein weiteres Mal fand Lena sich dem Psychopathen gegenüber, der nun, gefolgt von einem anderen Mann, den Lena noch nie gesehen hatte, das Zimmer betrat. Er sah sich um, bis sein Blick an Lena hängen blieb. „Soso, nur ihr? Wo ist Thiago?", fragte er provokant, und kam noch näher. Instinktiv stellte sich Matteo vor Lena. „Lass sie in Ruhe", fauchte er und trotz der Situation schwang in seiner Stimme eine gewisse Schärfe mit. Der Psychopath warf einen kurzen Blick über die Schulter zurück, bevor er sich dem Jungen widmete. „Was? Ich? Du willst mir erklären, wen ich ihn Ruhe zu lassen habe?" Er lachte, „Einfältiger Junge. Aber ich bewundere deinen Mut. Lass mich dir eine Chance geben. Du kannst immer noch das Richtige tun." Er streckte die Hand nach Matteo aus und lächelte ein falsches Lächeln, jedoch schüttelte der Junge sofort und ohne zu zögern den Kopf. „Eher sterbe ich", brachte er hervor und spuckte vor dem Psychopathen aus. Dessen Augen verengten sich zu Schlitzen und sein Lächeln gefror. „Dann soll es so sein", flüsterte er. Aus dem Augenwinkel sah Lena, wie der andere Mann einen Revolver hinter seinem Rücken hervorzog. Matteo reagierte schnell. Ehe Lena sich versah, war er bei ihr, sah ihr für einen Wimpernschlag direkt in die Augen. Lena glaubte, ein entschuldigendes Lächeln auf seinen Lippen zu erkennen, dann versetzte er ihr einen Stoß und Lena fiel rücklings aus dem Fenster.

107.Kapitel

An den Aufprall konnte sich Lena nicht mehr erinnern. Das Erste, das sie sah, nachdem es ihr wieder möglich war, die Augen zu öffnen, war Thiago, der sie aus besorgten Augen ansah. „Lena?" Ihr Kopf brummte. Wieder wurde ihr schwarz vor Augen. Alles drehte sich und das machte es Lena schier unmöglich, die Augen irgendwie wieder zu öffnen. In ihrem Kopf wiederholte sich Nothing else matters immer und immer wieder und vor sich sah sie Matteos entschuldigende Miene, bevor er sie vom Fenster gestoßen hatte. Und mit einem Mal war sie hellwach. „Wo ist Matteo?", fragte sie und hörte Thiago seufzen. Mit Mühe schaffte es Lena, die Augen zu öffnen. Sie lag immer noch unter dem Haus, das bedrohlich über ihr aufragte. Erst jetzt nahm sie die wütenden Rufe wahr, die aus dem geöffneten Fenster drangen. Sie setzte sich auf, ignorierte dabei den Schmerz in ihrer Schläfe. Thiago berührte sie sanft an der Schulter und im selben Moment hallte ein markerschütternder Schrei durch die Straßen, der Lena erbleichen ließ. Ihr Kopf fuhr herum, sie sah Thiago aus schreckgeweiteten

Augen an, richtete den Blick dann wieder auf das Haus. Thiago zog sie auf die Beine. „Lena, wir müssen hier weg, und zwar schnell", hörte Lena ihn sagen, doch sie rührte sich nicht, sondern schüttelte den Kopf. „Aber Matteo..." Sie sah Thiago wieder an, bemerkte die Tränen in seinen Augen, verstand aber nicht auf Anhieb, warum er weinte. Sie zog an seinem Ärmel. „Wir müssen ihm helfen. Thiago, Matteo ist dein Cousin und außerdem hat er dir geholfen..." „Matteo ist tot, Lena. Versteh es doch", unterbrach Thiago das Mädchen, welches ob der Schärfe in seiner Stimme zusammenzuckte. Gerade als Thiago sich entschuldigen wollte, erklangen plötzlich Schritte, die das Treppenhaus hinunter polterten. Thiago blickte Lena tief in die Augen. „Wir haben keine Zeit", sagte er eindringlich. Es dauerte nur kurz, bis Lena unter Tränen nickte. Daraufhin nahm Thiago sie bei der Hand und sie ließ sich von ihm durch die immer noch dunklen Gassen ziehen, in der Hoffnung, dass die beiden Männer sie nicht gleich auf Anhieb entdeckten. Doch Lena wusste, dass es sich hierbei nur noch um einen Wettlauf gegen die Zeit handelte.

108.Kapitel

Er hielt sich die Hand an die Seite, dort, wo die Kugel ihn getroffen hatte. Der Schmerz, der von dieser Stelle ausging, war nicht auszuhalten und er stöhnte auf, als er versuchte, sich aufzurichten. Seine Hand hatte sich unterdessen rot verfärbt und Blut tropfte neben ihm auf den Boden, färbte den Teppich ebenfalls rot. Wieder keuchte er, vor ihm tanzten Sterne. Er schloss die Augen, stellte sich vor, nicht mehr hier zu sein, diese Schmerzen nicht mehr ertragen zu müssen und endlich von den unbeschreiblichen Qualen befreit zu sein. Um ihn herum wurde es schwarz. Er aber kämpfte nicht gegen die sich nun ausbreitende Kälte an. Im Gegenteil. Er wusste, er hatte getan, was er konnte. Thiago würde Lena beschützen. Die Erlösung war wie ein Segen, er hatte versucht, ein besserer Mensch zu sein, hatte Thiago die Liebe seines Lebens ermöglicht, die er selbst nie erfahren durfte. Den Schmerz nahm er nun gar nicht mehr wahr, vor sich sah er plötzlich ein helles Licht, das immer größer wurde, bis es ihn vollkommen umschloss. Er hatte Lena gerettet. Mit diesem Gedanken ließ er sich fallen und dann regte er sich nicht mehr.

109.Kapitel

Lena lief. Sie achtete nicht auf die Umgebung, nicht darauf, wohin sie ihre Füße setzte und auch nicht, wo sie sich befand. Blindlings stolperte sie hinter Thiago her, der gehetzt durch die Straßen rannte. Da ihre eigenen Schritte laut widerhallten, glaubte Lena immer wieder, verfolgt zu werden, doch wenn sie sich dann schließlich umdrehte, war da niemand. Die Angst ließ sie weiterlaufen, auch dann noch, als sie glaubte, vor Erschöpfung zusammenbrechen zu müssen. Nichts als dunkle Gassen, wohin sie auch sah, und das Leuchten der vereinzelten Straßenlaternen nahm sie nur als verschwommene Streifen wahr. Der eiskalte Wind, der ihnen entgegenblies, ließ Lena frösteln. Der plötzlich einsetzende Schmerz in ihrer Seite veranlasste sie dazu, langsamer zu werden. Thiago warf ihr einen prüfenden Blick zu. „Alles in Ordnung?" Lena nickte tapfer, doch das Seitenstechen verschwand nicht. Trotzdem biss sie die Zähne zusammen und rannte weiter. Irgendwo hinter ihr wurden bereits Rufe laut. Tränen der Verzweiflung stiegen Lena in die Augen. Sie sah nichts mehr, nichts als verschwommene Schatten, bis sie schließlich stolperte.

110.Kapitel

Mit einem leisen Aufschrei stürzte sie zu Boden. Sofort bremste Thiago ab und kam zu ihr zurück, kniete sich neben ihr nieder und sah sich hektisch um. Noch war niemand zu sehen... Lenas schmerzerfülltes Stöhnen ließ ihn seinen Blick auf sie richten. Das Mädchen saß am Boden und hielt sich den rechten Knöchel. „Verdammt", stieß sie hervor und Tränen des Schmerzes liefen ihr an den Wangen hinunter. Mit flinken Händen tastete Thiago ihren Fuß ab. „Gebrochen ist er nicht. Vermutlich verstaucht", murmelte er, eher zu sich selbst. Wieder hob er den Kopf und blickte von links nach rechts. Immer noch war die Straße, in der sie sich nun befanden, menschenleer. Trotzdem wusste

Thiago, dass sie es nicht ewig bleiben würde. Er sah Lena an. „Du kannst hier nicht bleiben." Er hielt inne. Sein Blick fiel auf eine unscheinbare Nebengasse, die in der Dunkelheit nicht weiter auffiel. Dann kam ihm eine Idee. Wieder ein prüfender Blick in alle Richtungen. „Lena, du musst mir jetzt vertrauen. Kannst du aufstehen?", fragte er und die Dringlichkeit in seiner Stimme brachte Lena dazu, aufzustehen. Thiago stützte sie, denn ansonsten wäre sie vor Schmerz wieder in sich zusammengesunken. Währen Thiago Lena in Richtung der dunklen Gasse dirigierte, erklärte er ihr, was er vorhatte. Das Mädchen erbleichte. „Das kann ich nicht", wisperte es und schüttelte den Kopf. Doch Thiago konnte ein Nein nicht akzeptieren. „So kannst du unmöglich weiterlaufen. Du bleibst hier, bis ich die Männer so weit abgelenkt habe, dass ich zurückkommen kann, um dich zu holen. Dann erst kann ich dich zu einem Arzt bringen." Lena wirke nicht überzeugt. „Und wenn sie mich finden?", fragte sie zögerlich. Mittlerweile waren sie in der Gasse angekommen und Thiago setzte sie auf den Boden und lehnte ihren Oberkörper an die Hausmauer. Daraufhin folgte ein langer Blickkontakt. „Das werden sie nicht. Es ist pures Glück, dass *ich* diese Gasse überhaupt gesehen habe. Wären wir weitergelaufen, ohne dass du gestürzt wärst, hätte ich sie übersehen. Und genau das wird den Männern auch passieren", versuchte Thiago, sie zu beruhigen. Draußen wurden die Stimmen lauter und da endlich nickte Lena zustimmend. Thiago nickte ebenfalls, mit Tränen in den Augen. „Ich liebe dich", sagte er flüsternd, „Mehr als alles andere auf dieser Welt." Lena lächelte. „Ich dich auch Thiago. Ich dich auch." Dann ließ der Junge von ihr ab und trat entschlossen zurück auf die Hauptstraße. Er wartete einen kleinen Augenblick, dann lief er weiter, beabsichtigt so laut, dass die Männer genau hörten, in welche Richtung er lief. Der Plan war perfekt, nahezu lückenlos. Wortwörtlich nahezu.

111.Kapitel

„Da rüber!" Auf den Befehl hin änderte der Psychopath die Richtung. Auch er hörte die Schritte, die unweigerlich in den Straßen widerhallten. Trotzdem ließ ihn etwas stutzig werden. Irgendetwas war anders als vorher... Er folgte dem anderen Mann auf eine etwas größere Hauptstraße, wenn man diese als eine solche bezeichnen konnte, vorbei an unzähligen Seitenstraßen, die ihn eigentlich vollkommen kalt ließen. Einige Straßen weiter wurde er jedoch mit einem Mal langsamer. Der andere Mann passte sich seinem Schritttempo an, warf ihm einen fragenden Blick zu. „Was ist jetzt wieder?" Seine Stimme klang genervt, trotzdem ließ sich der Psychopath davon nicht aus dem Konzept bringen. Er sah sich um. „Sie haben sich getrennt", befand er und seine Augen verengten sich zu Schlitzen. Der andere Mann legte den Kopf schief. „Woher...", begann er, unterbrach sich jedoch selbst. Diese Frage war unnötig. Der Psychopath wies in die Richtung, die Thiago eingeschlagen hatte, dessen Schritte immer noch zu hören waren. „Seine Schritte sind viel zu leise, als dass da zwei Personen laufen würden. Die glauben wohl, uns für dumm verkaufen zu können." Er schnaubte. „Du bleib bei Thiago. Ich kümmere mich um das Mädchen." Er wartete nicht auf eine Zustimmung oder wenigstens eine Antwort. Ohne ein weiteres Wort zu verlieren, drehte er sich um und ging langsam den Weg zurück, den sie gekommen waren.

112.Kapitel

Lena saß mit angezogenen Beinen in der Gasse und hatte den Kopf auf die Knie gebettet. Als die beiden Männer vorher die Gasse passiert hatten, hatte sie die Luft angehalten und sich nicht gerührt. Jetzt saß sie einfach da und konnte nichts anderes tun, als zu warten, dass Thiago zurückkam. Im Moment war sie in Sicherheit, aber irgendwie wurde Lena das Gefühl nicht los, dass die ganze Sache noch nicht vorbei war. Sie schloss die Augen und ließ Erinnerungen an sich vorüber ziehen. Der Abschied von ihrer Mutter. Die gemeinsamen Stunden mit Jan. Die Ausflüge mit Lukas. Und sie alle waren tot, ermordet von einer rumänischen Mafia. Wieder das Bild von Lukas, der leblos in sich zusammengesackt in ihrem Wohnzimmer saß. Dann ihr Bruder, in dem Keller des verlassenen Hauses. Nikis gequälter Schrei, als er versuchte sie zu retten. Matteos Schrei, der bei dem gleichen Versuch ums Leben gekommen war. Lenas Herz wurde schwer. Was, wenn Thiago nun auch sein Leben lassen würde? Dann wäre alles umsonst gewesen, jede schlaflose Nacht, jedes Opfer. Ohne Thiago würde Lena dieses gottverdammte Land nicht mehr verlassen können, ohne spätestens an der Grenze entdeckt zu werden. Etwas Nasses rann an Lenas Wange hinab. Zu ihrem Erstaunen waren es jedoch keine Tränen. Regentropfen fielen nun vom Himmel und binnen Minuten waren die Straßen nass, ebenso wie Lena, deren Haare nun dunkelrot glänzten. Der Regen prasselte auf sie nieder, während sie allein in der Gasse saß und vor Kälte zitterte. Ein Schatten kam auf sie zu, den sie jedoch erst bemerkte, als er nur noch wenige Meter von ihr entfernt stand. „Wen haben wir denn da? Was machst du hier so allein Lena? Hat dir niemand gesagt, wie gefährlich es is Rumänien sein kann?" Lena zuckte zusammen, machte aber keine Anstalten, aufzustehen und wegzulaufen. Er würde sie ohnehin einholen; sie hatte nicht den leisesten Hauch einer Ahnung, wo sie war oder wohin sie laufen sollte. Er hingegen kannte diese Straßen besser als sich selbst, es war sein Revier, wenn man so wollte. Der Psychopath kam näher. „Ich wusste es", murmelte er mit einem triumphierenden Lächeln in der Stimme, „Ihr hättet euch nicht trennen sollen." Er kniete vor Lena nieder und sie schluchzte unwillkürlich auf. „Nana, so weit sind wir noch nicht", sagte der Mann, lachte leise und berührte dann vorsichtig, fast sanft, Lenas tropfnasse Haare, drehte sie zwischen den Fingern, ließ sie wieder los. „Wieso der Kampf?", fragte er dann. Lena vergrub ihr Gesicht in den Händen, woraufhin er ihr Kinn hob und sie so zwang, ihn anzusehen. Obwohl es regnete und Lenas Gesicht ebenfalls nass war, sah man ihr an, dass sie weinte. Es waren Tränen der Verzweiflung, sie ihr in den Augen standen und mitsamt den Regentropfen langsam an ihrer Wange herabrannen und zu Boden fielen. Der Psychopath seufzte. „Du willst nicht reden?" Er gab sie frei und erhob sich. „Weißt du, ich verstehe dich. Du wirst hier mithineingezogen in etwas, dass du vielleicht selber nicht verstehst. Aber du musst wissen, dass du selbst die Schuld trägst, Lena. Ich wünschte, ich hätte mehr für dich tun können. Du hättest bloß die einzige Chance ergreifen müssen, die ich dir gegeben habe." Er hielt inne, sah nach oben gen Himmel. Im selben Moment erhellte ein gezackter Blitz die Nacht, Donner grollte und verlieh dem Mann einen schauerlichen Anblick. In seinen Augen spiegelte sich das Licht des Blitzes und Lena fuhr ein Schauer über den Rücken, als sie ihn ansah. Mittlerweile lag ein teuflisches Grinsen auf seinen Lippen. „Weißt du, ich gebe immer nur eine Chance. Wenn man diese nicht ergreift..." Langsam hob er seine rechte Hand. Wieder blitzte es und ließ den Revolver dadurch kurz aufleuchten. Lena keuchte auf. Wieder ging der Psychopath vor ihr in die Hocke und legte ihr den Lauf an die Schläfe. „Nichtsdestotrotz: du hast eine Erlösung verdient, findest du nicht? Beantworte mir nur eine Frage." Der Druck seitlich an Lenas Kopf verstärkte sich, „Wo ist Thiago? Er hat die Erlösung nicht verdient, dafür hat er viel zu viel auf dem Gewissen." Kraftlos hob Lena ihre Hand und schob die Pistole von sich weg. Der Psychopath schüttelte fast amüsiert den Kopf. „Lena, bitte, das hat doch keinen Sinn." Er wollte ihr die Waffe wieder an den Kopf legen, als er plötzlich stutzte. „Warte. Wir könnten das alles doch ein wenig... sagen wir, spannender gestalten. Meinst du nicht auch?" Er öffnete den Lauf der Pistole und schüttete die Kugeln vor Lena auf den Boden. Die letzte fing er jedoch auf und platzierte sie wieder im Lauf. Dann drehte er das Magazin des Revolvers und sah sie wieder an. „Der Begriff Russisches Roulette ist dir bekannt?", fragte er und sein Lächeln wurde noch breiter, als er den Lauf der Waffe wiederum auf Lena richtete. „Also. Du hast höchstens sieben Mal die Chance, mir meine Frage zu beantworten. Höchstens." Er entsicherte die Waffe. „Also: Wo ist Thiago?" Lenas Herz pochte wie wild, doch sie wusste, dass sie keine Chance hatte, dieses Spiel zu überleben. Sie schüttelte schwach den Kopf und kniff die Augen zusammen. Der Psychopath zuckte mit den Schultern. Dann drückte er ab. Das metallische *Pling* ließ Lenas Herz kurz aussetzen. Sie öffnete die Augen. Glück gehabt. Doch ihr war bewusst, dass es nicht immer so laufen würde. Auch der Psychopath wusste das, er sprach ihre Gedanken aus: „Tja, das war reines Glück. Wird nicht immer so laufen." Wiederum entsicherte er den Revolver. „Und noch einmal. Lena, wo ist Thiago?" Diesmal gab Lena sogar eine Antwort: „Ich weiß es nicht. Wirklich nicht, er hat mich zurückgelassen, um euch zu verwirren. Bitte, ich habe keine Ahnung, wohin er gerannt ist..." *Pling*. Wieder zuckte Lena zusammen. Auch die nächsten beiden Male passierte ihr nichts, doch das ließ Lena noch mehr Unsicherheit verspüren. Und auf ein neues Mal entsicherte der Psychopath die Waffe. „So langsam wird das langweilig..." murmelte er, dann hob er die Stimme: „Also von vorn. Wo zur Hölle ist Thiago?" Lena kniff die Augen zusammen und schüttelte den Kopf. *Pling*. Lenas Herz pochte wie wild und ihr wurde schwindelig. Der Mann knurrte entnervt. „Weißt du eigentlich, wie frustrierend das ist?", fragte er, verdrehte die Augen und entsicherte die Waffe zum sechsten Mal. Bevor er abdrückte, fing er Lenas angsterfüllten Blick auf. „Irgendwelche letzten Worte?", erkundigte er sich gelangweilt und legte abwartend den Kopf schief. Lena, die sich inzwischen damit abgefunden hatte, dass sie sowieso sterben würde, spuckte vor ihm aus. „Das ist der sechste Schuss", fauchte sie, „noch ist gar nichts entschieden." Beeindruckt nickte der Psychopath. „Scharfe Zunge, das muss man dir lassen. Aber sieh dir die Situation an, Lena, und entscheide dann, was du sagst", sagte er gefährlich leise, dann drückte er ab. Lena wandte den Blick unwillkürlich ab und schloss abermals die Augen. *Pling*. „Faszinierend, wie viel Glück ein Mensch haben kann", hörte Lena ihn sagen. Blinzelnd öffnete sie die Augen. Sie lebte noch, so viel stand fest. Nur nicht mehr lange. Ein letztes Mal entsicherte der Psychopath den Revolver. „Tja, ich würde sagen, das wars dann für dich", sagte er und es klang in Lenas Ohren sogar etwas bedauerlich. „Ich denke, dass das alles ab jetzt ziemlich langweilig wird. Keine Verfolgungsjagd mehr, kannst du dir das vorstellen? Irgendwie traurig." Er lehnte sich vor, sodass sein Gesicht nur wenige Zentimeter, von dem von Lena entfernt war. „Du hast gewusst, dass du nicht hierherkommen hättest sollen. Es ist alles deine eigene Schuld. Ich will nur, dass du das weißt." Er hob seine Hand, strich sachte über Lenas Wange, die augenblicklich zurückzuckte. „Fass mich nicht an", brachte sie heraus, doch er lachte nur und schüttelte den Kopf. „Keine falsche Scheu, Lena", rief er aus und in seinen Augen blitzte der Wahnsinn. Mit dem Lauf des Revolvers strich er ihr eine Haarsträhne hinter das Ohr. Lena bemerkte, wie sie zitterte. „Verdammt, erschieß mich doch einfach!", schrie sie unter Tränen und sah ihm direkt in die Augen. Er sah bemitleidend auf sie herab. „War das eine Bitte?", fragte er und sein Lächeln gefror langsam. Lenas Unterlippe bebte, doch sie antwortete ihm nicht. „Na gut." Mit diesen Worten hielt der Mann ihr die Waffen an den Kopf. „Zähl bis drei", verlangte er. Lena schüttelte leicht den Kopf. „*Das war keine Bitte*", wiederholte der Psychopath in einem derart scharfen Tonfall, dass Lena zusammenschrak und tatsächlich begann, zu zählen. „Eins." Der Druck an ihrer Schläfe verstärkte sich. „Zwei." Tränen rannen an Lenas Gesicht herab. Da sich der Regen mittlerweile verzogen hatte, konnte man sie genau sehen: zwei einsame wässrige Linien auf ihren Wangen. „Drei." Der Schuss kam so unvermittelt, dass Lena die Zeit nicht hatte, aufzuschreien. Ihr Herz kam ins Stolpern, sie zitterte unkontrolliert. Fühlte es sich so an, wenn man starb?

113.Kapitel

Um Lena herum war alles schwarz. Und es war kalt. Trotzdem atmete sie. Wie war das möglich? „Lena?" Eine Stimme drang an ihr Ohr, doch das Mädchen war unfähig, sich zu bewegen. „Sag etwas!" Wieso war es so dunkel? Lag es vielleicht daran, dass sie die Augen geschlossen hatte? „Lena! Rede mit mir!" Diese Stimme war erfüllt von Dringlichkeit und Trauer, doch Lena verstand nicht ganz warum. Was war passiert? „Lena, verdammt, sag etwas! Ich will, dass du mit mir redest! Lena!" Lena zwang sich, ihre Erinnerungen zu sortieren. Wo war sie? Immer noch in Rumänien? Oder lebte sie gar nicht mehr? Sie kannte sich nicht mehr aus. „Lena?!" In diesem Moment traf die Erinnerung Lena wie ein Schlag, sie erdrückte sie wie eine gewaltige Welle aus Wasser, so plötzlich, dass Lena, ohne darüber nachzudenken, die Augen öffnete. Der Regen hatte aufgehört, wann dies passiert war, wusste das Mädchen nicht mehr. Trotzdem waren die Straßen natürlich immer noch nass, das Wasser sammelte sich zwischen den Pflastersteinen und hatte keine Möglichkeit, abzurinnen. Lena blinzelte. Vor ihren Füßen hatte das sonst klare Wasser einen leichten Rotton angenommen und als Lena genauer hinsah erkannte sie das Blut darin, das sich langsam aber unaufhaltsam mit dem Regenwasser vermischte, seine Kreise zog und Spuren auf den Steinen hinterließ. Lenas Augen folgten dem Rinnsal, das sich markant durchs Wasser zog und traf dann auf den Psychopathen. Seine immer noch hasserfüllten Augen starrten Lena an, sodass sie unwillkürlich einen Schrei ausstieß. Doch der Mann rührte sich nicht. Lenas Herz beruhigte sich langsam und sie sah genauer hin. Die Augen schienen sie zu verfolgen, doch waren sie nicht mehr voller Leben, im Gegenteil: Teilnahmslos und leer blickten sie auf das Mädchen hinab. Das Einzige, das geblieben war, war der Hass, der dem Psychopathen ins Gesicht geschrieben stand, so wie eh und je. Von seiner Schläfe tropfte Blut. Lena kniff die Augen zusammen und streckte geistesgegenwärtig die Hand aus. „Lena?" Lena fuhr zusammen, schrie abermals auf, als sie plötzlich eine Hand auf ihrer Schulter fühlte. Sie wirbelte herum, so gut es ging, da sie immer noch am Boden saß, und fand sich Thiago gegenüber, der sie mit ernster Miene, jedoch mit einem freundlichen Funkeln in den Augen, ansah. Noch verstand Lena nicht, was passiert war, doch in diesem Moment begann Thiago zu reden. „Ich dachte schon, ich wäre zu spät", begann er und da erst fielen Lena die Tränen auf, die ihm in den Augen standen. Und sie verstand. „Du... du hast ihn... er kam nie zum Schuss", stammelte sie und Thiago nickte. „Ich habe geschossen. Ich habe ihn getötet. Er wird nie wieder..." Seine Stimme versagte. Die Pistole, die er in der Hand hielt, glitt aus kraftlosen Fingern und Lena bemerkte, wie sehr er zitterte. Sie versuchte aufzustehen, als Thiago vor ihr zu Boden sank. Da machte sich der Schmerz in ihrem Knöchel wieder bemerkbar, so unerwartet, dass sich Lena ebenfalls wieder zurücksinken ließ. Thiago sah auf. Sofort trocknete er seine Augen, wischte die Tränen weg, die ihm über die Wangen rannen und nahm sich zusammen. Er erhob sich und kam zu Lena. Mit seiner Hilfe schaffte sie es, aufzustehen. „Was ist mit dem anderen?", fragte sie, alsbald sie mehr oder weniger sicher auf den Beinen stand, von Thiago gestützt. Dieser zuckte mit den Schultern. „Dürfte sich tatsächlich irgendwie verlaufen haben. Zumindest habe ich ihn nicht mehr gesehen." Lena nickte langsam. Irgendetwas tief in ihr protestierte, doch sie nahm die Antwort hin. Trotzdem... ein flaues Gefühl breitete sich in ihrem Magen aus, als sie an Thiagos Seite loshumpelte. Sie traten wieder auf die Hauptstraße. Mittlerweile zeigten sich die ersten Sonnenstrahlen am Horizont, was Lena eine gewisse Sicherheit gab. Thiago aber entspannte sich nicht. Immer wieder warf er einen Blick über die Schulter zurück, als fürchtete er, verfolgt zu werden. Das Brummen eines Autos ertönte in der Ferne. Lena dachte sich nichts dabei. Doch Thiagos Nackenhaare stellten sich auf und ein Schauer jagte über seinen Rücken. Lena spürte es. „Was ist los?", fragte sie und blieb stehen. Mitten auf der Straße... „Lena, wir haben keine Zeit. Wir suchen uns ein Auto und fahren auf dem schnellsten Weg zur Grenze. Solange sie uns hier suchen, solange sie dem Wissen folgen, dass wir uns noch in der Stadt befinden, haben wir vielleicht eine Chance, das Land zu verlassen, bevor sie Alarm schlagen."

Das Autogeräusch wurde lauter. Lenas Gedanken gingen im Kreis. „Das... das geht sich doch niemals aus", warf sie ein. Thiago gab keine Antwort mehr, sondern setzte sich wieder in Bewegung, zog Lena mit sich. Trotzdem kamen sie nur sehr langsam voran, da Lena das Tempo, das Thiago vorgegeben hatte, nicht halten konnte. Bald schon verfielen sie in einen langsamen Trott und Thiago fluchte. Man konnte ihm ansehen, wie nervös er war. „Wir müssen einen Parkplatz finden...", murmelte er vor sich hin, „Wo zur Hölle gibt es hier einen verdammten Parkplatz?" Lena folgte ihm, ohne ein Wort zu sagen. Insgeheim lauschte sie auf die Umgebung. Vögel regten sich in den Bäumen, die vereinzelt in den Gärten von manchen Häusern standen. Ihr Zwitschern klang in Lenas Ohren eigenartig und fremd, als ob sie es noch nie zuvor gehört hätte. Sonst hörte man gar nichts. Auch das Geräusch des Autos war verklungen. „Warum ist es so still?", fragte Lena vorsichtig. Thiago sah auf. Es *war* still. Von links näherten sich Passanten. Thiago sah sie nur kurz aus dem Augenwinkel. Lena sah genauer hin. Diese Leute kamen ihr bekannt vor... „Verdammt", hörte sie Thiagos Stimme, „Er hat sich nicht verlaufen." Lenas Herz setzte kurz aus und ihr wurde heiß und kalt zugleich. „Sieh nicht hin", befahl Thiago und instinktiv wandte Lena den Blick von der Gruppe ab. Aus den Seitengassen kamen immer mehr Leute. Thiago hielt den Blick gesenkt. „Lena, du musst schneller gehen. Wenn es geht, dann lauf. Und sieh niemanden an." Diese Warnung kam für das Mädchen allerdings zu spät. Die kalten

Augen des Mannes, der sie anstarrte, schienen Lena zu durchbohren, doch hielt sie seinem Blick stand. Er brach den Blickkontakt zuerst ab, symbolisierte seinen Anhängern mit einem kurzen Nicken seine Zustimmung. „Er hat mich erkannt", entfuhr es Lena und augenblicklich versteifte sich Thiago. „Verdammt. Lena, hör mir zu, du musst jetzt laufen." Thiagos Augen blickten hektisch hin und her. Von überall kamen, in langsamen, langen Schritten, Männer auf sie zu. „Ich... ich kann nicht laufen...", versuchte Lena zu sagen, doch Thiago unterbrach sie: „Ich habe dich nicht beschützt, damit du hier und jetzt erschossen wirst! Du hast die Wahl zwischen den Schmerzen in deinem Fuß oder dem sicheren Tod! Sei nicht dumm, Lena!" Lena starrte ihn an. Thiago starrte zurück. „Und sieh niemandem, wirklich niemandem, in die Augen", schloss er. Dann begann er zu laufen. Lena hatte keine Zeit zum Protestieren. Sie lief mit ihm, vorbei an den Gärten mit den Bäumen und den Vögeln, durch die Gassen. „Halte Abstand zu Seitengassen!", rief Thiago Lena über die Schulter zu. Sie antwortete nicht. Der Schmerz in ihrem Knöchel war wie Folter, als würde man ihr langsam ein Messer durch den Fuß stechen. Trotzdem rannte sie weiter, biss die Zähne zusammen und zwang sich, den Schmerz zu ignorieren. Doch ewig konnte das so nicht weitergehen, das war Lena bewusst. Und die Männer holten auf. „Thiago! Bleib stehen! Es hat doch keinen Sinn, jetzt noch wegzulaufen!", rief man ihnen zu, doch Thiago dachte nicht daran langsamer zu werden. „Ich bin nicht so weit gekommen, damit ich sie jetzt aufgebe!", schrie er aufgebracht zurück und wurde noch schneller, sodass Lena Mühe hatte, mit ihm Schritt zu halten. Aus einer Seitengasse stürmten wiederum Leute. Thiago wich ihnen aus, haarscharf liefen sie aneinander vorüber. Diese Aktion wiederholte sich einige Male und immer kamen Lena und Thiago knapp davon. Vielleicht zu knapp. Irgendwann kam Thiagos Ausweichmanöver einen Herzschlag zu spät. Ein Mann bekam Lenas Jacke zu fassen, griff zu und zog sie zurück. Überrascht schrie das Mädchen auf und wurde so hart zurückgerissen, dass sie das Gleichgewicht verlor und zu Boden stürzte. Sofort zog sie der Mann auf die Beine, während Thiago bremste und unverzüglich die Richtung änderte. Der Mann lief mit Lena derweil weiter in die Seitenstraße hinein. Wasser spritzte auf. Lena wehrte sich mit Händen und Füßen, doch gegen ihn kam sie nicht an. Von irgendwo her drang Thiagos entsetztes Rufen zu ihr, doch sie konnte nicht einordnen woher. Trotzdem begann auch sie zu schreien, irgendwer solle ihr doch helfen. Thiago rief ihren Namen. Lena rief seinen. „Halt doch die Klappe", knurrte der Mann, der sie festhielt, entnervt, dann spürte Lena einen stechenden Schmerz an ihrer Schläfe. Mit dem Griff der Pistole in seiner Hand hatte der Mann ihr einen Schlag gegen den Kopf verpasst und plötzlich begann Lenas Bewusstsein zu schwinden. Dann umfing sie Dunkelheit.

114.Kapitel

Thiago rannte. Die Straßen füllten sich langsam mit Leuten, die ihm erschrocken auswichen und ihn durchließen. Der Junge riskierte einen Blick über die Schulter. Die Männer, die ihm immer noch an den Fersen hingen, waren noch um einiges hinter ihm... Ohne weiter zu überlegen, bremste Thiago und wirbelte abrupt herum. Die Männer realisierten den Richtungswechsel zu spät, sodass sie an Thiago vorbeirannten, während er nach einigen Metern in die Seitengasse einbog, in die der andere Mann mit Lena verschwunden war. Die Verzweiflung in ihm ließ Thiago noch schneller werden, eine Stimme in seinem Kopf warf ihm kontinuierlich vor, er hätte Lena ohnehin schon verloren, woraufhin ihm Tränen in die Augen stiegen. Doch er blinzelte sie weg. „Du hast sie nicht verloren", redete er sich ein, und das mit solch einer Überzeugung, dass die zweifelnde Stimme bald Ruhe gab. Trotzdem hatte Thiago begann Thiago nach einiger Zeit wiederum Zweifel zu hegen. Immer noch folgte er der engen Gasse und immer noch sah er weder Lena noch den Mann, der sie mit sich gezogen hatte. Aber er rannte weiter, trotz allem, was ihn daran hindern hätte können. Seine Schritte hallten laut durch die vom Regen nasse Straße, auch wenn sich mittlerweile schon ziemlich viele Leute vor ihren Häusern herumtrieben und dabei einen Höllenlärm veranstalteten. Irgendwann verlor der Junge jegliches Gefühl für Raum und Zeit, er folgte einfach dem einzigen Weg vor ihm. Er bog um eine

Kurve und kam plötzlich schlitternd zum Stehen. Sein Herz setzte kurz aus und ihm wurde übel, trotzdem schluckte er das Gefühl hinunter. Vor ihm sah er Lena, doch nicht so wie er sie sich erhofft hatte.

115.Kapitel

Er wollte gerade aus dem Schatten treten, hielt sich aber zurück. Lenas Anblick versetzte ihm einen gewaltigen Stich. Er hatte so vieles für sie aufgegeben und sie jetzt so zu sehen, tat ihm weh. Mit Mühe unterdrückte er einen wütenden Aufschrei. Seine Hand ballte sich zu einer Faust und er musste seine Wut hinunterschlucken. Noch wusste keiner, dass er hier war. Der Überraschungseffekt war auf seiner Seite. Er hatte bloß noch diese eine Chance, Lena zu retten. Und diese, so schwor er sich, würde er nicht vergeben.

116.Kapitel

Lenas Kopf war zur Seite gekippt, sie sah aus, als ob sie schlief. Doch Thiago wusste, dass sie dies nicht tat. Sie war bewusstlos geschlagen worden, da war er sich sicher. Und die Pistole in der Hand seines Vaters gab ihm die Antwort. „Mein Sohn", sagte dieser genau in diesem Moment mit rauer Stimme, die so klang, als hätte er lange Zeit mit niemandem mehr gesprochen. Thiago fühlte Wut in sich aufsteigen und sofort ging sein Atem schneller.

Trotzdem wagte er nicht, sich zu rühren, geschweige denn etwas zu sagen. Sein Vater begann zu husten. „Wieso tust du mir das an?", fragte er hinterher und sah seinem Sohn direkt in die Augen. Dieser hielt seinem Blick stand. „Wieso? Du hättest sie ohnehin getötet, egal was ich...", begann er, doch der Mafiaboss unterbrach ihn: „Das meine ich nicht. Wenn du dich nicht so unsterblich in sie verliebt hättest, wenn du sie nicht so sehr in Schutz genommen hättest vor mir..." Thiagos Vater machte eine kurze Pause, die Thiago vorkam wie eine halbe Ewigkeit. „Dann würdest du noch leben", schloss er und Thiago zuckte zusammen. So etwas in der Art hatte er bereits erwartet, doch dass sein Vater es so direkt aussprach, hätte er nicht gedacht. Ein Schauer lief ihm über den Rücken, trotzdem zwang er sich, seinen Vater direkt anzusehen, der seinerseits dem Blickkontakt eisern standhielt und den Jungen eingehend musterte. „Aber du bist mein Sohn", sagte er dann und seine Stimme war kaum mehr als ein Flüstern, so seltsam sanft und vertraut, dass Thiago gegen Tränen ankämpfen musste. So sehr er sich dagegen sträubte, dieser Mann vor ihm war immer noch sein Vater und das Band der Familie war unglaublich stark... Thiagos Blick huschte zu der bewusstlosen Lena, die in den Armen seines Vaters lag und sich immer noch nicht rührte. Ihre Brust hob uns senkte sich leicht und Thiago atmete aus. Er musste sich zusammennehmen, um seinen Vater wieder anzusehen, in dessen Hand nun die Pistole zitterte. „Ich... ich werde dir... eine letzte Chance geben", stieß er nun hervor und mit einem

Mal war seine Stimme hasserfüllt und so voller Rachsucht, dass Thiago unwillkürlich einen Schritt zurückwich. „Sag mir, auf wessen Seite du stehst!", rief sein Vater aus und seine Augen sprühten Funken. Thiagos Herz raste. Wenn er sich nicht bald etwas überlegte, würde sein Vater ihn töten, ohne groß darüber nachzudenken. Hilfesuchend sah er sich um. Nichts. Er war vollkommen allein in dieser Straße, weit abseits von dem täglichen Treiben der Stadt, weit abseits von jeder möglichen Hilfe. Sein Blick glitt über die Hausmauern, die ihn umgaben, von den verstaubten Fenstern bis über die vom Regen immer noch nassen Pflastersteine der Straße. Die hellgrauen Schleierwolken, die keinen Sonnenstrahl durchließen. Der leichte Wind, der Thiago frösteln ließ. All das nahm der Junge nur am Rande wahr, nichts von dem schien für ihn wirklich zu existieren, als sein Blick schlussendlich wieder auf den seines Vaters traf. Dieser atmete hörbar ein und aus; das einzige Geräusch in der abgelegenen Gasse. „Sag es", presste er zwischen zusammengebissenen Zähnen hervor und wirkte dabei so furchterregend und einschüchternd, dass Thiago ernsthaft begann mit dem Gedanken zu spielen, nachzugeben. Schließlich würde er, wenn er den anderen Weg einschlug, umgebracht. Schmerzlich wurde ihm bewusst, dass dies wirklich die allerletzte Chance war, die ihm gewährt wurde. Und er musste seinem Vater etwas bedeuten, sonst hätte er ihm diese Chance nicht mehr gegeben... Er holte tief Luft, brach den Blickkontakt zu seinem Vater ab und sah Lena an. Sie lag immer noch gleich da, doch in Thiagos Gedanken wachte sie just in diesem Moment auf und er sah ihr in die Augen. Diese unendlich braunen Augen, in die er sich verliebt hatte, in denen er sich jedes Mal aufs Neue verlor. Diese Augen erwiderten seinen Blick. Doch erst als Lena Thiagos Namen rief, wurde diesem bewusst, dass er sich das alles nicht vorstellte. Der Kopf seines Vaters fuhr herum. „Was zum...", begann er, unterbrach sich jedoch selbst. Thiago sah, wie Lena versuchte, sich loszumachen, doch die Hand, die sie hielt, war zu stark. Thiagos Vater hatte sich schnell wieder gefangen und ein teuflisches Lächeln erschien auf seinen Lippen. „Weißt du, Thiago, ich hatte gehofft, du würdest dich aus freien Zügen dafür entscheiden, zurückzukommen. Zu uns. Zu mir. Aber wenn es das Schicksal so will..." Er hob die Pistole, zielte aber nicht auf Thiago. „Nein", entfuhr es Thiago, als sich der Lauf der Waffe kalt auf Lenas Schläfe legte. Der Mafiaboss nickte langsam. „Du hast die Wahl, mein Sohn. Entweder du schließt dich mir wieder an und alles wird so sein, wie es war. Dafür lasse ich sie leben. Wir bringen sie zurück nach Deutschland und sie soll ihr dreckiges Leben weiterführen dürfen!" Thiago sah, wie sich der Griff seines Vaters um Lenas Hals herum verstärkte. „Oder", fuhr er fort, seine Stimme gefährlich leise gesenkt, „sie stirbt. Und ich tue dir dann den Gefallen und erlöse dich von der Trauer, die dich dann plagen wird, wenn sie nicht mehr ist." Er richtete sich auf und sah Thiago wieder durchdringend an. „Auf Deutsch: Wenn du dich falsch entscheidest, schicke ich dich in die Hölle und danach wirst du dir wünschen, dich anders entschieden zu haben!", schrie er regelrecht. Thiago fing Lenas Blick auf, die entschieden den Kopf schüttelte. „Thiago, lass es. Es hat keinen Sinn mehr, jetzt noch zu kämpfen. Gib ihm, was er will", flehte sie und eine Träne rollte an ihrer Wange hinab. Thiagos Gedanken rasten, immer noch suchte er nach einem Weg, zu entkommen, ohne dabei zu sterben. Doch er fand keinen. Nicht einmal ansatzweise. Schließlich nickte er. Die Augen seines Vaters leuchteten auf und er gab Lena frei, so plötzlich, dass diese zu Boden stürzte. Dort blieb sie liegen, war unfähig sich zu bewegen, konnte nur wie gebannt auf Thiago und seinen Vater starren, der nun auf seinen Sohn zuging. „Ich will, dass du es versprichst", verlangte er, all die Schärfe war aus seiner Stimme verschwunden und er klang wieder wie ein liebender Vater, nicht mehr wie ein rachsüchtiger Mann, der nicht davor zurückschreckte, seinen eigenen Sohn zu töten. Für diesen Vater konnte Thiago sogar Liebe, Zuneigung und Verständnis empfinden. Doch er tat es nicht. Was ihn davon abhielt war das immer noch gefährliche Funkeln in den Augen seines Vaters, was gegen das sprach, was er sagte. „Ich werde dir ein guter Vater sein, so wie früher, bevor das alles hier begonnen hat. Wir können eine glückliche Familie sein", sprach er, „Leg den Eid ab." Bei diesem Satz gefror Thiago das Blut in den Adern. „Was?", fragte er und konnte nicht verhindern, dass sich seine Stimme ungewollt überschlug. Die Gesichtszüge seines Vaters erstarrten zu Eis. „Den

Eid. Du sollst den Eid ablegen", wiederholte er. Dann streckte er die Hand aus, drehte sie um, sodass seine Handfläche nach oben zeigte. Dann öffnete er die Faus. Thiagos Magen drehte sich um. Vor sich sah er ein zerknittertes Bild der Jungfrau Maria, die ihr neugeborenes Kind im Arm hielt. Daneben ein Taschenmesser. „Nimm es", murmelte Thiagos Vater, „Du kennst die Regel. Und die Folge, wenn du es nicht tust." Langsam, wie in Trance, streckte Thiago seine Hand nach dem Messer aus, seine zitternden Finger umschlossen den kalten Schaft aus geschliffenem Holz. Während er mit der anderen Hand das Bild ergriff, holte sein Vater ein Feuerzeug aus der Tasche seiner Jacke, während er leise die Omertà murmelte: „So wie dieses Bild brennt, möge meine Seele in der Hölle brennen, wenn ich den Eid der Omertà verrate." Thiagos Blut gefror ihm in den Adern. Seine Finger zitterten nun so sehr, dass er Mühe hatte, das Messer zu halten. Durch das Bild sah ihn die Jungfrau Maria an, ihr Blick hatte etwas Tadelndes und gleichzeitig Warnendes... zumindest glaubte Thiago dies in ihren Augen zu sehen. Er wandte sich von dem Bild ab und begegnete wieder Lenas angsterfüllten Blick. Langsam und kaum merklich schüttelte sie den Kopf. Thiago machte einen Schritt auf sie zu, zuckte zurück und sah seinen Vater an. Warum, wusste er nicht, doch irgendetwas in ihm sagte ihm, er solle auf dessen Zustimmung warten. Dieser sah ihn nicht an, dürfte seine Bewegungen nur aus dem Augenwinkel wahrgenommen haben. Und doch nickte er. „Geh zu ihr", sagte er heiser, „Dieses letzte Mal kann ich dir nicht nehmen." Seltsam. Thiago hatte angenommen, dass ihn nun Erleichterung erfüllen würde. Doch dies war nicht der Fall, im Gegenteil. Das Einzige, das er fühlte, war eine besitzergreifende Taubheit, die ihn eisern zu hindern versuchte, zu Lena zu gehen. Trotzdem kam er zu ihr, fiel vor ihr auf die Knie, schloss sie in die Arme. Ihr Herz pochte energisch, er konnte es spüren, während sie sich voller Angst an ihn presste. „Es tut mir leid, Lena", wisperte er, das Gesicht in ihren Haaren vergraben. Sie schluchzte auf und schüttelte den Kopf. „Danke", antwortete sie leise, „danke, dass du versucht hast, mir zu helfen, danke, dass du für mich da warst, danke..." „Hör auf", unterbrach Thiago sie, woraufhin sie den Kopf hob und ihn fragend aus tränenden Augen ansah. „Wäre ich nicht gewesen, wärst du gar nicht hier", erinnerte der Junge sie, „Du wärst noch immer in Deutschland, wüsstest bestenfalls nicht einmal ansatzweise etwas von all dem hier..." „Aber du hast mir Schutz gegeben. Das ist es, was jetzt zählt", sagte Lena und plötzlich war eine solche Standfestigkeit in ihrer Stimme zu hören, dass Thiago nicht noch einmal widersprach. „Gerne" murmelte er und konnte die Tränen, die sich in seinen Augen gesammelt hatten, nun nicht mehr zurückhalten. „Ich liebe dich", sagte er. „Ich dich auch", kam es von Lena zurück, sie reckte den Kopf und küsste ihn, vermutlich das letzte Mal.

117.Kapitel

„Steh auf." Thiago gehorchte. Er ließ von Lena ab, stand auf und wankte auf wackeligen Beinen auf seinen Vater zu. Dieser hatte seinen Blick starr auf das Feuerzeug in seiner Hand gerichtet. Thiago merkte, dass er die Hand geballt hatte, in der er das Marienbild hielt und ließ augenblicklich locker. Das Papier war nun geknickt, doch sein Vater achtete ohnehin nicht darauf. „Streck die Hand aus", befahl er nun und Thiago tat, was ihm gesagt wurde. Das Messer, das er nun wieder aus seiner Tasche zog, weil er es zuvor eingesteckt hatte, zitterte stark. Sein Vater musterte ihn aus dem Augenwinkel und lächelte. „Beruhig dich", sagte er leise, „Atme ruhig. Warum zitterst du?" Eigentlich hatte er Recht. Es war bloß ein Aufnahmeritual. Nur leider bedeutete dieses Aufnahmeritual den Tod, wenn man den Schwur brechen sollte. Doch das sagte Thiago nicht. Er schüttelte nur den Kopf, zwang sich, den Befehlen seines Vaters Folge zu leisten und atmete tatsächlich ruhiger. Das Zittern jedoch blieb. Er starrte das Bild der Maria an und sie starrte zurück. „Sag es", verlangte sein Vater in diesem Moment. Seine Stimme war überraschend brüchig und klang irgendwie flehentlich. Thiago schluckte. Sah zu Lena, die mit Tränen in den Augen am Boden saß. Blickte zurück zu seinem Vater, streifte ihn mit seinem Blick. Wieder sah er auf das Bild in seiner Hand. Vor ihm verschwamm alles. Mit dem Handrücken der Hand, in der er das Messer hielt, fuhr er sich über die Augen, wischte die Tränen weg, die ihm die Sicht nahmen. Langsam führte er das Messer zu seiner Hand, in der sich das Marienbild befand. Eine Stimme in ihm schrie, er solle das Messer doch fallen lassen, den Schwur verweigern und weglaufen. Doch Thiago tat es nicht. Das Messer glitt durch seine Haut, als würde er Butter schneiden. Kurz fühlte Thiago nichts, nur unendliche Taubheit, die ihn zu ersticken drohte. Dann setzte der Schmerz ein. Es war, als würde sich ein Feuer rasend schnell auf seiner Hand ausbreiten, von der Handfläche ausgehend. Krampfhaft hielt er an dem Marienbild fest, dass nun durch sein Blut befleckt wurde. Sein Vater trat zu ihm, hielt das Feuerzeug an seine Hand. Den Klick nahm Thiago nicht wahr, von einer Sekunde auf die andere hatte das Marienbild Feuer gefangen. Ruß breitete sich auf dem Bild aus, verunstaltete es und Thiagos Hand brannte noch heftiger, diesmal durch die unendlich heiße Wärme des brennenden Bildes. „Sag es", rief Thiagos Vater und diesmal klang es barsch und bestimmend. Den Schmerz ignorierend sah Thiago auf. Einen Moment verharrte er, dann begann er, die Omertà zu sprechen.

118. Kapitel

Er stand unschlüssig im Schatten eines Hauses und fühlte sein Herz in seiner Brust pochen. Vor Aufregung wurde ihm schlecht, doch er schluckte das beklemmende Gefühl hinunter. Er musste sich zusammenreißen. Thiagos Leben hing von ihm ab, ebenso wie Lenas. In diesem Moment hörte er, wie Thiago anfing, die Worte der heiligen Omertà zu sprechen begann. Wenn Thiago die Omertà zu Ende gesprochen hatte, käme jede Hilfe zu spät. Der Mafiaboss drehte sich ein wenig, und stand somit genau so, dass er ihn nicht sehen würde... jedenfalls für diesen Moment. Eine bessere Möglichkeit würde sich ihm nicht mehr bieten... jetzt oder nie. Mit einem großen Schritt verließ er den sicheren Schatten und stand im nächsten Augenblick mitten in der Gasse. Dass er nun nicht mehr lange unentdeckt bleiben würde, drehte ihm den Magen um, doch er flüchtete nicht. Im Gegenteil.

119. Kapitel

Die Schmerzen, die das brennende Bild in seinen Händen hervorrief, waren unerträglich. Thiago hätte am liebsten geschrien, doch er tat es nicht. „So wie dieses Bild brennt..." Er spürte den Blick seines Vaters auf sich ruhen, hielt den seinen jedoch starr auf das Marienbild gerichtet, das schon bald nur noch Asche sein würde. „...möge meine Seele in der Hölle brennen..." Thiagos Stimme brach, er zwang sich zu atmen. Sein Puls war so hoch, dass er sein eigenes Herz schlagen hören konnte. Mittlerweile war das Bild der Maria fast völlig niedergebrannt, Thiago musste den Schwur zu Ende bringen, bevor es vollends verbrannt war. „...wenn ich den Eid der Omertà..." Ein Schrei unterbrach ihn, schnitt ihm das Wort ab und hinderte ihn somit daran, den Schwur zu vollenden. Das Bild fiel ihm aus der Hand; noch im Fall erstickten die Flammen und gaben den Blick auf das verkohlte Gesicht der Maria frei. Das Bild glitt langsam zu Boden, Thiago sah ihm nach, bis es still und kohlrabenschwarz auf den Pflastersteinen lag. Einen Moment lang schien die Zeit still zu stehen. Thiago verstand nicht, was passiert war. Doch dann zerriss ein weiterer Schrei die Stille, so von Wut und Hass erfüllt, dass Thiago zusammenzuckte. „Du elender... Verräter!"

120.Kapitel

Seine Hand zitterte, wodurch es ihm nicht möglich war, genau zu zielen. Der Lauf der Pistole schwenkte etwas zur Seite und er hatte Mühe, sie wieder auf den Mafiaboss vor ihm zu richten. „Du elender Verräter", sagte dieser wieder, diesmal war seine Stimme wieder gefasst und es schwang kein panischer Unterton darin mit. „Du hättest sterben sollen. Du solltest tot sein!", sprach er weiter und sah ihn verächtlich an. In diesem Moment drehte Thiago sich zu den beiden um. Ihre Blicke trafen sich. Langsam schüttelte Thiago den Kopf. „Das ist nicht möglich", hauchte er fassungslos und kam auf die beiden zu. „Cousin", sagte Matteo, neigte den Kopf, „ich sehe du lebst." Thiago lachte leise auf. „Du auch", erwiderte er, dann wandte er sich seinem Vater zu, der das Wiedersehen nur mit hasserfülltem Blick beobachtet hatte. Thiago trat auf das zerstörte Marienbild. „Beinahe...", fing er an, unterbrach sich jedoch selbst. Aus dem Augenwinkel nahm er wahr, wie Lena aufstand und unsicher auf sie zukam. Sie hielt auf Thiago zu, wandte den Blick jedoch nicht von dessen Vater ab, der ihn mit eisiger Miene erwiderte. Lenas unsicher gesetzte Schritte hallten unnatürlich laut durch die Gasse und das Einzige, das außerdem zu hören war, war das unregelmäßige Atmen von Thiago und Matteo. Irgendetwas stimmte nicht, das Gefühl, das gleich etwas passieren würde, ließ Thiago nicht los. Aus dem Augenwinkel nahm er eine Bewegung wahr. Was es war, begriff er zu spät und als er Lena eine Warnung zurufen wollte, war sein Vater schon bei ihr und hielt ihr seinerseits eine Pistole an den Kopf. Sein Blick war wirr und huschte ungehalten zwischen Thiago und Matteo hin und her, bis er bei Letzteren hängen blieb. „Ich an deiner Stelle würde mir genau überlegen, was du damit machst." Mit dem Kinn deutete er auf die Waffe in der Hand seines Neffen. Dieser wechselte einen Blick mit Thiago, ließ die Pistole unsicher sinken. Sein Zögern blieb nicht unbemerkt. Der Mafiaboss lächelte höhnisch. „Ich wusste es. Du bist zu nichts zu gebrauchen. Nicht einmal jetzt schaffst du es, eine Pistole aufrecht gegen mich zu halten." Matteos Hand begann zu zittern. Thiago sah, wie er mit sich kämpfte. Wenn er jetzt auf seinen Onkel schoss, würde dieser schnell genug handeln können, um Lena die Kugel zu geben. Dann wäre alles umsonst gewesen, wofür sie aufrecht gestanden hatten. Aber wenn er es nicht tat... Matteo atmete nun hörbar schneller, Schweißperlen bildeten sich auf seiner Stirn. „Du lässt die Pistole jetzt fallen und schiebst sie zu mir herüber", befahl der Mafiaboss kalt und fixierte den

Jungen mit seinem stahlharten Blick; seine Miene verbarg jegliche Emotion. Matteo rührte sich nicht. Die Pistole hatte er zwar nicht mehr drohend erhoben, jedoch war er nicht bereit, seinem Onkel die Waffe zu überlassen. Thiago ahnte warum. Sein Vater würde sie allesamt erschießen, sobald sich ihm die Möglichkeit bieten würde. Und diese Möglichkeit schien nicht fern.

121.Kapitel

Matteos Herz schlug ihm bis zum Hals. Er nahm um sich nichts mehr war und das, was er noch sehen konnte, sah er nur verschwommen. Ihm wurde schwindelig, vor seinen Augen tanzten Punkte. Doch er ignorierte sie, schüttelte den Kopf, zwang seine Aufmerksam zurück in die Wirklichkeit. Er spürt Thiagos angespannten Körper neben sich, der die Hände zu Fäusten geballt hatte und wohl selbst nicht genau wusste, was er tun sollte. Lenas angsterfüllter Blick ließ Matteo zögern. Ansonsten hätte er nicht gewartet, sondern seinen Onkel direkt erschossen, doch angesichts der Tatsache, dass Lena dort neben ihm stand und im schlechtesten Fall ebenfalls mit dem Leben bezahlen würde, konnte Matteo nicht verantworten. „Ich warte", ließ ihn der Mafiaboss wissen. Ein schneller Blick zu Thiago, der ihn hilfesuchend erwiderte. Er hatte selbst keine Ahnung, wie sie sich jetzt noch aus dieser Situation retten sollten. Dessen Vater sog hörbar Luft ein. „Ich gebe euch nun 10 Sekunden. Wenn eure Pistole bis dahin nicht bei mir liegt, gebe ich der Kleinen die Kugel. Eins." Matteos Herz machte einen Sprung, sein Atem ging flach. Wenn er jetzt nichts tat... „Zwei." Neben ihm wurde Thiago noch unruhiger, als er es ohnehin schon war. „Drei." Mit jeder Zahl, die der Mafiaboss aussprach, schien Matteos Herz nur noch schneller zu pochen und ihm wurde übel. „Vier." Matteos Hand zitterte, in der er die Pistole hielt, dadurch, dass er schwitzte, fiel es ihm schwer, die Waffe überhaupt noch zu halten. „Fünf." Thiago lehnte sich zu seinem Cousin. „Bitte erschieß ihn einfach", murmelte er und Matteo konnte den unsagbaren Zorn in seiner Stimme hören. „Sechs." Matteo zögerte. „Und wenn er schneller ist? Thiago, denk nach, überleg dir das gut, wenn er sie erschießt..." Thiago schüttelte den Kopf. „Sieben." „Eine andere Chance wird sich nicht ergeben, und viel Zeit haben wir nicht mehr", antwortete er leise. Ihre Blicke trafen sich. „Acht." „Er wird es nicht erwarten", setzte Thiago nach. „Neun." „Ich kann das nicht", sagte Matteo und sah seinen Cousin flehentlich an. „Doch du kannst das. Hör auf jemand anderes zu sein und sei einfach du", murmelte Thiago eindringlich. „Aber das bin nicht ich!", widersprach Matteo. „Zehn." Die beiden verstummten augenblicklich und hoben den Blick. Der Mafiaboss sah zwischen den Jungen hin und her. „Du hast die Waffe noch", bemerkte er trocken, „Hast du mir nicht zugehört, Matteo?" Kurzes Schweigen, dann seufzte der Mann. „Gut. Ihr habt es so gewollt." Seinen Worten folgte ein Schuss.

122.Kapitel

Lena schrie auf. Die Erkenntnis, dass gerade ein Schuss gefallen war, traf Thiago wie ein Schlag. Sofort stürzte er zu Lena, achtete nicht darauf, dass sein Vater zu protestieren versuchte und befreite das Mädchen aus den Händen desselben. Dieser ließ es überraschend leicht zu, doch darauf achtete Thiago gar nicht. „Lena! Verdammt, nein!", schrie er und nahm sie in den Arm. Sie selbst war noch zu unter Schock, um zu sprechen, doch da fiel Thiago etwas auf. Er hob den Kopf, als zur gleichen Zeit sein Vater auf die Knie sank. Verwundert wandte sich der Junge ihm zu. Er kniete, mit aufgerichtetem Oberkörper, die Augen schreckgeweitet. Thiagos Blick fiel auf die Brust seines Vaters. Das weiße Hemd war zwar verdreckt, das versteckte aber den roten Fleck nicht, der sich unaufhörlich auf dem Kleidungsstück ausbreitete. Sein Atem geriet ins Stocken, er rollte mit den Augen. Langsam ließ Thiago von Lena ab und kniete sich zu seinem Vater. Angespannt begutachtete er diesen. Er konnte sich kaum selbst... Aus dem Augenwinkel sah Thiago Matteo. Die rechte Hand mit der Pistole zitterte nach wie vor, doch der Qualm am Lauf der Waffe verriet ihn. In dem Moment verstand Thiago den Zusammenhang. Ein letzter Blick auf seinen Vater, der diesen erwiderte. „Ich hatte gehofft, du entscheidest dich richtig", krächzte er, rang nach Luft, „Du hast nicht nur mich, sondern deine ganze Familie verraten." Plötzlich verdrehte er die Augen, sodass nur noch das Weiße zu sehen war und Thiago schreckte zurück. Das Keuchen seines Vater wurde schwächer, leiser, allmählich wich das Leben aus ihm. „Verräter", hauchte er, dann zitterte sein Körper ein letztes Mal und er kippte vornüber. Ohne sich zu rühren, blickte Thiago auf den Leichnam seines Vaters hinab. Er wusste nicht, was er hätte tun oder sagen sollen. Irgendwann, er hatte jegliches Gefühl von Zeit verloren, spürte der Junge eine Hand auf seiner Schulter. Als er aufsah, blickte er Matteo ins Gesicht. „Ich musste...", fing dieser an, doch Thiago schüttelte den Kopf. „Du musst dich vor mir nicht rechtfertigen", erklärte er, „Wenn du nicht geschossen hättest, wären wir alle tot." Damit verfielen sie in tiefes Schweigen. Thiago stand auf, griff nach Lenas Hand. Ein kurzer Blick. Dann verließen sie die Gasse und traten ins Licht der aufgehenden Sonne.

123.Kapitel

„Rumäniens größter Mafiaboss wurde tot in einer Seitenstraße von Bukarest aufgefunden. Laut ärztlicher Diagnose ist er an einem Schuss auf die Brust gestorben. Weder der Täter noch die genaue Tatzeit ist bekannt. Die Polizei warnt alle Bürgerinnen und Bürger des besagten Viertels, das Haus nur zu verlassen, wenn es dringend nötig ist..." Die Stimme der Frau, die die Nachrichten moderierte, war erstaunlich ruhig, angesichts dessen, was sie den Zuschauern erklärte. Lena starrte wie in Trance auf den Bildschirm und verfolgte die aufgenommenen Bilder der Polizei. „Demnächst erhalten wir von der Polizei nähere Informationen..." Ein trockenes Lachen ertönte hinter Lena. Sie wandte den Kopf. Matteo stand hinter ihr, der nach den Vorkommnissen der letzten Tage nicht so mitgenommen aussah, wie Lena sich selbst fühlte. Der Junge schüttelte scheinbar amüsiert den Kopf. „Als würde die Polizei irgendetwas sagen, was auch nur ansatzweise der Wahrheit entspricht!", sagte er. Thiago, der neben seinem Cousin auf einem Stuhl saß, schnaubte. „Solange die auch unter dem Einfluss der Mafia stehen, werden sie kein Wort sagen, auch wenn mein Vater tot ist", stimmte er zu und wandte sich dann ab. Lena konnte hören, wie er vor sich hinmurmelte: „Diese verdammte Mafia. Warum kann mein Leben nicht so sein, wie bei allen anderen auch?" Lena seufzte. Sie hatte Mitleid mit Thiago. Eigentlich hatte er recht. Sein Leben war die reinste Hölle, daran war nicht, das man schönreden hätte können. Plötzlich war Matteo neben ihr und sagte leise: „Gib ihm etwas Zeit. Es ist bei Weitem noch nicht lange genug her, dass er seinen Vater hat sterben sehen." Er hielt kurz inne und Lena sah ihn an. In seinen eisblauen Augen spiegelte sich Mitleid sowie Verständnis wider. „Selbst wenn sein Vater ein grausamer Mensch war, er ist trotzdem sein Vater und Thiago... er weiß das", sprach Matteo schließlich weiter und in Lena regte sich etwas, von dem sie nicht sagen konnte, was. Lange, vielleicht länger als beabsichtigt, hielt sie den Blickkontakt zwischen ihnen, bis sie irgendwann peinlich berührt die Augen niederschlug. Ihr Herz pochte laut und sie versuchte, sich zu beruhigen. Matteo schien es ähnlich zu gehen. Wie um seine Gedanken zu klären, schüttelte er den Kopf. Dann drehte er sich um und verließ den Raum. Lena blieb zurück, vor ihr lief der Fernseher. Was war nur los mit ihr? Ihre Gefühle spielten regelrecht verrückt und sie wusste nicht, wie sie damit umgehen sollte. „Lena, reiß dich zusammen. Zwischen dir und Matteo ist nichts. Außerdem bist du mit seinem Cousin zusammen!", mahnte sie sich und seufzte dann. Thiago war für sie da gewesen, immer und immer wieder und nun hatte er wegen ihr seinen Vater verloren. Waren es die Schuldgefühle, die in Lena hochkamen, jedes Mal aufs Neue, wenn sie Thiago in die Augen sah, die sie in Matteos Richtung schoben? Oder fing sie schlichtweg an, sich Dinge einzubilden, die in Wirklichkeit nicht da waren? Das, was eben zwischen ihnen passiert war, war in irgendeiner Weise ein magischer Moment gewesen, der Lena Bauchschmerzen bereitete, die in jedem Fall das Resultat von Reue waren. Lena fühlte sich schlecht. Thiago hatte so viel für sie aufs Spiel gesetzt und jetzt begann sie, etwas für Matteo zu empfinden?! „Eben haben wir die Information bekommen, dass die Täter identifiziert wurden." Lenas fuhr aus ihren Gedanken hoch. „Es handelt sich um drei Jugendliche, die, allen Anschein nach, aufgrund von ungezügelter Wut zur Waffe gegriffen haben." „Thiago, Matteo!", hörte Lena sich selbst rufen und nur einen Augenblick später standen beide im Raum.

Keiner von ihnen fragte nach dem Grund für Lenas Aufregung, sondern stellten sich beide an ihre Seite, während sie nur wie gebannt auf den Bildschirm starren konnte. „Die Polizei warnt sowohl vor den beiden Jungen als auch vor dem Mädchen, sie sind gefährlich und werden bereits von der Polizei gesucht. In weiterer Folge werden sie vor Gericht gebracht, sofern man sie erwischt. Auch wenn sie den größten Mafiaboss und damit ein gravierendes Problem der Beamten aus dem Weg geräumt haben, haben sie einen Mord begangen, was ebenfalls eine schwerwiegende Straftat ist..." Lena sah Matteo an, seine Miene war unbewegt. Dann fing sie Thiagos Blick auf, der sie vielsagend ansah. „Wieder eine Flucht?", fragte sie und konnte sich ein ungewolltes Grinsen nicht verkneifen. Thiago nickte langsam, auch auf sein Gesicht stahl sich ein Lächeln. „Wäre ja gelacht gewesen, wenn es nicht so wäre, oder?" Matteo hob eine Braue, doch auch in seinen Augen war ein Leuchten zu erkennen. „Dann würde ich sagen, wir bewegen uns", sagte er mit Entschlossenheit in seiner Stimme, drehte sich um und verließ das Hotelzimmer, das sie für die nächsten fünf Tage gemietet hatten. Lena blieb allein mit Thiago zurück, der sie eingehend ansah. „Lena...", begann er, verstummte jedoch, aber Lena wusste ohnehin, was er hatte sagen wollen. „Wir werden nicht draufgehen", versprach sie, „Sind wir bis jetzt noch nie, also werden wir es auch diesmal nicht tun." Sie lächelte den Jungen an, wartete. Dann lächelte auch er. „Du hast recht. Wir werden dieses gottverdammte Land verlassen, bevor sie überhaupt mitbekommen, dass unser Auto fehlt." Mit diesen Worten zog er Lena an sich. „Ich liebe dich, Lena. Mehr als alles andere auf der Welt und ich bereue keine einzige Entscheidung, die ich bis jetzt getroffen habe", flüsterte er, während er sein Gesicht in ihren Haaren vergrub. Lena sog seinen Duft durch die Nase ein und seufzte glücklich. „Geht mir genauso"., antwortete sie und meinte jedes Wort ernst. In dem Moment ertönte vor dem Hotel die Hupe eines Autos. Lena hob den Kopf und sah Thiago an. Ohne ein Wort nickte dieser, dann küsste er sie. Der Kuss war nur von kurzer Dauer, aber nicht minder leidenschaftlich, als er es gewesen wär, wenn er länger angedauert hätte. Als die Hupe ein weiteres Mal erklang, ließ Thiago von Lena ab. Ein kurzer Blick, so voller Ausdruck, dass ansonsten kein Wort nötig war, um die Gefühle zu beschreiben, die im Raum standen. Ein Lächeln breitete sich auf Lenas Gesicht aus, das von Thiago erwidert wurde. Dann verließen sie den Raum. Keiner von ihnen kümmerte sich um die Koffer, die halb gepackt im Flur standen. Thiago schloss hinter ihnen die Tür und gemeinsam traten sie aus dem Gebäude. In der Einfahrt stand ein hellgrauer BMW, an dessen Steuer Matteo saß und mit den Fingerkuppen ungeduldig auf das Lenkrad klopfte. Als er Lena und Thiago sah, hellte sich seine Miene auf. Im nächsten Moment saßen die beiden auf der Rückbank des Wagens und Matteo trat das Gaspedal durch. Der Motor heulte auf und das Auto setzte sich in Bewegung. Durch die verdunkelten Scheiben sah Lena die Landschaft Rumäniens an sich vorüberziehen. Irgendetwas in ihr sagte ihr, dass sie in diesem Moment das Land nicht zum letzten Mal sah. Die Mafia würde nicht ruhen, bis sie die drei gefunden hatte. Und was dann mit ihnen geschehen würde, wollte sich Lena gar nicht denken. Sie griff nach Thiagos Hand. Seine Finger schlossen sich um ihre und Lena lächelte. Auch wenn sie wieder auf der Flucht waren, sie waren zu dritt. Und auch wenn sie nie zu ihrem alten Leben zurückkehren können würde, fühlte sich Lena wie zu Hause.

Milton Keynes UK
Ingram Content Group UK Ltd.
UKHW021402011224
451693UK00012B/892

9 783710 317224